大地颂

辛铭／著

作家出版社

谨将此诗献给中国共产党成立一百周年

题记——我眼里的大地

我眼里的你，是大海的浪花
　　　　是飘过海洋的一粒沙
　　是落在汪洋大海里的一滴泪水
当你飞过，飞过后
　　我闻到了你和大海的气息

我眼里的你，是飞翔的翅膀
　　　　是掠过大海的羽毛
　　是落在汪洋大海里的一粒种子
当你飞起，飞起后
　　我闻到了你和大海的芳香

目录

赤子孤独（序）

傅雷说："赤子孤独了，会创造一个世界。"这创造世界的，就要具备两个条件：第一，他是赤子；第二，他还要孤独。

诗人创造并依靠梦想的力量，迈步九霄，以赤子之心回望地球——人类的大地、紫红色的星座和整个美丽的银河系。

于诗人而言，诗人意味着去摸索远逝的诸多踪迹，意味着去探索真知之光。

于诗人而言，天空——万里晴朗。大地——北国冰封，南国温煦。世界——色彩缤纷，包罗万象。诗人一旦成为诗人，他便漫游在大地的子午线上。诗人不可能征服人类的大地，诗人被大地降服（诗人在大地上，仰望曾经的天空，他便无法入眠，便更加愿意彻夜不眠。对诗人而言这既加剧了夜之深沉，也加剧了子夜孤独）。

于诗人而言，孤独造就了孤独，或者，是大地的寂静。大地博大丰盈。大地的寂静来自一粒种子。喜悦丰收。诗人陶醉于一种纯洁的升华的醉意，就像爬行的随意延伸的藤蔓，妙语连珠如一串串葡萄，给人以甜美。那粒种子，诗歌的种子就在养育他的土地上，努力生长并持续得到大地的哺育。愿这粒种子释放出神圣永恒的光华，这是种子的渴望，也是诗人的向往。

诗人是"麦田里的守望者"，他不够顶天，但他懂得立足大地并能感受大地，除了为大地写下诗歌，诗人永远是在大地襁褓中的受大地所宠爱的还有一颗美如玫瑰的初心的孩儿。

诗人不顾天有多高，地有多厚，以大俗而又特俗的语言以绝唱以烈火的勇气拥抱着大地给予他的温暖和幸福，迎接着每一次新生，用质朴的赞美的诗歌带着他全部的忧伤和欢乐颂歌大地。

作为中国诗人的辛铭，自豪地奔跑在他所热爱的祖国大地上，他的心灵必须回应他祖国的心灵。他热爱祖国的大地，祖国的大地接纳了他并给予了他无比丰厚的爱。长江、黄河、母亲的乳汁养育了他，他需对得住母亲哺育。《大地颂》是对这块大地、对祖国和人民最忠诚的表白。

如今，中国进入一个崭新的新时代，辉煌而灿烂的时代，诗人相信，所有的中国诗人都会在这样伟大的新时代，看见富有远见、创造力的中国共产党，用决心、信心、信念为中国规划的蓝图——坚实而美好的幸福生活。诗人更加坚信新时代的祖国大地的脉络、大地的血管里充满了赞美的诗歌元素。新时代呼唤着，更需要着诗人，新时代的祖国一定会产生、会拥有最伟大的诗人，因为新时代会产生更多的时代英雄，因为初心撒下的那粒种子更富有神韵，最美的诗歌更芬芳。

诗人为信念献上爱，以博大的情怀和柔情承受他自己的孤独。他用心灵贪婪渴求大地，因为诗人知道，他从未将活着和死去搁在一起。对诗人而言，为了大地以及大地上的一切生物，他必须要表达："成长、信念、自尊、自由、公正、公平、友好、丰富、智慧、果断和勇气。"

亲爱的读者，诗人向他的祖国和祖国人民，献上《大地颂》。向伟大的中国共产党献上诗人的赤子之心。

为此，他在这本诗集的序言里签下了诗人的名字。

在诗人签下他的名字后，他仍然会继续努力，他必须用吃奶的气力履行一个诗人的职责。只是，诗人觉得他写在序言里的话语是否是诗歌里所要表达的意思，孤独的诗人找不到验证的方法，因此他把检验的标准交付给亲爱的读者。

诗人还需要在信仰中更加努力地去认识自身的局限，以一种独特的方式、更加诚实的心灵，寻找回真实的自己，诗人才可以放心地为大地而歌。现在，诗人听到了大地的响动，又如同听到了海底的巨浪以及诸多的声音……

大地
颂

来吧，我以青春，以进步和自由

来吧，我以青春，以进步和自由
啊，微笑吧，青春，以你的年轻活力
　　　　　沸腾这大地！
大地上的病毒正在蔓延
大地上的树木正在沉睡中死去
大地上的天空正在迷惘着沙尘
大地上的河水正在陡涨，泥土正在流失
大地上的田野正在掠过蝗虫
　　　　大地已在红尘中赤裸
啊，青春啊，以你的火光，雷电般的热烈
　　　　　为这大地解开衣扣
　　让这大地冻僵的躯体复苏
　　让这大地的乳房积满乳汁
　　让这大地的血管鲜红光亮
　　　　年轻的，生机勃勃的雄壮的青春啊
诗人相信千千万万次的掠劫蹂躏
因你的青春常在，大地便可分娩丰满的秋

青春啊，诗人愿把自己给你，拥抱你和青春
　　你的青春是什么，你的祖国便是什么
　　你的青春是你的颜色，便是你的青春
青春啊！我不敢沾你，更不敢惹你
　　　　　沾着你，又惹了你，我已无青春！
可是我已经拥抱过了你和你的青春
　　　　莫非是要我说青春无悔吗？

诗人啊，诗人从未有过悔，更无怨

因为我是你的青春里的远方和诗
青春啊，诗人请你等一等
　　　　好吗？青春！
等一下诗人苍老的容颜和衰竭的身体
　　　　好吗？青春！

来吧，我以青春，以进步和自由
在这大地的石榴疯狂以后
在这大地新生时代以后
在这大地草地醒来以后
在这大地边缘游荡之后
　　　　告诉我，你的青春是否在我的身体里
是否在大地万物的怀里，在浆液的风中
在成千上万的水墨风景里
是否是你的激情又燃烧了诗人的梦想
　　我是不是七月，或七月以后八月的麦田
　　　　是否是唯一守候你的守望者
诗人啊，诗人，你一定是你自己的青春
　　　你将美丽，将永不腐败
这一点，你的青春和大地是一致的
　　　　我便坐在大地上
　　　　　　　看着大地　　看着青山绿水
　　　　　　看着你
便如痴如醉地爱着你
　　　　爱着大地

来吧，青春，你曾经历过迷途，教训，经验
挫折，死亡，孤独，缄默
可是，你从来都未曾离开过真理
来吧，青春，你已经把我变成了你的岁月
　　我会怀抱着你，喝一杯伊犁老窖
　　　　把诗人的复仇与青春叠加
我当然看见了你以青春为我们劈开了大地

大地，我已将我交给了你，我是你的一粒种子
　大地。诗人辛铭生于 1965 年 7 月 9 日卯时
在我眼里的大地是阳光的灿烂的
　　　　是充满诗情画意的
　大地。我看见了你华丽的衣衫
　　　　看见了坟墓上的玫瑰鲜花
　大地。我看见了青春的不死的生命
　　　大地啊，在这块大地上，我遇到了拥抱青春的你
我便活在了青山绿水的大地上
　　幸福地活在当今新时代的气象里
青春的大地啊，如果我能以不变的诗节
　　颂歌踏遍青山人未老，风景这边独好
大地上的中国啊，永远年轻的青春的你啊！
　　诗人发誓，将永远在你的日新月异的沃土上
　　　　一如初心
为你自由，为你讴歌，为你谱写……

2021.5.4

我和我的祖国一起歌唱

我和我的祖国一起歌唱
望，长江内外，分外妖娆
看，大地风光，分外艳丽
我们高唱革命的歌曲，战斗的歌
弘扬英雄的气概，为了不忘初心，为了灵魂
为了信仰，为了国家强盛，民族复兴
人民幸福的中国梦

我把这个梦折叠成亿万的帆船，跟随着

劈波斩浪的红船，回首往事，颂扬精神
歌唱美好，描绘蓝图，追逐梦想，惊艳世界
从这里驶向浩瀚的风在呼啸、浪在惊涛的大海
我把我的诗歌融入新时代的帆船
融入祖国的这片大地，生根、发芽，呈现缤纷
将不朽扎根于这片大地，接受大地的培育
汲取大地的养分，陪伴大地的四季
像大地那样慷慨付出那样喜获丰收

我和我的祖国一起歌唱
看无边无际的大海，望红船领航亿万风帆
五星红旗高高飘扬
我听见万千的庄严宣誓和雄浑悦耳的歌声
光荣与梦想，自豪和爱
因此我在这块大地上唱新时代的歌

伟大的事业，光荣的梦想，百年的基石
从未忘却，从未停止谱写光辉
在这块东方的大地上，欣欣向荣的事业
感召着生活在这里的五十六个民族
将他们拥揽在宽广辽阔伟大的胸怀里
从红船初驶所带来的，所给予的
在升起的风帆，在高升的光芒中
在蔚蓝的梦想中，在鲜红的旗帜下
有笔尖的启蒙，思想的觉醒，反抗的斗争
在雾云笼罩着的这块大地上
在星星之火可以燎原的燃烧中
有工人，有农民，有学生，有海外回来的有识之士
带着一腔热血，怀揣赤子之心，不做亡国奴而做主人
为民族，为国家，用青春的火焰，创造光明的未来

新时代的大地鲜花盛放
如果这个时代要比过去的时代更好

更加伟大，作为大地之子的我们
就必须努力就得尽我们最大的力量
让大地变得更加丰腴，更加肥沃
这将是新时代的更加美好的事业
我们都会从将来的岁月看见这块大地
我们都将相信这是生死都不会忘掉的大地
就让我们为这块大地倾洒汗水
就让我们辛劳的汗水变成一颗颗果实
就让我们在这块信仰的大地上希冀和膜拜
新时代的洪流正在大地上滚滚向前
携带着蕴含着祖先们先前的歌，我们的中国梦
那里面有多少欣喜的期盼，多少梦想和宏图大业
向着欢乐、幸福追求永恒的灵魂
在青山绿水的大地上奔流
向着所有的胜利和光荣的梦想奔流
滋润着大地，承载着大地全部的史诗

我们在一起，在一起
因为你给了我生命
为了你，为了祖国和人民的家园
为了红色的旗帜
为了记住英雄的名字
为了新时代的飞行，一个崭新的新时代
为了气象万千的华夏大地
为了花的篱笆，为了三千万只的羔羊
我愿意将羔羊的灵魂留在云端草原
留在美丽的人间，留在人间的大地

我知道，我只是人类大地上的一粒小小的种子
一直以来都想穿破土地
像那些自由生长的草木一起发芽
现在，我站在人类的大地上为我自己剃光头发
这样，你就知道你就是我的母亲

这样，我也知道，我在人间是我的幸运

对我而言出生和死亡都是我的幸运

因为大地美好，人间美好，一切的一切都很美好

我所以脚踩大地，心花怒放

如果你相信，我的爱，不止于此

你该织就织，我该耕就耕，该睡就睡，该醒就醒

我会把你为我编织的爱织成我对你的歌

我因此感受到了大地的不同寻常的气息

我期望，只要你高兴我就留在你的大地上

　　　为你种下一粒种子

　　　　　　我就一定是知足又常乐的

我懂得你的大地懂得你的痛苦和欢乐！

你知道，我只是为了在这块大地上播撒

　　　新时代更加伟大的信仰的种子

我愿意将生命化作信仰的源泉

吐出我青春的火焰

我希望我所信仰的大地更加娇艳丰美

为了中华民族的子子孙孙

为了人类大地的欢歌笑语

以及天庭宇宙下的大地的灵魂

为此，我在歌唱，我歌唱

大地的歌，不管是东南风，还是西北风

都是大地的歌，是欢快的歌

更是大地的欢快与丰收的喜悦

因为大地上的一切万物都有他们自己的人格

有他们来自，自由内心世界里的游戏

有他们自己的韵与乐，舞与蹈

有他们心目中大地的丰盛筵席

有他们和他们朋友在一起开怀畅饮的时刻

有他们的沉醉和适合他们的爱情

你知道，大地载满了丰富的诗句

盛满了欢乐，装满了喜悦。

一首《我爱你，中国》的歌曲
一种信念，一种像空气一样的呼吸
自由自在而歌唱
当我们再次聆听用编钟敲响的《东方红》
我相信我们是用灵魂听见的
因为那里隐藏着中华民族的意志和
永不褪色的鲜红的旗帜
也包含了现在和过去不屈不挠的气概和
我们每一个人的中国梦
我们在这里欢笑
　　　在这里哭泣
　　　　　　在这里相爱
我们在这块我们热爱的大地上狂喜
用我们全部的爱，一直爱过百年、千年、亿万年
那是我们身体里发出的声响
是我们金灿灿的阳光的声响
我们因此向人类庄严宣告
将在大地上为广大的人类开辟丝绸之路
从历史那里继承
从历史那里建设更加美好的一带一路

我在这里，并不为我所知的地方

我在这里，并不为我所知的地方
和天下争吵，我滞留在千年的大地
与你分享滋养绿野仙踪的一杯茶
为了让你我坐在心灵和灵魂里
春天的汉口震荡着江河
大红的灯笼是否可以
解放所有守困时的牵挂

面对依旧款款而至的春天
风吹雪、雪打灯的昨夜与今晨
告诉我，我们的心灵和灵魂会澄清什么
一江的春水啊，浇灌着怎样的大地沃土
天空授予了醉生梦死的一只神奇的快手
点燃了带着血水的紫红的抖音
哦，当人们相聚在除夕的光影
告诉我，我们与死亡不期而遇会悲伤什么
我该去饮一杯茶还是喝一壶酒
为那些心灵和灵魂正在分离的泪水
我想善待这个我所不知道的地方
想祈祷在我来时就有的风尘
多些快乐，少些痛苦
我想用天空的语言来敲醒沉睡的大地
祈愿大地呈现她的慷慨与善良
以她宽厚仁慈吸纳所有的忧伤
从此春满人间

天下，落下满天地间，大大小小
从不言说的被风吹散的雪花
初一的和十五的月亮
一片两片三片的雪花凝结成同心
明明朗朗显现心中的容颜
却又不知丢在了哪里
豆花似的雪花堆积成冰山
冰得正像十五日的月亮
犹如昆仑之巅一块润白的羊脂玉
请让我去吧，穿过正阳门的街市
穿过诡异乏味的声色和困惑
踩着 2008 年的冻雨铺就的路面
眺望和雪花一起飘落在大地的除夕
回味舌尖上的三羊水饺
昭苏的牧场，和阿勒泰的木屋

阿克苏的冰糖心苹果，孔雀河的梨花

用健忘的雪喂养一块大地

千年的那一杯玫瑰香葡萄酒

生长在辽远无穷的塔克拉玛干沙漠腹地上

存活着完好的楼兰城池

我在漠漠的秘境之地

用蝎子、蜈蚣，还有一只迷路的蜥蜴

用自己的魔法，将时光酿成醇厚的毒汁

浸泡来路不明的谷物和霉烂的果实

在茂盛的金色银色的群山间

汲取沾满了露水的酒水

以便不再酩酊大醉

不再疯言疯语

2021.1.24

在这春风沉醉的清晨

在这春风沉醉的清晨

向日葵的花，秋收的全部意念

放逐于那一条大河尽情流淌

它带走了我眼前的所有事物

它复活着我冻僵的记忆

坚不可摧的城池早已被风蚀

我在沉醉的春风里扩张旧版的地图

用手中的笔在棕色的牛皮纸上描红昔日的灿烂

让尘沙掩埋被时间损毁的大地复苏

让每一茎成熟的谷物赋予生命与繁殖的本能

天空大地早已习惯了时光善变善忘的本性

天空如何才能治愈大地的病态

如何才能喂饱秋收后的大地

将呼吸和死亡植入每一寸土地

我知道我现在的徒然以及抗拒
我一一踏过的这块神圣的土地
早已不再治愈曾经小男孩高烧不退的病症
那个小男孩也已无力扫除无数年代的积弊
更无法抗拒他高洁的容貌遭受毁伤
他的昂贵的言词僵卧成大地上的谎言
如果不能兑现他丰富的梦想
他是否会看到天下的眼泪
是否会听见大地的春潮
那些用泪水浇灌的土地明天会不会成熟
会不会生长出大地原有的味道。

2020.1.25

叹息的风吹向低矮的山脉

楚汉街，叹息的风吹向低矮的山脉
失月的江水，蚁行的汽车
乘风而归的鹊群，蜂拥而出的男女老幼
最为分裂的除夕夜，电视正在直播一场春天的联欢
姹紫嫣红的光刺穿我的眼膜
童稚的外衣剥了一层又一层地摆动着
节日的枝枝丫丫组成一道严密的墙
无数的不眠之夜
无须张灯结彩当是我们自己的国
愿苍天祐我们的新时代和宇宙同寿
最为漫长的年，拖长了穿过时代广场的时光
望着那些大红的灯笼
不可见的魔鬼越过黑夜与舞蹈共振

楚汉街道回响着昔日闹市的喧嚣
去去回回归于沉寂的高速公路
名流爬行在蜿蜒的道路上
《消失的凶手》谋杀乐视
《囧妈》在没有硝烟的战斗中上了抖音
所有的欢庆都承载起健忘的记忆
像是弥漫在风吹雪的一次浅薄意识
江河汹涌没过我高居多年的天山
穿过我出没已久的沙村
我看见魔鬼城里鬼魂飘在风口和浪尖
陪伴着裂变与变异碾过子鼠的脸面
遍布在虚空的每一个角落
一生二、二生三、三生万物的虚无里
吟游的诗人在万物的情怀里沉默寡言
变异的文字在雪花中战栗
带着对所有人的祈祷

我还能欢乐颂歌吗，用一颗坚强的心
在你说世界那么大的时候
这个浪的世界带来的和捎去的
为了这些为了那些沉重的脚镣
为了进步，为了生活会越来越好

我还能欢欣赞美吗，用一颗坚强的心
在我走过那么大的大地的时候
当我把生命归还给这块大地
这块大地是否能生长出美好的诗歌
你是否认得这是大自然的美

而我，我的指甲正在麻木
不单是为显赫的你和悲戚的草木
还有对爱和信仰的怒放
以及忠诚和荣耀和至高无上的

有关个人的生死与国家的得失安危

可是我，我无法停止我的生命和歌唱
当嚼舌摇曳不定，五花大绑地纠缠
我仍将歌唱我的国家的危难时刻
伟大的考验，伟大的战斗，伟大的胜利
和伟大人民的奉献和牺牲

我相信我和我的诗歌有灵性的光焰
仍然怀念信仰和爱正在血管奔腾
向祖国和祖国人民致敬
在我的国家和人民遭遇病毒袭击的战役中
相信所有的人将会坐上开往春天的列车
驶向人类命运最美好的最永恒的春天

我愿我的诗歌是胜利的果实
是五十六个民族紧密团结的喝彩
是辽阔国土上朗朗的笑声和歌声　是
顶天立地的心灵，蕴藏着超出寻常的力量

2020.1.26

在欢乐的海洋里

在欢歌笑语，在欢乐的海洋里
在无尽的沉寂，在寒冷的屋檐下
一滴酒精灼烧着祖先的冻土
一滴眼泪凝固在踟蹰的路途
多少次的忧国忧民，流过诗人的忧患
这不是他能够言说的也不是眼泪就能宣泄的

我请你起身离开吧，远离这废墟的欢乐
在你健忘的清晨无须为昨夜的愁苦塞满胸膛
你究竟有多大的胸怀用来被光怪陆离的幻象占据
而你的胸腔你的肺部已布满无法估量的病菌
或者更像是那些飘忽不定那些悬空的梦幻
你的崇高的心志已不能汲取人类的啜泣
既无法倾听也无力共享世人的心田
除了沉默寡言的忧郁，孤寂和愁苦
你祈求神灵抵达江河两岸
为你所热爱的人民消灾驱邪，使他们人人平安
沉醉的春风里含着你的祝福
你祈愿一朵飘游的云彩捎来春雷
驱赶走巨大城市里倦怠的怅惘
在风中朗诵悦耳的诗章
倾听欣悦的爆竹声声
让声声爆竹的声韵愉悦心灵
匡扶古老的习俗和不渝的忠贞
如焰火期许给每一颗心灵的心愿
如春雷夸耀春光
如春光融暖耕地
你当然期望除夕的平凡习俗
在笼罩着的黑夜里爆竹绽放礼花满天
缀满梦想的除夕欢畅而开心
健忘掉忧虑哈哈地笑着
爆竹声啊！愿你能重回人间大地
震颤惊破呆滞的夜空
将你噼里啪啦的声音传向高高的楼群
直到群山的回声响彻黎明
直到斑斓多彩的春暖花开
为大地穿上梦的衣衫

我颂歌光荣和欢乐的人民
颂歌和人民见证从未有过的奇迹

在肆虐的病毒——"魔鬼或瘟疫"
把一座城封锁
人民是城池上空的繁星
欢歌将黝黑的夜空照亮
人民是打开心灵的钥匙
心灵犹如楼宇间一扇扇的窗户

人民是《我和我的祖国》的声音
歌声在人们的脸上闪烁光彩
这歌，越过楚汉街，唱响长江
由人民唱响，唱出所有人民的心灵之声
唱给我们可爱的祖国

可爱祖国的这座城市永远关切着人民
那里有载着希望和胜利的红船精神
那里有通向春天的繁花似锦的道路
既然有我们的人民在这里
请相信，世界上任何一种病毒都别想毁掉它
这是人类命运共同的思想
因为有人民承载的船定能劈波斩浪
因为人民有指示他们向海的灯塔
长江、黄河引领着人民呼吸自由的浪花时
自由的人民会重见国土被围困后
变得更加自由的人民和更加伟大的国家

美丽而不可战胜的中国啊
顶礼膜拜一如人民的歌
对于人民的心灵来说是唱给大地的那支歌
挺胸昂首的歌感受大地的痛楚
将人们捧在掌心，放在心田
分担着困苦和血汗的人民，伟大而友善的人民啊
病毒正在人民的劳作和创造中消逝
我颂歌中国人民

聆听人民的歌声
黄河在咆哮，雄狮在怒吼

因为我彻夜无眠，我知道许多人今夜无眠
因为我不能畅饮，我知道许多人不能畅饮
关于突如其来的病毒的来龙去脉
关乎全国人民，关乎世界
因为我们不希望病毒像瘟神四处蔓延
关于病毒的讨论和解释以及对 SARS 的反思
操心着心肺复苏和尚未消化的部分
背负信息滞后，被风吹散的倾听
寂静的城，烈火中的永生者
与恶魔般的病毒在楚汉街搏斗
在这沉寂而又冗长的时间里
谁在奔走，谁在披星戴月
谁使得沉睡的大地复苏
谁使得江水奔放，春回大地
新时代的脚步，用嘹亮灿烂的
春雷和云彩的泪水使春光复苏
直到百花千万声的问候

这是与死亡与诞生之间关键而紧要的时刻
我在梦中越过沙砾与岩石
抵达寂静的城
对生命有了不能也不会忘却的敬畏与欢欣
沉重的记忆和沉寂多年的情感
再一次的江水滔滔
贯穿生与死的轮回
已知的和未知的，不确定的正在发生的
我们所遵循的并不熟知的大自然的智慧
丢失在风尘中的信息
善与恶和利令智昏的头脑
（江水苍茫，灯火通明，在火神山和雷神山建筑新的生命，江水流淌，没

有开始，没有结束，从建造的火神山和雷神山医院开始和结束）

就这样，祖国的人民众志成城
以人民为建筑的基础，首要的基石
成为我们大地上身心的一处居所
在我们共同的基座里汲取养分
听见坚如磐石的对共和国和对人民的初衷
如同木柴在噼里啪啦地熊熊燃烧

正施工的现场，千军万马
各种的施工机械，施工的队伍
在苍凉的暮色里闪烁着庄严的召唤
青春的脊梁上不负众望的旗帜
在同一种信仰中的工人和机器声中
我们相信大地依然温暖，春天的第一缕阳光
照耀在武汉人民的脸颊上
江水大地如沐浴着饱含欲望的春风
大地不悲，因为春风吹生
我们的眼睛带着舌尖上的味道，记忆的乡愁
尽管会为那些为什么而捶胸顿足
为罪与罚，为了背叛时我们记忆的救赎
和一些我们本末倒置的爱
和一本搁置在尘埃中的《十诫》书
我们是否开始简单地回答
正义的尺度和仁慈的厚度
把我们所有的疑问变成刻不容缓的肯定

2020.1.28

一切都要面对滔滔江水流过

有好的消息，也有坏的消息
一切都要面对滔滔江水流过
无论是火神山还是雷神山
无论在怎样的庇护下建立居所家园
火神和雷声几时才能吞噬瘟神
现在我坐在心灵的大地上写诗
祝愿我的祖国和人民更加美好，而非来生
我想我知道我应该干什么
只当我还是个孩子，乖乖待在家中
会遥想当年在楚汉街的一次酩酊大醉
我想我愿意相信高瞻远瞩的人
将会用可靠的疫苗将病毒灭掉
隔离过后，在未来遇见自己
清爽的春风吹拂杨柳吹醉双眼
便是苦难的终点

原来我们并不知道脚下的大地会奔跑
当尘埃、纸屑、腐烂的白菜叶子沾满发梢
和我们相依为命的相伴终身的谷物
踏上了自己生长过的这块富有的土地
每一粒种子都将学会照看自己巴掌大的寸土
对自己不能招摇过市的青春无怨无悔
借问那一片绿茵中的朵朵白云
谁会牵挂布满尘埃已被蛀空了的粮仓
在江水越过山谷和悬崖
在大风吹绿优雅呈现浪漫
谁会心驰神往到百花竞放
使我不再不幸地哭泣忧伤地惆怅

我在天黑的时候为一个将要启程的人写诗
那里的风雪吹过她飘舞的长发
丝丝缕缕与她的故乡道别
天堂的絮语会脱去她漂泊的游履
雪花会像蝴蝶的羽翼拂去风尘
我愿奔跑的大地有美丽星辰的照耀

2020.1.29

忆：当喜马拉雅樱花绚烂绽放时

1

当喜马拉雅樱花绚烂绽放时
当夜色中的黄鹤楼俯视江水的波光
红船会驰过射出一道巨光
旭日东升将驱散恐惧的阴霾
一面面鲜红的旗帜飘扬在朗朗乾坤
在古老的东方大地上，世界的东方
万众齐心唱响一支铿锵的歌
这支歌，犹如奔腾澎湃的江水
就会以涌起的滔天巨浪
把病毒吞噬
把一切的恐惧涤荡
把从容的、自由的、幸福的、欢畅的青春
归还给春花浪漫的希望的大地

2

就此，我们在天地万物的怀抱中歌唱
春天的使者，白衣天使，宽厚的脊背和白了的头发
悄悄坐在复兴号餐车的一角疲惫地睡着了
赤子之腔，救世之心，元气浩浩

黑夜如昼，炎黄子孙发丝里的精华

和同样的血管里的悲伤

凝成两座闪着雷电、火光的神山

他们赢得了时间，赢得了生命

所有万千的工匠、机师、塔尖上的工人……

哦，诗人需歌唱中国人自己神工的创造

矗立在大地、天空、万物间智慧的众志成城

悲伤尽管仍像沉默于江水下的沙砾

可是，我们已经看见钢铁意志的人民军队

从子夜，到清晨，第一批、第二批、第三批……

从冰雪的哈尔滨，从天山脚下的乌鲁木齐

从首都北京，从祖国的四面八方

一列列的高铁穿过南行的隧道

载着不吹号角、不唱战歌的战士

黄皮肤、黑头发的中华儿女

怀揣着可以熔金的炽热无畏无惧

在"封城"的武汉与魔鬼斗争

哦，诗人当以雷鸣般的欢呼，火焰般的热烈

颂歌他们撼天震地的精神

恰似喜马拉雅中国樱花绚烂绽放

万众眉间的春光，不负韶华的芬芳

3

哦，喜马拉雅的中国樱花

在光明的景色中你当然绚丽绽放

当春风吹醒江水，黎明走近黑夜

我怎能不忆起那一片片的花瓣

在春天到来的时候就有你伟岸的身影

我们就会从容地向着花蕊对心说爱

以及会怀念年年开放的樱花节日

温暖如春的庭院一尘不染

樱花树上一片片的花瓣

一枝枝地沾满春风和雨水

在万物里绽开，在心灵里盛开
在节后，重返犹如花园的校园
一起默默地大声朗读

哦，喜马拉雅的中国樱花
今夜的沉寂笼罩着一千三百万人的武汉
我从梦中走来，在樱花烂漫的时节到来
徜徉在东湖万株樱花花海
在漫天飞舞的风吹花的花雨里
会忆起阿勒泰的一场风吹雪
会看见如花，如雪里殷红的中国红
像昂扬的一面面旗帜在飘扬

4

哦，喜马拉雅的中国樱花
武汉人民向你呼唤，热切地期盼
心中充满了的最大的绽放
以使你的芬芳把弥天的病毒化为清新的风
把纯洁的东西给予人类
以使人和人，和万物里的你自由欢歌
和父母、妻子、儿女们安详地坐在花丛中
返乡的人们走过大街小巷沸腾楚汉街市
重返校园的青年学子们走向有狮子山的樱园路
从城市到农村，从街区到工厂
老人和孩子，男人和女人
在灿烂的阳光下与你绽放心怀喜笑颜开
以使患病的人得到照顾和治愈
以使孤儿有了父母和亲人的疼爱

哦，喜马拉雅的中国樱花
不仅有你，还有我穿过未来时间的祈愿
还有对你绚烂绽放时的记忆

5

哦，喜马拉雅的中国樱花

沉默的大地贮满着你化作春泥的记忆

满载着风云沉浮的回忆

诗人对着江槐堤柳与诗魄的大风与烈酒

忆起，你洒满人间那爽神的花雨

和李白落在黄鹤楼上的翅翼

和你枝上沉睡时的朦胧

哦，喜马拉雅的中国樱花

我看见了春天的脚步，不是在梦中听见

而现在天光里还有些许的几块残雪

以及躲躲藏藏瑟瑟发抖的魔咒

诡异的黑暗里的幻影

传递着令人惊愕的死讯

我听见哭泣的泪声破碎成媒介的文字

还原成一片湿润泥土的一撮碎渣

我看见我的手指正在变成树枝

我祈求着江岸的回声，因为

那里是璀璨中国红樱花的花语

我怎能不忆着那往昔的春花浪漫

我信，相信春光会照亮你瞭望千里的绚烂

我要，我要在这寂静的黎明欢迎你的到来

我愿，我愿这春天的光芒是胜利的光芒

6

哦，喜马拉雅的中国樱花

你所有的花瓣会掉落在我的胸口

会日日夜夜敲打着我的灵魂

就像雪花一样会燃烧我的心灵

我在冰与火的境地里走过大地

因为有许多的人也这样走过大地

如果你有迟疑

我便会挖出昔日珍藏在泥土的泪滴
用琥珀的光色温暖泥泞的记忆
或者再用一滴泪唤醒复活的春天
在春风沉醉的江岸
汲取闪着泪光气息的花雨
我便会咽下你所有的气息
和你一起成为大地上的泥土
直到繁茂的枝条上姹紫嫣红

7

哦，喜马拉雅的中国樱花
当你灿烂绽放时春天已经到来
在这场与魔鬼斗争的战役中
为了所有的人，所有的人都没有歇息驻足
为生命开拓出绚丽的樱花大道
相信，我们会在春天到来的时候再次相遇在
樱花树枝一片片的花瓣
那里有万千沉醉的生动笑脸
我们一起带着诗一起瞭望远方
以绽放的姿态和迷人的面孔
一起啜饮滔滔长江水
共庆我们伟大的胜利

8

哦，喜马拉雅的中国樱花
我将永远地爱你
你是怒放在春天的白衣天使
你充满活力的微笑挂在每一个人的脸上
你圣洁的额头上闪烁着太阳般的光芒
诚心真意地让心拥有生命
给了人间一张张可爱的面孔，以
你所有的灿烂，你所有的芬芳
横扫所有的苦难和所有的忧伤

忆起你，你就与我相伴而行吧

直到有了对万物对生命的态度

直到物质世界不平衡的平衡意识产生

直到与万物和平相处的物种精神被发扬

直到生命变得强韧、美丽和清洁

直到樱花铺满的道路呈现

直到生命的春天芬芳生长在

相亲相爱的大地上

2020.1.30

谈起心灵时，灵魂就变得恍惚

1

谈起心灵时，灵魂就变得恍惚

味觉的感官正发出狂喜的喷喷声

如果你能回想起谷物的芳香

和姥姥的妈妈的味道

并说出对她们的思念

如果你能收住离乡的脚步

如果你能放飞心灵释放灵魂

我便关闭诗歌的门户

打开爱的窗户

让清风清空污秽

我会在明月出天山的乌鲁木齐与你相遇

在正月十五月圆之夜来到之前

让我们安安静静、安安全全地待在家中

静心祈祷。净化自己对万物的意识和认知

好好享受幸福、纯洁、善恶对错，淡泊好坏吧

2

病毒仍蔓延大江南北
须晴日，江山依旧分外妖娆
新时代，是一个百年之大变局的时代
是一个灿烂的心灵与灵魂觉醒的时代
也是一个荣耀与苦难相伴的灵性时代

3

让成长成为成长而不是拔苗助长
我想成为你的沃土
愿你生长
我爱你所有孕育的种子
在你所愿的秋收来临之前
我将默默沉浸在你已存在的喜悦中
并把粮仓装满

4

想一想腊月的寒风和正月的迟疑
我不是先知，也不会说现在正在结束
心灵会颤抖，灵魂也会出窍
不怕，也不会胆怯
一架越洋的飞机折返，一艘游轮没有抵达
如果你什么也不多想
灵魂就会告诉你，不必冒险出门
生命远比装满货物的商船重要
想一想沉没于大海的千年古船
　　湮灭于沙漠地带的驼铃岁月
我是你的泥土，你便会有成千上万个春天
你是我的种子，你便会有成千上万的秋天

5

说起声名显赫的流行病专家利普金教授
知名的"病毒猎手"和

含着泪花的钟南山教授和

英雄的武汉城市

再想一想，前前后后，在不可见的世界

白衣天使们，至少你要在这个

可见的病毒世界一起努力

这样的好处，你当然知道，不要怀疑

你要戴上口罩，不说过多的话

相信自己，沉默是金，不会是黄连

6

隔着时空和你说说，黑夜对于人类

都是非要过的夜，黎明总会到来

一只夜行动物的翅膀和一只落在树枝上的乌鸦

不是所有。你想想又有什么不祥的征兆

为什么要恐惧？要害怕呢？

当然你会有一种痛苦，莫名的焦虑

你要相信，你并不是那个疑似的或是无症状的人

如果我们禁足，如果我们闭嘴

7

忍住悲伤，让眼泪清洗肺部

渴望着你自己的血液像

长江流淌的江水，聆听春江花月

狮子山下的一片片被喜马拉雅雪水浇灌的中国樱花

用猎人的眼睛触摸智慧的大地

将你的智慧应用到现实与实际

心灵与灵魂的状态就会降临在你的身体

苦涩会变得甘甜

雷神会灼烧厚厚的乌云

火神会焚烧萧萧的荒草

长江的浪花会冲刷两岸残雪绿了树枝

心灵和灵魂会光芒四射

8

相信春满大地
不要在乎世界说什么，其实
只要你保持甜蜜心态，芬芳即在
闲言碎语或大喊大叫影响不了我们什么
我当然不愿在已经来临的春天受孕你悲伤的种子
除非诗人的田野变成坟墓

9

与你说起健忘，也许我们沿着现在的路
走向蔚蓝的大海，看海的浪花
但我们不能健忘到骑着毛驴找驴
我们现在走的路是我们来时的路
会与你说起某一年的冰雪
也会感叹健忘的拆西墙、补东墙
是不是我们念错了经文
每一次都要亡羊补牢
可是我们的羊群总被一群豺狼越围越紧

10

诗人已经缄默，在清晨的茅屋哽咽
疯狂长长了的指尖正在分裂
曾让他灵魂充满活力的诗歌
从来就一无用处
如今成了诗人身上的疤痕
你知道猫和老鼠早已是一种游戏
现在的猫咪是我们的宠爱
曾经的猎场，成了我们的孤独的伴侣
曾经的炊烟袅袅的村落
现在已坍塌成了北庭的残垣
诗人心中仍旧刮着呼啸的北风
心灵和灵魂和风一起吹散在大漠
不会有人聆听西风颂歌

包括七十年来一直涌动在大地的《未央歌》
包括现在的毫无用处的灵魂的悲伤
这是无病呻吟的哀歌
你能说艾草和垂柳不能驱邪降魔吗
而今，诗人在弥漫的音乐中
在哭泣或在欢笑

11

赞歌抑或是颂歌
都是同一首歌
你也会扯着嗓子唱同一首歌
让这片国土复苏
一直唱到你在这片土地上枝繁叶茂
唱到硕果累累让这片土地变成诗酒
我便沉醉
只管饮下这闭口不言的酒水
让灵魂欢欢喜喜地汲取
号啕的大哭和开怀的大笑

12

对你说苹果已成为落果
星巴克已是猩猩惜星星
我们品尝长江的味道，吞噬壶口的咆哮
无论它们怎样藏着掖着，有着怎样灵敏的鼻子
万物会用黏液堵塞伸长的鼻孔
你知道的，五星出东方利中国
七星拱月的宇宙围绕着东方的智慧
现在正好体现了人类命运共同体的心灵
你不用多想，即使现在被围困
这片土地的稻谷麦穗喂养你
既使你已经在离家的路上
没有了母亲的保护，你要想着
要信任你一直所爱的这片土地

你的国土是你平安的归来

你在家中，家便温馨，家便完整

要相信，我们家园居所是好运之处

只要我们耐心地静坐在了无星月的黑夜

无须做梦，正月十五的月亮会圆了我们的团聚

这样的相聚团圆本身就是一服良药

会把你的不适、迟疑、恐惧一一疗愈

你知道的，人有祸福，月有圆缺。

13

现在让我们谈谈世界

和谐共荣下的灿烂星空与辽阔大地

让我们谈谈人类的大江大河大海

以及它们如何彼此依赖

不管愿不愿意总会归入大海

这个流动的世界，这个喧哗与骚动的世界

冻结、冷凝都是冬天的童话，现在

春天已经来临，万物的、百花的艳丽

一堵墙挡不住春雷

我们都能看到光明

世界的一部分怎会离开世界

就如同羽毛和翅膀

在新时代，人类命运共同体

早已闻名遐迩

已在春天的这片大地上开始萌芽

因为这一真理将沐浴春风

将在一带一路上洒满阳光

溢满心灵和灵魂之美

14

现在，我知道你为何脚步匆匆

急着出门上路

你生命中的甜蜜变得苦涩，你不得不走

我们心中失去了敬畏，哪怕你向他们鞠躬
再多的美食也无法取悦
我们正在治疗的心灵和灵魂的疾病
始终不说一句真话
披着已病入膏肓的秘密
审视财务和一场毫无希望的婚姻
一半搁在心口一半搁在胸口
用无言承受该说的话
割裂的血管不一定有血液流淌
日常的工作，日常的生活
路上低吟，家中低语
用自己的魔法活得像活着的样子

15
诗人的现在，用眼泪打湿了的春天
干燥的尘埃和具有威慑力量的孤寂
统统落在了诗人呼吸的空气里
我所有的你未作答的落在了
弥漫在风吹雪的黄鹤楼上
我眼里的风吹花雨，那樱花的芳香
光芒四射地照耀在平凡的抱有希望的人和
那些为爱而死的人的身上
我把那一瓣一瓣的花瓣视同一粒粒种子
你听见的，大地深处
我的灵魂穿过冰雪的春天
从深层的泥土里长出

2020.2.1

昨夜今晨的雪

1

今晨，昨夜的雪静悄悄地落在北京
病毒感染的病人
新增了感染者、确诊者和疑似者
我走在今晨六点钟的白石桥
自作多情地夸张地赋予雪另一种寓意
触景生情的心力显得苍白衰竭
大地在回春吗
病人在康复吗
在我走过 20200202 披着白雪的清晨，我
像一个缄默的朝圣者
像昨夜今晨的雪，无声，无息，无痕

2

站在国兴大厦的露台上
我仰望苍穹倾泻的鹅毛大雪飘扬在
春天正在来临的北京
我在飘舞的雪花中呼喊羽毛丰满的精灵
一片白色的风，天空和大地
飞舞吧，这精灵的雪花，带着圣洁
带着当你为大地苏醒的呼吸
如同柠檬汁溶化我清晨的嘴唇
恢复我一千次灿烂的笑脸

3

从除夕之夜，我都彻夜不眠
我喂养的心灵将我搁在孤寂中
我喃喃的细语和祈求在黑夜失明

灵魂落入魔鬼的咒语

每一天都有鲜活的生命从日历上抹掉

死去的心灵在我的躯体嘎嘎作响

一百年的樱花黏稠了我的血液

一百万的波浪拍打着我的身体

一百年的时光囚禁了我装着思想的头脑

4

20200202，充满期待的日子

心灵充满了可能性和等待的转机

战栗与忐忑不安地共存

我听见陈薇的声音

像庄严地、神圣地飘落在北京的春雪

蕴含着复苏的气息，胜利而欣悦的……

如你所愿，有共享机制，有同心同德

时光和岁月都会消逝

心灵和灵魂珍藏着无法磨灭

曾经抗击"非典"，抗争埃博拉病毒

而今，陈薇在移动的帐篷抗击病毒

如你所愿，我们应有一支更为珍贵的队伍

关于病毒、寄生虫、细菌、真菌的……

灵魂的坚守胜过一切的变化

胜过死而不复生的一切悼念

你依旧沉静自信的微笑

坚定深邃的目光朝着光明的方向

那些充满着不安的和期待的目光

渴望光明的人相信你目光里的光明

我在 20200202 落雪的北京

祝福始终不渝一往无前走向光明的你

愿那神圣的光明在北京的雪花中诞生

5

这白色的雪花穿着天使的衣衫

静悄悄地落在正在呼吸的春天

惬意的光明的呼吸

信仰和誓言令人欣慰

给神圣的鲜红的旗帜添了风采

党旗军魂的意志就是人民的意志

一切人民的愿望将

会被铸成一个伟大的同心、同德、同志的心

将永远是一个同心圆

哦，呼吸的春天已在人间

从那苍穹飘落降临大地的白衣天使

充满爱怜，请相信，相信春天

旗帜依旧飘扬，绿色火焰的花儿照样盛开

胜利的日子即将到来

2020.2.2

立　春

今天，是 2020 年二十四节气的第一个节气

君临天下，大地、山峦、江河、乍寒的风

传统蕴含着某种不确定的猜测、预言

各种各样的讯息，言辞匆匆流过大地的裂缝

我们知道那是说给未来的声音

我们在临观的日子里颤抖

恐惧在春运的路上随风而去

奔跑的人相信他们说的一切都会美好

牛奶、面包、美好生活和爱情

因为春天来了，便可把一切都告诉给春风

或者直接写在一张青春而又灿烂的脸上

然后抵达我们将要去的未来

每个人都独自伫立在似曾相识的地方

述说万物的情怀和滞留在他乡的日子
等赤裸的荒原上有列队的大雁飞过
等久违的燕子和喜鹊声呼呼地鸣过
渐渐静止喘着粗气的夜行动物窒息
一片粉红、绯红的樱花盛开在长江两岸
当昭苏的牧民赶着羊群走在转场的路上
当春天的太阳找到沉寂的村庄
当穿过封冻之城的狂犬蜷曲在谷仓
我将堵上那处裂缝
站在那里告诉你确信无疑的春天
以及盛夏和丰收的秋天
为你送上阿克苏红旗坡的冰糖心苹果

在九百六十万平方公里的这片大地上
我坐在京华烟云的午后
遥想天山的明月和黄昏的牧歌
无瑕的灵魂与万物复苏怀旧绚丽
自由而忠诚地注视着这片大地
像是早春一个嫩芽那样天真纯洁
四面八方的风含着春天最年轻的种子
也让我含着泪花缄默颤抖
我的灵魂如此地热爱这片大地
而我却不能在这春光明媚的日子为她效劳
只用嘴唇上的心灵祈求保佑
我甚至都不能把我的哀声告诉你
也不能述说眼泪里的故事
在万物都属于你的这片大地上
许多的网民们在谈论着喜悦与悲情
而我也只能在昨夜今晨创作渴望的诗歌
却也不敢叩问赤裸的灵魂
我对你的妖娆只有一种：那就是爱
在爱的大地上讲述到手的幸福

2020.2.4

对人类或畜类发言

1

对人类或畜类发言
当乌青的手指放在旋转的门
所有 14 日的时辰在子夜播报黎明
修复很安全的心与口，轻轻咬湿干裂的唇
心灵安详。爱抚遍野。第一缕阳光温煦
昨夜今晨，健忘的都是遥远的往事
等待十五级的风吹过白雪覆盖的山峦
我在这片风吹雪的大地上行走
在定林寺里守着斋，守着健康，守住信仰
许下一个愿，以示健康、和平、逢凶化吉
以善良的心和纯洁的灵魂慷慨善行
为性格不同的一群人民祈祷
为他们支付一份微不足道的力量
现在，我请愿加入与死亡战斗的行列
加入那些以死亡面对生命而孤注一掷的集体意识
在已知的和未知的状态下同病毒作战的人的队伍中
以纪念的方式表达富有创造力的经典
在纯粹精神抗疫作战的神圣之路
关心爆发之点，交叉之点，拐点……
既是猜测又是预言更是期待

现在，春天在 2020 年的冬天悄悄来了……
我知道，做个有思想有情怀的人很好：忘我
无我。舍得。就这样，我们在舍与得之间
在这个交换的空间里
有人生也猥琐，死也龌龊，双手向上或是残缺
或者把腿脚伸向彼岸的异国他乡

掌心里生长输出利欲熏心的沟壑

穷人企求更多的施舍，富人希望盂钵盛满

金钱包括了一切，包括居所，包括

荒村苦学、苦教、苦供出来的学子以及

知识的力量，快手的、抖音的、乐视的服饰，蚂蚁的

和一切可能的高领资本和资本家和

人类最具规模的大迁徙和在

大街小巷穿着马甲奔跑的快递小哥

2020.2.5

过去所创造的一切辉煌成就

2

过去所创造的一切辉煌成就了

对美好生活填满与日俱增的对美好生活的渴望

我们失去了祖先们建造的房屋

心灵无处投靠，灵魂居无定所

我们继续奔跑，承受背井离乡

为了生活，为了美好，为了幸福而活下去

要抛弃掉很多东西，愿的和不愿的

包括一切被金钱所能收买的

生命、尊严、法律和秩序和相亲相爱

在权杖的驱使下撕裂自己的心怀

蹂躏着充满怜悯的灵魂

不知孕育生命的泥土已将我们埋葬

在北风尽吹、寒天冻地、雪片飞舞的城池

嘴里含满了麦穗如含着针尖与麦芒

疲惫的心灵寄生在挥发着混合气息的身体上

内心与外部既平和又冲突

因为嘀嘀嗒嗒的钟表并未指明确切的时间

现在的时间和未来的时间遗漏了过去的时间

又将喜悦的和悲伤的调配在一起

遗留给我们多个并不确定的单方或复方的处方

3

对过去的回忆总是充满着欢愉

一次流星雨划过苍穹直到明月恢宏

准备了多少岁月沉积下的热切期盼与开怀

被一场立春后突如其来的暴雪梗阻

在本该露出曙光的东方

我们在这里或是在那里或是在一场风吹雪的途中

僵硬了的缄默仿佛是挂在墙壁上不着调的微笑

一次次模棱两可的前堵后拥

被这滞留在风中的寒冷麻木不仁

无数肺病患者被呼啸的风窒息在风中

期待救援的时间可能错过也可能在进行中

所有的人都在行动中,隔离、戴上口罩、洗手

唱歌、宣讲、心理疏导、专家指导……

我们将用众志成城的誓言与所有的人同舟共济

在生命和死亡之中行动

当然,我们无须恐惧,我们经历过太多的苦难

我们也曾目睹过生命与死亡的紧要关头

我们总会在艰难的时刻,与生死存亡斗争

红色的帆船仍然驶向海的远方

那时,十五的花灯会点亮驱走黑夜里的魔鬼

4

现在我继续回到可以窥见魔鬼的圣殿

在伟大国家的土地上与魔鬼赤膊

诗歌的大地上正在茁壮生长着人民的信仰

从一片片的雪花中看见未来的春光

以及许多人,许多感动,感恩

许许多多的难以忘怀

我们的人民以绝对的信念，相信战"疫"必胜
因为每一个人都在接受生死考验
直到今天，我们的人民仍以从前的方式
以战斗的姿态，当我们唱起：
"中华民族到了最危险的时候""这是我们的战斗"
啊，"团结起来，到明天"，我相信，
"这是我们最后的胜利"。我们带着眼泪和欢笑
相信一切会过去，曾经有过的一切和发生过的一切
我们像一个不记事的孩子一样，或者，
像一个患了健忘症的病人一样，一切就过去了，
或者像一列奔驰的绿皮火车，沉寂就这样留下来
当然，记忆仍在回响，一切过去的一切皆如炊烟
或者，因为爱忘事，又没有记忆，我们因此可以独自
站在佛罗伦萨的街头，传递，诠释健忘的新意
"同袍同泽，与子偕行。"在这片大地上，在诗人
赞美了一千回的这片大地上谁会和我一起朗读
《未央歌》，纪念往昔，颂歌这片大地上的祖国

5
今天，这片大地上的祖国，人民热爱的中国
大地上发生了什么？呈现出这般的肃穆景象
街区、社区、乡村，细雨与呼唤
昔日的灯火不再璀璨，街市空空荡荡，立春后
呼啸的风吹雪，是谁雪上加霜？谁卑劣？
谁的鬼蜮之地？谁是狰狞的魔鬼？
在这块以人民当家做主的国土上
谁在肆意损毁中华文明
谁在倒行逆施谁在背弃信仰
谁在嚼舌喋喋不休造谣生事胡说八道
谁在隔岸观火，在又阴又阳地念叨咒语
世界如此之大，天空如此之高
曾经发生的一切和将会发生的一切
需要我们记住并纪念，我们共同的命运

相信，相信我们奋勇拼搏的精神和信仰

励精图治的这片大地的伟大国家的领袖

和这片土地上生活的人民洪福齐天

定将在这个新时代为人类谱写出新的篇章

2020.2.6

我走过无数黎明的清晨

6

我走过无数黎明的清晨

唤醒过自己沉睡在昨夜的梦

赤裸的灵魂奔跑在被黎明染成的乌青里

那里泛着绿油油的平原，黛青色的山峦

　　　泛着江河湖海的涟漪和不死的胡杨

我在祖国的大片土地上一年又一年地漂泊

在大地的泥土上耕耘诗歌的种子

在古老的陶罐里贮藏一眼水井

藏匿起我灵魂中的一滴眼泪

盛开而后湮没于沙漠之海

在永恒的悲哀的记忆的烽火中燃尽

珠光宝气的独角兽竟先流放镀金的岁月

我在新时代的时光里东奔西走

期待那一片灿烂的光辉普照泪水使岁月复苏

以使我用新的诗篇来讴歌我的祖国，我的人民

在这个死亡与诞生的紧要时刻

让我的诗歌来到坚如磐石的意志之中

和我的人民一起投入这场拯救生命的战斗之中

7

当然，我们不会忘记，2003 年的那场 SARS

我们记住了什么？我们忘记了什么？
当然，有眼泪，有感动，有众志成城
生与死的过程中有夏天的哭泣和冬日的吟唱
我们洗锅做饭，洗澡睡觉，喝茶读书
有人坐在高高的阳台上回味一次睁眼
看浸泡在雨水中楚汉街美丽的风景
在星星和月光下穿过万株樱花谈情说爱
不为那些不顾个人安危铲除病魔
用自己的血肉之躯阻击病毒蔓延的白衣天使们感动
回眸望其首渐行渐远、抚其尾相去不远的昨天
直到今天，我们无法触摸自己的眼睛
藏在黑暗中的妖魔鬼神将一座城再度变成它的乐园
我们曾经企望彻底消灭的
病原体、病毒、细菌、真菌、寄生虫
艾滋病、超级细菌、寨卡、埃博拉病毒、疟疾
结核病、禽流感、鼠疫、霍乱以及不明的宿主……
古老的病毒悄无声息地在广袤的地球上繁衍生息
灾难总是突如其来，天灾人祸总令人措手不及
我们的胜利依旧期待继续斗争
吞噬鲜活生命的病毒只隔着一个舱门的距离
会重新上演在人间的无数化装舞会
会让灵魂消失于黄鹤楼的天空之上
会把灵魂冻死在健忘的雪里

8

作为对灵魂的追忆、悼念者，我不敢正视
那一颗消失在繁星闪烁夜空里的星星
那是一柱嘶哑的风，比哪一颗消失的星星
更能撕裂苍穹的光芒
因为它将灵魂托起在了
清澈、纯洁、一尘不染的宇宙中
雄鹰翱翔的天宇之顶
尘埃并未落定

聪明的人工智能并不能替换思想和行动

大数据将现实虚化成一个模糊的世界

然而我们费尽心思的盘算依旧会跌入一道道深沟

我想换一种方式，简单地表达诸多的事与愿违

我们给予了美好生活太多的渴望，太多的奢望

　　　致使每一个人都背负着太多的装饰

　　　致使美好渐渐变成了另一种奢望

需要背起行囊和灵魂一起漂泊

将自己揉捏成我们曾经的泥人儿

让生命在头昏目眩时将欲望的心脏坚韧成一团

包容记忆和欲望，容纳迟钝和健忘的泥土

灿烂也好，腐烂也罢，总是归于泥土

然后，就去浴火重生，在死亡中诞生

建造我们的圣殿，为了我们的灵魂

打消掉世俗的金钱和一切贪图享乐

灵魂啊，我渴望你清澈的双眸

并不渴望你能做到大公无私

也不会企求你能做到更大的无私

不希望看见你纸醉金迷的贪欲

灵魂啊，一切皆因你而起

患得患失里有一百个理由有一百种不同的疾病

你需要抛下欲望，捣碎一切欲望

时刻在自由的天空下接受指控：

从哪里来，往何处去

灵魂啊，你是盛开在心田里的百合

我愿守护着你神圣的容貌

在你圣洁的时尚风姿里获得你柔情的羽翼

使一切的人类都成为你欢乐的花冠

2020.2.7

当春风

9

在这个举国为家的时刻，当春风

吹拂过万里长江，万里长城，千万里河山

告诉我，那是红遍万山的枫叶

在长城内外，大江南北，在春风的嬉戏和絮语中

洒落了多少的泪水，汗水，血水

多少灿烂的光照进家园庭院

告诉我，当清晨的一缕阳光带来胜利的消息

      当白衣天使为灵魂抹去忧伤带来快乐

当恐惧变成希望，生命战胜死亡

把那些偷走了灵魂

而鬼迷心窍的披挂着尘埃的财富的人

送上了沾满着生命的细菌的绞刑架

那盛开在心田里的百合带着太阳的面孔

我们将会在它庇护的天空下和大地上行走

灵魂会在此时，即使是铁石心肠也会飞升

当第一个礼拜已结束，怀有百合柔情的

天使执拗地把黎明前的忧伤抹去

告诉我，是那百合的芳香带来了新生和

不朽太阳所绽放的灿烂生命的希望

灵魂，没有高贵低贱，在万物的怀里

在通往幸福美好生活的熠熠闪光的路上

没有哪一撮风、哪一个涛浪就能随意

或是不怀好意，或怀有恶意、敌意就能

把一个民族的灵魂撕裂

把人类命运的灵魂偷去损毁

10

风儿吹拂着低垂的杨柳，沉静的江水

人啊，人，人啊，人

在带有丝丝缕缕的江水岸边看沙沙悲鸣的柳丝

还需忍受倒春寒裹在风中的战栗

在万籁俱寂的 2020 年的正月十五元宵之夜

赞美和颂歌就像润圆的月亮之光照进人间

谁的忧伤，谁的叹息，用谁的爱和笑语来慰藉

当山峦倦沉，当一个人穿过寂静的一条大街

当一个微笑的嘴唇抚摸刚刚苏醒的田野

我知道，吹响的唢呐会送走一切的悲伤

以古老的方式守护火焰般跳动的灵魂

在这个月圆之夜，翩翩起舞

虽然有许多人远在他乡，尚不见花好月圆时刻

但是，众多漂泊的灵魂在诚恳地爱着家乡的明月

在自豪地向人民传递转危为安，转忧为喜

我愿，愿这明月用最美的光临照我这人间的祖国

赐予我这人间祖国的人民美好的辉光

我，将在这冬夜的月光下，举杯，也举起我的心

向着明月临照下的我这人间的祖国的美好未来

坚定地相信，春天一到

便会更加美丽绚烂，充满生机

巍然屹立在世界的东方，东方的中国大地

2020.2.9

巨大的悲痛降临在古老的大地

11

巨大的悲痛降临在古老的大地

多少灵魂喘着粗气，就像石磨盘中的麦粒

多少生命奄奄一息，坠入没有回音的深渊

这里是拥有九百六十万平方公里的大地
这块贫瘠而又富饶的土地
养育着十四亿之多的人民
而今，走在复兴之路上的领袖和他的人民
揣着国家的光荣与人民的梦想
光荣的火焰与梦想的翅膀，一个世纪的求索、寻觅
多少奋不顾身为了光荣与梦想的人民
团结、团结、再团结的战斗者
努力、努力、再努力的奋斗者
不管这复兴的道路如何地崎岖艰难坎坷
不管风雨、冰雪，以及混沌、雷电、暴行如何汹涌
我们，已知我们是在暴风骤雨中诞生的
一步一步在暴风雨中傲然前进，走向
我们灿烂的光荣与梦想
为了人类命运共同的美好生活和自由
我们在前进，前进到人类世界的新时代
前进到世界人民自由团结的新时代

为了那一天的到来
我们需要抗争这场突如其来的魔鬼训练
哪怕清晨醒来时灵魂都是湿的
哪怕嘴唇亲吻到的是茕茕孑立的寒冷
哪怕江岸码头上的汽笛声透出悲伤
哪怕眼眶里含满已被遗忘的泪水
哪怕心灵与灵魂从前额上凋零
哪怕春天迟到，燕子不归
哪怕天荒地老，荒到瞎眼

这里有山峦起伏，有江河奔流
这里是一片贫贱而又高贵的大地
泥土是浸满了鲜血的泥土

鲜血就是这片大地的生命

默默讲述如鲜花盛开的血色故事

亲吻金色麦粒的故事

啜饮玫瑰香葡萄酒的故事

就如同这块大地上的长江、黄河，更多的河流

流过我们的嘴巴和我们的血管

诉说这块由人民构成的繁星临照的大地

的心灵和灵魂……

12

我只是这片大地上，我是祖国的一个诗人

我的目光越过平原，掠过山峦、江河和所有的土地

最多也只是在一张张白纸上

收集一把沙粒或是几片雪花

当九十岁的老母亲为儿子守候书写泪光里的叮嘱

当坚决不逃避退缩的震颤心灵的声音在走廊里回响

当爱的呼唤绝不会从心底消失

当信念那样坚定地走在信仰大道上

当正月十五那轮润圆的月亮里含满泪水

当彻夜不眠的人民在落满雪花的大地上

当寂静的夜空中响起放声歌唱

大地告诉了我：

这块大地上的祖国需要来自

中建三局在知音湖畔指挥七千五百名建设者和

近千台机械建成火神山医院，需要中元国际

和中信建筑通力协作的设计图纸，需要武汉

航发集团进场平地，需要东方雨虹组建的工程

建设团队，需要中铁重工的火速增援，需要国家

电网二十四小时不眠的时辰，需要亿纬锂能的

静音发电车，需要，华为、

中国移动、中国电信、中国联通……

中国铁塔、中国电子、中国信科的紧密

配合，协同作战，需要 5G 信号的覆盖，

需要云资源的计算，需要解放军总医院的远程

会诊系统，需要三棵桂花树那里架起的

直播影像，需要三一重工、中联重科、徐工机械

需要中国石油的加油车，中国石化在知音大道

上加油加气的保障，需要三峡集团鄂州电厂全员上岗

需要中国铁建、中国高铁、宝武钢

中国五矿的钢材和中国建材的龙骨

需要中国外运送来的食品，中粮集团为数千

工程人员提供的一日三餐，需要中国一冶的

钢构，需要正大制管、华美节能、佳强节能、

麦格米特，需要联想、TCL 电子、紫光、

烽火通信，潍坊雅士的 ICU 病房，上海集成

电路的热成像芯片，欧普照明……

这是一个国家的人民全部投入到这块大地

在抗争，在奋斗，一滴滴汗水，一滴滴眼泪

当涌泉相报给这片大地

包括纯洁的心灵和高贵的灵魂

统统给予了这块博大的大地

2020.2.10

我在这里守望你

13

我告诉自己，不哭，谁都不哭，我在这里守望你

当清晨七点钟，五星红旗在一轮红日的朝霞里升起

电视播报的数字，或增，或减，疫情仍在继续

我用眼睛看，用耳朵听

把心搁在所看所听的讯息里

把自己搁在了灼心的热泪中，彻夜地煎熬

依旧没有走出来，乖乖待在原先的地方

敞开的信息渠道上流淌着各种消息，真真假假
昨夜里还爆出为了碎银子而掷出了谣言的骰子
一直坐着，或者躺在客厅的沙发上断断续续地睡
会想着昨夜的梦，彻夜的一次旅行
在梦中越过的地狱，模糊不清的脸和虚弱的鬼魂
断裂的残垣桥，被风蚀剥落的霉烂气味
积满尘埃，堆满垃圾，布满蛛丝的房屋
阴冷的风在吹，呼啸着无以慰藉的哀叹
一张模糊而又年迈的、古怪的脸
在我醒来后就消失得无影无踪的脸
我会听见肠胃的语言，像刮过灵魂的风
而我全身都酸疼，我能听见骨骼在说话
现在，拖着精疲力竭使劲地忘掉那张脸
其实我并不记得那是怎样的一张脸
或者，那一张我从未正视过的脸
抑或是我杜撰的冥想出的一张脸面
我看见的，听见的，我眺望到的没有尽头的沉默
仍然融为一体的生与死，善与恶，傲慢与偏见
轻蔑和鄙视，训诫与侮辱，诚信与欺骗
人类和畜类，天使与魔鬼，战争与和平以及病毒
有牧师和上帝的，有寺庙和念经的和尚，吹着
唢呐为奔跑的灵魂送行的道士
我这样保持一个姿势，望了很久很久
想到服从、信念、意志、执着、坚强、梦想和信仰
现在，我想唱一支面向未来的歌
一支渗透进诗人灵魂并可慰藉心灵的歌
你不哭，我也不哭，我在这里守望着你
你在风中高高飘扬，我这样望着你
你在风中欢快飘扬，为了我能够一直望着你
永远地守望着你

2020.2.11

鲜红的如同鲜血一样的旗帜

14

旗帜啊，鲜红的如同鲜血一样的旗帜

覆盖着日月临照下的整个中华大地

旗帜啊，洋溢着生命与死亡的旗帜

你在，人在，人不在，你永远在的旗帜啊

灿烂的旗帜啊，我们用生命捍卫你

你在飘扬，你就能引领，就能冲破黑暗

突出重围，挫败一切围剿围攻

完成一次次的光荣使命

升腾一次次的心灵的泪光

我们熟悉你的颜色

如同熟悉我们身体里的血脉

就在今天，在这片国土上打响的这场战役

一面面鲜红的旗帜在全体人民的血脉中飘扬

从祖国的四面八方，昂首阔步，目标一致地

奔跑在写满了沧桑、坎坷而又辉煌的历史的大地

朝着祖国版图上的英雄的城市

朝着诞生过英雄先烈的湖北大地，朝着蜿蜒的长江

因为我们生来就啜饮着长江的水，唱长江的号子

啊，旗帜，啊，旗帜，我该怎样地为你写下诗歌

赞颂你飒飒的风姿，你高高地飘扬

飘扬长江，飘扬黄河，飘扬长城内外

飘过平原和草原，飘过苍茫的黄土地

飘过波涛起伏的大海，覆盖大地，溢满天空

飘扬在新时代祖国人民对美好生活的心田

和国家的命运，人类的命运，共同命运的美好未来

  看吧，这高高飘扬的旗帜

  鲜红鲜红，鲜艳鲜艳的旗帜

就在这块写满往事的大地上高高飘扬
　　为大地的灵魂，为人类的命运
保持本色，永不变色
矗立在世界的东方，从这里向着世界飘扬
更是向着未来

像一个孤独的溺水者的翅膀

15
像一个孤独的溺水者向远方挥动翅膀
如同大鸟的翅膀掠过悲哀的深海
如同天马的翅翼驰骋过撒满野花的草原
我向着守望黑暗的灯塔，向着原野的篝火
告诉我，谁在北方，谁在南方
谁在雾霾的天空织网
　　　　　谁在落满雪花的大地四处奔跑
在春天尚未到来就咬着一颗樱桃般的血滴子
在高高的大红灯笼下失魂落魄
在魂不守舍的万家灯火里煎熬在失眠的居所

来自某些名人的唯有死亡的等死的声音
冰冷而窒息的塌陷的灵魂
带着骨子里的死亡，带着视而不见的鼻腔
穿着落满樱花的睡袍像血色中的幽灵
将丧钟敲响在她没落而又寂寥的心海

如果，如果这个声音弄破了我的耳膜
　　　如果这个伶俐的牙齿咬破了我的嘴唇
　　　如果这个鸣吼的声音融化成恐惧
　　　如果这个声音发出黑色的音调
　　　如果这个声音胀满死亡的声韵

我愿，我愿意承接并将它孵化成乘风破浪的号角
即使像一匹战马嘶鸣在汹涌和血泊中
　　　我愿意吞下并像一只百灵鸟，哪怕在悲恸中
　　　也要发出春天而至的声音，期待夏天到来
　　　期盼风尘仆仆的人的到来

尽管，赶脚的路途上充满沙砾和墓穴
有蒙面盗贼，有妖言惑众，有似是而非的点赞
譬如赶上汶川、玉树地震的那一夜，赶上 SARS
赶上南方天空落在大地上的冻雨……像今天
赶上病毒，绝不是为了赶上，不是为了
赶上所有的心灵创伤，不是为了负能细胞和
铺天盖地的哀怨和悲悯，深呼吸里的孤独和焦虑
不为生离死别，不是为了体验生命的
脆弱无助无援无奈无能无力无望，不是为了可以
听见哀怜的哭号声，更不是为了走不出……

有人在日日夜夜地打着电话看着微信写着日记：
亲人去世了，邻居的表妹死了，熟人的弟弟死了，
朋友的爹妈和老婆都死了
然后他自己也死了，然后是等死……
迷失在了返乡、返城的路上
被堵在了昔日畅通无阻的高速公路上
站在村庄的路边上吆喊着
站在小区的门口，回不去望眼欲穿的家中
医院里，高铁上，飞机上，电梯间里……
繁星密布的天空，仰望星空时的泪水失落在了
流淌了数千百年的长江，流进千家万户
流进"钻石公主号"邮轮的船舱
有许多的流言、谣言，有许多的困惑
迟疑还有心灰意冷
向落井下石的美帝强盗出卖灵魂背叛国家

我面向着高高飘扬的旗帜
流淌着生命中鲜活鲜艳的血液
我知道，在赶上的这个恶的时辰
我拿不出什么东西献上
献给我的可爱的祖国，亲切的人民
所能献上的仅只是我写下的诗以及赤子之心
如果我能拭去大地的哀伤，人民脸上的泪水
我愿意用这鲜红的血滋养赶上灾难的大地
用生命保卫播在这块贫瘠而又高贵的大地上
十四亿双眼睛守望着高高飘扬的红色旗帜

16

是不是可以把活着的每一个日子当作节日来过
不要说，不要等到雪崩，每一片雪花都是无辜的
我说，是不是可以好好地热爱我们居住的大地
像热爱我们的居家，尽到我们的绵薄之力
　　因为最后我们还是要埋在这块土地上
　不要想着去造一把万能的钥匙
　也不要刻意地寻找万无一失的一串链子
落落大方，遂心遂愿，不要随心所欲，或自暴自弃
就像大地上欢快生长的万物，自然而然
不能心血来潮地去拔苗助长
我们都不是先知，也没有火眼金睛
不能用所谓成熟的思想去训诫诱导无知
不能固执到一副无所畏惧的样子
坚持不必要的表白和一发不可收拾的大话、空话
撒娇和矫情可以有，但不能想怎样说就怎样说
因为智慧和无知相互并存着包容着
像我们身上的细胞
化蛹为蝶，一只蚂蚁会飞快地驮走地球
如同蝴蝶的翅膀，煽动出惊涛骇浪
悲伤本不属于人类，只因我们长着伤神的眼睛

和那些动物分别活在万物的大地
包括一片树叶和一粒沙子

17
飘扬的红色旗帜，是我们的视野
不管我们走出多远，都有心灵和灵魂的归去
站在一扇窗前凝视慢慢消逝着的时间
我们的日子便在我们的意识中度过
有时会像一片沙漠把我们包围起来
有时会像一片大海把我们围困起来
于是充满期待
如同受孕后无法分娩的一个女人
那不是空穴来风的担心
如同太阳黑子会使地球出现裂痕而使
大海摇撼出高出我们头顶的海啸
那样地突如其来而我们却一无所知
尽管我们已对人类的灵魂有了深刻的理解
但它却一次又一次撕裂着人类的身体
因为我们并没有灵魂或没有灵魂意识
所以和心灵交流时我们做不到心照不宣
所以我们做到了我们之间的沉默不语
沉默在继续。世界在我们周围喧哗
我们被笼罩在病毒里
我们的沉默正在穿过我们咯咯作响的骨头
穿过这块大地上的大大小小的乡村城镇
万家灯火的大地上将是一片沸腾的景象
这个十四亿人共同期盼的也是世界期盼的时辰
鲜花绽放的时辰
这一天是大地回春的雨水日

2020.2.12

没有一块冰雪能阻止春花的盛开

18

是的，没有任何一块冰雪能阻止春花的盛开
所有的春天也不会在同一个时辰亮丽世界
没有一种缄默或是沉默能让我们的生活黯然失色
没有一剂良药可以包治百病
生活和生命继续，从来不会有结束
现在不会，将来更不会，更不会有轮回
我们携带着生命中不知多少的苦难历程
有喜悦，有悲痛，如万物内在的不可窥视的胸膛
不可以分裂，也不能与之分割
终究还是要走过伸手不见五指、无可触摸的夜晚
独自享受心灵，好心地款待灵魂
尽可能地让那颗孤独的心获得宁静、自由、欢快
让身心合一，守住自己，如同血肉不得分离
内心便不会存活你的悲哀、愁苦
渐渐地，你正在成为你自己
因为你还活着，你才有记忆
古老的悲哀会通过你搏动的血脉
你听见火热的激情
你的灵魂将越过已形成的记忆中
无数的寒冬，凛凛冽冽的雪花
你会看见姗姗来迟的春天
你会觉得心灵正在忍受着煎熬的时辰
你一次次叩问活着的意义
觉得生活就像一封没有地址的信，无处可寄
但生活仍在继续，你想把地址写在上面
用尽自己的体力，继续徒劳，继续受难
在痛苦中，为爱的无望，为无望的生活，出售仁慈

述说无处安身，漂泊的辛酸和如影随行的忧伤

仍旧怀着悲愁，怀着爱心追求着爱

在那里续写着永远不知送到哪里的信件

偿还着自己也无从知晓的何年何月何日的欠债

像古人说的那样，相信那是上辈子就欠下的

甘愿当牛做马，甘愿寄托下辈子重获自由

现在，"雨水"快要到了，让我们服从自然

让我们的身体在跳动的脉搏中接受雨水的洗礼

你赤裸的姿态，如婴儿吸吮母亲的乳汁

地地道道地感受乳汁的甘美

亲吻"压力大山"，摘下那忧郁的刺梅

因为春天到了，雨水已然降临大地

一切都因此融化，而我们将以青春的面容

迎接载满岁月散发芳香的春天

感受含笑的春风赐予的柔情

尽享心花怒放的快乐

2020.2.13

昨夜和今晨的雨

19

昨夜和今晨的雨，寂静而又潮湿的光

二月，颤动的凉爽的风如蝴蝶

天气预报的暴雪被春天的雨水替代

这含满柔情的雨水，这涨满欢笑的春风

在这潮湿的光里洗净宇宙

为了可爱的大地，生生不息地复活

像 20200202 落下的雪，为了雨水的降临

浇醒大地的梦，春天诞生。

淋湿大地的魂，绽放春光。

我在潮湿的光里收集含情的雨含笑的风
为记忆里许许多多鲜活的生命和许多带泪的笑脸
为了那些站在硝烟里挡住疫情的战士
为了那些已经诞生的平凡而又伟大的心灵
也为了能让我苍白的手书写出赞美的语言
让我在这潮湿的光和雨水里讲述大地的光辉
讲述强大祖国给予人民的生命关切与深情的爱
讲述祖国人民对国家的忠诚和赤子的爱

我愿诗人能在这潮湿的光里将诗歌的种子
在这含情的雨水和含笑的春风里
播撒进祖国的这片大地上
在这片肥沃的大地上耕耘生长
愿诗歌的花语盛开在青山绿水

昨夜和今晨的雨水洗涤万物
万物复苏，万物都含情含笑，含满青春
我站在这块含满风情的祖国大地上
看见、听见，火车、飞机、汽车
白衣天使、人民军队
物资运输、工厂复工、奔跑的脚步声……
来自四面八方救援的队伍，千千万万户家庭
居所里的期望，还有许多被病毒所困的人
黎明时辰的新生儿
医生、护士……在武汉会聚了精兵强将
汇集了国家的力量，最前沿的阵地上，有生与死
有鲜血和鲜花，有被这场战"疫"夺去生命的英雄
有一颗颗被战"疫"拖累了的身心
没有谁退缩没有谁会绝望
为了生命，为了恢复健康，在前线作战的人
坚强而乐观，忘我无我地把一个个鲜活的生命
送回到他们的家园……不能不说

可爱的祖国哺育了可爱的人民
当所有的眼睛都注视东方的文明国家——中国
会看到，这个由人民而创建的国家
由人民的血液所流淌的国土上的一切人民
都会用生命和鲜血歌唱自己的祖国
忠诚地唱起《我和我的祖国》。

20

世界上的各国啊，我要在这潮湿的光里
把这支歌唱给你们听
这支歌唱给不朽的人类，为人类命运共同体的进步
坚实的力量，共同的财富，美好和向往
从古老到今，从旧世界到新时代
新世界令人眼花缭乱，猝不及防
从古老的文明国度那些早已消失了的帝国、王朝
如今的世界文明正在经历着前所未有的变局
南极的冰川在坍塌，海平面在上升
大洋彼岸的船舰继续着穿洋过海的震慑
火山在爆发，森林被大火焚烧
各种不明的病毒生生不息地变异着，蔓延着
纷争继续，战争的硝烟在蔓延，石榴在腐烂
麦穗在成群结队的蝗虫的翅膀下纷纷坠落
四处奔跑的善与恶东躲西藏在时阴时晴的天空
赤裸的灵魂上落满了支离破碎的尘封的祭品
幻灭与幻象交织出无穷无尽的异想天开

请人类的世界接受这支歌吧
这是一首超越国界，穿透一堵隔离墙，穿越
山峦、海洋、草原、荒原，能够抵达任何一处的歌
向着世界，向着人类走向美好未来的一支歌
向着人类自由走来走去贯通人类灵魂的一支歌
我作为这个国家的一个诗人，一个歌者
我要告诉这个世界

对于这个可爱、可亲、可依、可信的中国
世界需要真正的真诚的眼光来认识她
所谓解放全人类的意志无疑是人类自由本身
我们说过，我们不称王，不称霸，不谋权
我们需要的是世界人民大团结的万岁时刻
与全世界的各个国家、各个民族自由平等对话
我们在东方明珠的绚烂中敞开国家的灵魂
致力于人类命运共同体的伟大理想与
人类的进步和自由的光辉事业
就像天空中的太阳一样属于全人类
一带一路上的东方和西方的沟通、交流与合作
世界啊，在当今融合的新时代里
请世界级的诗人、哲学家、历史学家和大师们
请大家一起站在我们共同的新时代
听听中国领导人的声音，看看中国人的礼仪
用世界的眼光亲切致敬这个伟大的国家
共同唱响世界人民大团结万岁的友谊之歌

2020.2.14

人类的美好心灵就是太阳的歌

21

是的，人类的美好心灵就是一支太阳的歌
我们知道，当太阳升起，万物复苏，万物生长
当我们在清晨醒来，或许是在忧伤中醒来
问候早安，问候太阳，生命的歌融入芬芳
我继续坐在关闭了空调的屋子里，点上一支纸烟
沏一壶红茶，听见窗外呼啸的北风
听见血液流过我的血管，流进心田，流淌的血
会不会凝固成一块黑色的晦涩的顽石

会不会失去心灵的自由，遭遇禁锢
对太阳的歌会不会被不披风衣的毫无遮挡的风刮走
包括昨天的记忆，昨天眼眶里的一滴泪水
以及一组与生死相关的数据
和一个重症患者被推进 ICU 病房，呼吸机和一个天使
为了从死神那里挣回生命不去哀悼

直到今天，有些人在狼吞虎咽着自己的梦
在记忆的食槽中用生长着舌苔的粗粝的舌头
舔食着日夜都能听得见的灵魂
每个人都在担心怕受感染，每个人都受别人感染
哪怕是眼睛、嘴巴、指纹、唾液、粪便、钱币……
是的，人类大地上的情况复杂，多变
危情四伏糟糕而又混乱，点赞和责骂和棍棒
和清晨吹号的人在街区里遛狗的人以及
必需的服从，布阵防控，制造网格，一个接着一个
思想者、预言者、谣言者、传播者、半信半疑者
我们遵循某种随心所欲的秩序
一半是海水，一半是火焰
一半走出去，一半走回来
有眼花缭乱的光景，有快乐的记忆
黄土高坡上的信天游
一次次地换装，换了一次又一次地换
我们看着自己的身体，不知穿啥才好
吃啥才安全，喝啥才不会刺痛喉咙，肠胃才不会
梗阻。现在，诗人的喉咙已经变得嘶哑，太多
的人的嘴巴已缄默，奔跑继续是我们的生路
梦想继续是我们的梦想，金色的麦浪和
稻谷的芳香在记忆中失落，撂荒的田地杂草丛生
至今仍在我们奔跑的路上创造着美好的生活
保留着锈渍斑斑的陶罐，在不确定的天气预报里
遭遇突如其来的气候，沉浸在生活不是梦的
欢乐和忧伤里……

22

我从前并不知道细语、呼喊、碎片、残骸

在我长到女儿们开始问我问题的时候

我才知道，我需要彻彻底底清理一次尘封的记忆

尽管过去发生过的一切事情，麦浪和芳香和爱情

以及某一场婚宴，一次丧席，一场促膝的彻夜谈话

都像雨一样落了大地上，也像云一样飘去了

想想这块大地和大地上的万物

就像头顶上我们所仰望的星空一样繁星密布

我再也不能像从前那样像梦一样地数星星了

从前透明的空气，天空很蓝很蓝，星星很亮很亮

从前我们在月光下走，月亮走，我也走……

现在的空气黏黏糊糊，雾霾里掺杂着沙尘

从前透明的变得模糊不清更不透明

从前模糊的东西变得清晰透明

我在模糊的和透明的那里什么也看不见

就像站在大雾里只看见人影晃动而不知来者是谁

说实话，这比看一个戴着口罩的人还要难上加难

至少，眼睛是心灵的窗户，有它的欢乐和哀伤

至少，嘴巴还可以隔着口罩能跟我说话

我也相信被口罩捂着的嘴巴上有坚硬的痛苦和

火烧过心田而涌现在嘴唇上的灵魂

记忆和忘却。在忘却中记忆或是在记忆中忘却

无论是挖掘历史的起源还是开拓历史的未来

包括尚未出生的人的从前和以后的命运

欢乐和忧伤都是这块大地的气候和色彩

在霾了又霾的天气里，你我之间近在咫尺却如千里

我们不可能把大地变成天空，天空变成大地

我们没有救赎的挪亚方舟，只有方舱医院

既然欢乐和忧伤是这块大地上的天气

都无须为打开一扇门而又关闭另一扇门哭泣

我在 2020 年的这个春天对着春天说：

大地啊，请让我顺着布满你身躯的血管

找到一把诗歌的钥匙打开雾霾中诗歌的大门

就像从深沉的大海底处打捞起一个沉睡的陶罐

把自己的眼泪放进去酿成酒把它喝下去

从一半走出去、一半走回来的路上

捡回一种奢华的词句

让记忆的红酒滋润干裂的嘴唇无须眼含热泪

让记忆的脚步踏响那层层叠叠的千沟万壑

让记忆的容颜亮丽不让你看到痛苦

在所有的红酒倒进我的身心后

我想说，今年春天，谁会升起并对这块土地说

你从哪里来，你要到哪里去

你将生于斯，你将长于斯，你是一个大写的人

虽然我看不见你的脸，但你来自人类

2020.2.16

我饮下这杯酒

23

我饮下这杯酒，听得见血管里流动着江水的声音

一切都会变成一种声音，一种颜色

用不着涂抹，所以它叫生命的颜色

……鲜红的血液流淌在大江南北

流过楚汉，流过南北朝，流过唐宋，流过明清……

流过清明流过时同样的一片天空，一片大地

与天空离别，与森林离别，与山冈作别

与一个诗人的诗句以及鲜红的文字作别

赶着时辰赶到传来求救的红色信号的地方

我仍然滞留在断奶的婴儿时代

头上仍然没有毛发，仍旧承受不起某些压力

只能以光头的方式汲取并储藏着一切

现在，到处都能看见剃光了头发的人
包括长发的姑娘们和短发的男人
脚步声消失在走廊里，在亮着 ICU 病房的红区
在他们的血液里，盛满着渴望的血液
在心平气和地流淌，在血管里燃烧着灵魂
用血液的颤声在歌唱着不用大喊大叫的爱
在 CT 下看着一个心肺和另一个心肺的形状
精准到没有误诊，看不见死者和悼念的人
我仍然是个光头
我徒劳地想把一切东西保留在大脑中
以便记忆，可是没有。我像塔克拉玛干沙漠
而雅丹地貌的魔鬼正在与未来的魔鬼会面
在我的手机上出现了 01323-561-4744 的
大洋彼岸邪教的轻度警示，就像移动在沙粒
中的魔鬼，照亮的是美国的教堂与墓穴中
模糊不清的魔鬼脸还有一墙铁丝网的隔离墙
我徒劳地想着用我的诗歌来描写叙说
七十年，一百年，二百年，五千年，或是更长的岁月
以便让我知道我想知道的各种事情，解释
为什么是大槐树，为什么是河西走廊，为什么
现在会在这儿，为什么会西出阳关
为什么是一只羔羊
为什么要一次次地迁徙，离开八月之光的麦田
为什么生命的欢乐变得模糊，痛苦变得无知
为什么狗会变成人的主子，铁器会长出翅膀
为什么数亿的蝗虫会飞掠虚荣的大地
为什么蝗虫飞过天空会让大地变成废墟
为什么汉语的诗歌像悲戚的石子
为什么江岸的猿啼充斥着疼痛的哀怨
为什么大地会像狮子一样敞开大口

为什么天使与魔鬼总会在一种格局相遇
为什么我会在 2020 年放声大哭

24

我饮下这杯酒，想变成天上的九头鸟，想
坐在云端里空中的花园，一个我的家园。想
打开云端里的一扇门，看一眼我的人间，想
把它顶在没有毛发的光头上，亮丽地行走空中
如果人类认可混沌初开，大地远离混沌
如果不再建筑耸入云天的高楼大厦，奢华的游轮
所有的人用同一种声音说：
"咱们还是待在家里吧。"
所有的人的双脚都在绝望中互相触摸
也包括流浪而又甜蜜的爱情以血肉分离的
剧痛做出明智的变量，无以承受
所有的人都与生命站在一起，誓死捍卫
所有的人都不愿在这片土地上变得灰头土脸
所有的人都在欲望中怀抱悲伤
所有的人都在沉默中违背意愿的去向
从除夕之夜躲掉初一躲过十五
依然踏在熙熙攘攘的路上，以可敬的勇气
了不起的伟大的城市展开双臂，大地在转动
正像所有的人说的"没有一个冬天不过去
没有一个春天不到来"，谁都没有理由
让胎儿死于腹中，让花儿枯萎在春天
未曾谋面的流产的婴儿也不会少一个摇篮
我从手机的视频上和电视的新闻上看到
高铁在飘舞着雪花的大地上奔驰
这是人们奔跑的声音，是我心中不安的灵魂
我现在不能回到美丽的草原——
在长城内外的寂静里预言"雨水"到了
就会听见春天说话，就能回到我的天山
我想我们应该知道，我们应该待着不动
我们应该在春天里见面，花红叶绿
就可以守住脚下的这片大地
记住这片大地上发生的事情

这里是田野和森林覆盖的大地
这里是煤炭、石油、铁矿和黄金的大地
这里是红日照耀下的欢乐和忧伤的大地
这里是我们走来走去都要走下去的大地
这里是埋着祖先也会埋着我们的大地

我饮下这杯酒，把我的灵魂灌醉
像穿过一百年的灵魂那样
穿过我的诗歌，让心灵愉悦
我相信雨水要来，春花要开，一切敞开
全部的心灵都会带着欢乐和忧伤自由自在

2020.2.17

在寂静的子夜

25

我饮下这杯酒，在寂静的子夜
在飘落着雨雪的清晨，独自饮下
终于不再夸张的言辞，那么炫耀张扬的生活
排除着所谓的潜规则，暴露出原本的真相
那些寻欢作乐、色情交易和清规戒律
那些有尊严的体面的表情和愉悦的言语
那些逃离现场的躲在黑暗中的黑天鹅
那些在过程中消失在过程中滋生的念想
那些憋闷窒息的馈赠、捐赠的游戏
那些借着疫情说着"潘苹果"芳香的土话
那些借鸡生蛋浮华做秀的可持续维系的增长
那些花言巧语的蒙骗和好言相劝
那些……那些……那些……

我饮下这杯酒，在清晨的朝阳下
想要对正在经历着疫情的人民共和国
在悲情和激情的疫情形态下的人民说
激起我们悲情和激情的不是疫情
而是隐藏在物质背后生命形体里无法驱除的"疫"
令人悲痛的死亡以哀悼的名义超越了生命的意义
我们的习惯正在成为自然，自然正在成为习惯
然后被习惯淹没，被习惯吞噬，被习惯带走
我们的欢乐和忧伤，生者和亡者的灵魂
稠密的时光不会躲在一片雪花中出现在树叶的间隙
当然，我们既无法捏住雪花也无能捕捉一片树叶
当然，我们压抑、叹息、愤怒，有当然的誓言
那是因为我们的体内的消失和滋生
有着太多的奇思妙想的萎缩和生长
有着简单地为生活所迫的迫切愿望
有着许许多多的不可思议的简单和复杂
有着抓不住的时光和放不下的岁月
一无所知，视而不见
我们习惯了我们现在的模样和现在的眼光
对于发生的和正在发生的形形色色的事件和问题
我们从来都不缺少正确又巧妙的回答
习惯早已渗透进我们的心中，喂养在灵魂里
充满智慧的灵魂总能解读表里表外的结构
面对老祖宗们留下的遗产我们继承了，伟大的圣人
的哲学我们学过了，伟大领袖的语录我们背诵了
我们学习国家治理，国家意志，国家体系
为我们的国家喝彩，在激情燃烧
的岁月里，我们幸福地活，开心地笑

26

我饮下这杯酒，无论身体发生怎样的变化
你啊，我亲爱的读者，我的朋友，我的人民
我絮絮叨叨的话是对灵魂的救赎

是自由喷涌的歌，是对世界浩瀚如海的爱

我听到海水涌动，水与沫，砂与砾的声音

嘶嘶绕着我的胸腔，我很幸福

如果我的诗歌不合你的口味

请你不要怀疑一个诗人对祖国的忠诚和对人民的爱

冬天快要过去，冰雪浸透的树木嫩枝吐露鲜芽

把纯洁浪漫，把爱的花蕊放在你面前搁在你心里

当春天的太阳把温暖带给你，请相信

它带来的不只是温暖，还会带给你灿烂的笑脸

会带着七色光彩、养分、水分和芳香

它不会让你的激情在这个疫情的时辰燃尽

它的绚彩之光，如你所愿，会随遇而安地

变成鲜花盛开，硕果累累，如你所见

那飞行在雨雪天气里，那四面八方的爱，会款款

落在复苏的大地和我们的灵魂上面

那点点滴滴的雪雨，点点滴滴的鲜血

会闪烁在我的诗歌中，我知道，我很幸福

尽管，我们仍然纠结，相互缠绕，南征北战地奔波

走南闯北地去旅行，跨海过洋地去贸易

有恃无恐地大吃大喝、大声喧哗，肆无忌惮地

相亲相爱，灯红酒绿地唱歌跳舞

一个诗人的一本

没有摆在新华书店的诗集，以及被风吹走的

可供人民纪念并且怀念的英雄事迹和在

风中像雪花一样飘洒震荡的颂歌

尽管，我也拿不出什么东西奉献

包括我正写的和已经写出来的诗歌

面对唐诗、宋词、楚辞、汉赋，中国的史诗

波斯、埃及、印度、希腊的史诗，先知的圣典和

带着灵魂的牧歌，陕北民谣的歌手，游吟的诗人

十字架上的但丁和盛宴上的莎士比亚，以及

光华灿烂、繁星密布的星空，孔雀东南飞的山河

我请你接受一个诗人微不足道的裹在雪雨中的

颤抖的灵魂，寻求并传达着气息相通的一个灵魂
我亲爱的读者朋友啊，假如你能接受并且
容许在我的诗歌里有你的气息，你的味道和灵魂
我会觉得有你，我很幸福。

2020.2.18

眼泪占据的灵魂

27
眼泪占据的灵魂，无论是悲痛的还是喜悦的
或者是莫名的，悲喜交加的
灵魂的眼泪折磨着身体和语言
雄壮地升或是悲哀地降
统统寄生在人们喂养的肉体内
看不见，摸不着，也抹不掉
甚至是用毕生的精力维护着，哺育着
眼泪的细胞，交织出喜悦的，感恩的，欢乐的
悲痛的，伤逝的，失望的，热切期盼的和悔恨的
善良的仁慈的心养育着深重的罪孽
在通向春天的铺满鲜花的大道上
摇晃着不堪一击的身体，在颤抖的灵魂驱使下
强颜欢笑，坚定意志，学习眼泪金贵的原理
读者啊，你知道，我也如此而已
不哭，不流泪，是因为眼泪一钱都不值
不哭，不流泪，是因为我不知道那是怎样的一颗泪
我甘愿一脸污垢地走在泥泞的小路上
穿过雾霾的天气，穿过被污浊的黑暗
穿过凌辱的光和沙尘暴虐的空气
穿过一百年都不曾清洗的血脉管道
哪怕呼吸不得畅通，哪怕胸闷得要死

哪怕像是掉进一场不幸而又无辜的火灾呛得要命

我宁愿相信那是化学物质合成的眼泪

我相信分文不值的泪水能够多在脸上涂污

相信如同青烟般的泪水无法洗尽污浊

我相信那些过眼烟云般的泪水

无论是悲的还是喜的都是在榨取身体里的精华

只是为了装饰点缀此一时彼一时的境况和

我们自以为是的情感和平庸卑微的命运

如同一次爆炸，一次湮灭，一趟太空旅行

一次梦想的开始结束在梦想的开始

披上外衣，继续满怀欢喜，抬起沾着泥巴的脚

走出存在已久的栅栏，去牛舍挤奶，收割小麦

相信，不会受害，也不去害人，因为有爱和希望

在爱和希望的那里流淌我们挤出的收割的眼泪

有我们处心积虑的不义和善举

用清晨的泪水呻吟着活出新的泥巴建筑新的房舍

像这块大地上轮回的四季，健忘不是罪过

就像石磨会将小麦碾成面粉，面粉会变成面条

从泥土里挖出来再埋进去

的灵魂就是为眼泪准备好的贮罐

想想，如果失去了眼泪，心灵还能活得久吗？

假如生命尚在，生活要继续

是不是就得在灵魂里贮存许多的泪

以便使人类都能好好活着，活下去……

2020.2.19

假如，山冈还在荒凉

28

假如，山冈还在荒凉，病毒仍在蔓延

我所爱的这片大地上我要耕耘诗歌的种子

在二月十九，"雨水"降临的日子

天地间春雷阵阵

会在天空中融去昨天的暴雪，飘洒今天的雨水

它将飘落在月光下的天山，飘洒在幽幽的天池

　　飘落在正好复苏的大地，飘洒进我们的心田

天降的恩赐，穿透遮挡天空和大地的云层

下吧，下吧，让一泻千里的雪雨

融去万里雪飘的、长城内外的、江南江北的冰雪

让这春天的雨水倾泻、奔流吧，让瘟神疫鬼远离

还给我们一个群星闪烁的天空

还给我们一个灿烂芬芳的大地

灵魂啊，将不再沉溺于汹涌的泪水里

灵魂啊，将欣然摆脱暂时的茫然无措

灵魂啊，将抛掉挡在胸口的压抑和烦闷

灵魂啊，将洗涤肺部的迷蒙和阴影

灵魂啊，将迎着曙光，领受灿烂的春花之芳香

　　　　聆听快感中万物生长的语言

灵魂啊，一个诗人正以犁铧的锋利耕耘这块土地

愿那播撒的种子生根发芽拥有金色的前程

我愿面朝黄土背朝天浑然一体感知

万里碧空青山无瑕

我愿今日的雨水赤裸着席卷去时下的疫情

洗涤掉遮掩着光彩的时光与岁月

我愿今日的雨水洗刷掉罪孽的繁衍的疫毒

我愿今日的雨水像承继母爱的白衣天使们

拭去因心肺受到毒害而忧郁、憔悴的脸上的愁容

我愿今日的雨水是

白衣天使神圣的青春，纯洁的爱意

把欢声笑语、花香鸟语带给一切患病的生灵

我愿今日的雨水是上苍对大地的敬意

让干渴的大地敞开她滋养生灵的乳房

我愿今日纷至沓来的雨水流入灵魂的长河

从污秽的深处发出含泪的祈祷

我愿今日的雨水之后，雨过天晴，彩虹升起

　　愿这块土地的胸怀散发健壮的气息和甜蜜的乳香

我愿今日的雨是及时的春雨，化腐朽为蓬勃

　　是我们这个新时代的美好之声

　　是大地轮回青山绿水的不朽之音

　　是激情与热血永不休止的血脉

　　是永驻我们心田的坚强的思想和万丈光芒

我愿写在"雨水"的诗歌能博得大众的青睐

　　愿你怀着一颗质朴虔诚的心

　　在"雨水"的今日大声诵读诗人赞美的诗篇

29

"雨水"后，有好消息传来，神清气爽的清晨

我在风中嬉戏，与白云对歌，与朋友谈话

封闭多日的路口拆除了障碍，道路畅通无阻

快乐的喜鹊引吭高歌

惶恐的母亲牵着孩子的手陶醉于春光的爱抚

离开吧，这强加给我们的病毒

令人厌恶的这个可恶的小东西

这个放肆的暴虐的小东西

这个隐藏在痰液、尘埃、粪便的残忍的小东西

这个躲藏在最漆黑午夜里堆积罪与罚的小东西

这个玷污灵魂、亵渎心灵的无处不在的小东西

这个至今都没有露出丑恶嘴脸的病毒

这个加害世界的遭一切人唾弃的小东西

你快要完蛋了，你狂欢的日子结束了

在人民战争的汪洋大海里，你将无处藏身

你隐形的翅膀将被折断，被焚烧

你将在你的罪孽中坠入炼狱的深渊

雨水会将你肆虐的任何蛛丝马迹统统洗涤冲刷

让你无法在这青山常在、绿水长流的

大地上生长毒苗

你应该去下地狱，死于你的凶险，你的卑劣
永远地死去吧，你死得其所，你这个无耻的小东西
——"雨水"啊，这是天下披挂盛装的一日
所有的人都会举起虔诚的手臂欢迎你的到来
带着你的柔美，你的细腻，你水性般的光芒
洒向人间大地，洗净污秽，净化心灵，光泽灵魂
沁入到我们所有人的心中，成为欢乐和舒心
成为人间芳春风情里永恒的盛宴

来吧，雨水，以你点滴成金的光泽滋润
沧海桑田，无论是怎样的灾难，怎样的苦难
这块大地上都聚集着人类命运中无可抵挡的力量
因为这块大地上有桂冠的白衣天使，有桂冠的战士
有永不褪色的光彩夺目的灿烂鲜艳的红旗
它的光辉来自初始神圣的初心的源泉
那星星之火可以燎原的火炬给了黑暗处的眼睛
在那炽热的光里培育了数亿人民雪亮的眼睛
无数的眼睛穿越森林，穿越山峦，穿越河流
穿越雪山，穿越草地，穿越黄土高坡，穿越大海
穿越宇宙，穿越悠悠岁月，怀着一颗纯朴的
初心追寻真理，在人类共同的世界上孕育最美的
鲜花，在这个由青山绿水构成的金光银器夺目的
世界，火炬依然照耀着黑暗
过去如此，今天依旧，明天依然，将至永远

30
诗人借着这样的光，穿过一团黑暗
向雨水后的晨光问好
沿着三里河路高大的银杏树，朝着长安街走去
雄伟的天安门广场在东方的太阳光辉里
鲜艳的五星红旗庄严而神圣地升起
披着朝阳的彩霞，当我举目仰望
睁开的双眼就哗哗地流淌起泪水

就有一股暖流在我的血液里涌动

嘹亮的歌声从这里响起，响彻在广场上

我感到太阳那永恒的光芒，感到红旗永远的飘扬

我的目光在涌动的血液的催促下

仿佛看见了雨水后，田野上春耕的农人

　　看见了一座港口城市，远航的巨轮装满货物

　　看见了正在建设中的雄安无数建设者的身影

　　看见了绿油油的山冈上采摘春茶的姑娘

　　闻到了那热情洋溢的胸肺散发的芳香

　　转场的牧羊人唱着歌儿走向春天的牧场

　　仿佛已经回到了伊犁河畔辽阔的昭苏大草原

天马奔驰在一望无际的花海

冬羔子，春羔子，咩咩地嬉戏

荡漾的春风的风姿越过了陕北的沟壑和泰山的峰巅

所有居家已久的群众正在走进敞开的公园大门

我的灵魂在点点星火里燃烧

拥抱着雨水后纯净天空的荣光

拥抱着我们朝思暮想的健康的自由

哦，我向你发出诚挚的邀请

　　以无限的喜悦邀请你，请你扔掉哀愁

当快乐的玲珑的风儿吹进你的心扉

请相信，雨水就是我们开怀畅饮的清泉

拉响的二胡，吹响的唢呐已将瘟神送走

丝绸的羽衣已展显出一带一路的光波

让我们一起来唱歌，一起来跳舞

在这个漫长的消磨了无数大好时光的假日后

让我们带着青春的妩媚，灿烂的笑脸

脱去厚厚的羽衣，剥去密封的防护服

使我们的肌肤如那飘扬颤动的丝绸

让我们的灵魂在春风里扬帆出海

带着我们的梦想，走向远方

带着我们全部的欢快，全部的爱，记忆中的爱

和难以忘怀的往事，美丽的笑脸，长长的秀发

漆黑的深夜，火红的黎明，温暖的火炉……

哦，我将为你献上新开的鲜花，鲜艳，圣洁

　　我愿这束鲜花浓郁的芳香令你的心扉欢乐

　　在你到来之前，在春风吹送雨水之后

还将给你这些诗篇，贺你的光荣！

31

如果你已归去而不再归来，你的名字

在"雨水"，被纪念、悼念，被春风传送到遥远的未来

从东到西，从南到北，席卷大地

好兄弟好姐妹，我会怀抱鲜花，回顾往昔，东张西望

独自坐在我写作诗歌的房间里，雨水流过后

看着江岸杨柳含烟，樱花含蕊，桃李含蕾

雨水无痕，沧海云天，大地布满了鲜花

和天下所有的人一样，亿万人的目光

泪水纷纷落下

落在高举火炬照亮茫茫黑夜英魂的大地上

世界的心声和国家的语言

二月的哀思，横放在昆仑之巅

我写下诗歌，为大地献上一块无瑕的羊脂

在这充满忧伤的早春的黎明，凭借火炬的光亮

我愿你能穿破黎明前的黑暗，在黎明的曙光里

听见我朗诵给你听献给你的诗篇

我也愿你的英魂像黎明的曙光通达九霄云天

在我朗读的声音里，在数亿万人回应对你的呼喊中

愿你迈着轻盈的步履，从容不迫地成为永恒的星光

用你的名字命名你，一颗恒星

不朽的恒星，愿你灿烂

这是雨水后，一个诗人的请求，愿天下许可

在我们仰望的星空里，一颗颗的星星

一双双明亮的眼睛瞻望着我们

是的，你既归去又归来，自豪骄傲的灵魂

我看见列队走过一条大街的队伍

我看见你走在这支队伍的前列

我相信，雨水来了，雨水后，此岸彼岸死后的复活

将以你神奇的力量，使你永恒

我也会在你永恒的光辉照耀下

欢乐而忧伤。安静而勤奋地做自己的事

借用你的肉体散发出的天使的芳香

获得诗歌的创作灵感，对着大地，对着人类世界

用国家的语言，人类的舌头，世界的嘴巴

充满自豪和骄傲地站在这片国土上写下赞美的诗篇

好兄弟好姐妹，我的好兄弟好姐妹

归去归来的好兄弟好姐妹

天使的灵魂会赐予我灵感，光芒会照进我的心扉

会让我摆脱掉深邃的黑暗和一切想入非非

会引领我坦坦荡荡地走在向往美好的道路上

我将用整个生命的鲜活的精气升腾，升到高空

用如同清晨里初升的太阳的鲜红霞光

在清晨的诗篇里赞美死亡，颂歌灵魂

兄弟姐妹，我的好兄弟好姐妹

愿你接受献给你的诗篇祭祀

愿你永存于安息的灵魂在我们永不消亡的记忆中

现在，我在曙光里，在奏响的《国际歌》声中

在高高飘扬的旗帜下

和你相聚，向你告别，在轮回的悲欢离合的

长河里，一个沉默的亡灵，一个缄默的灵魂

2020.2.20

当红霞的曙光照耀

32

向你告别，也向你告白，当红霞的曙光照耀

你灿烂的灵魂也像太阳一样地升起

当这片土地上的黄土布满荒草埋进一个死者

当寺院庙殿的风铃震响轮回今生来世的经文

当教堂弥撒的丧钟敲响

我绝对相信，人死不能复生

但我相信，灵魂的复活

黄土只是埋掉了尸体，不会埋掉颂歌的灵魂

就像我们在烈士陵园烧个纸花束希望收悉

一束鲜花，一盘三羊水饺，一篮子的水果，一杯酒水

一炷檀香，一副老花镜，一件寒衣，一杯热茶

这就是生活，生者和死者在人间的生活就是这样

我们在这块土地上生，在这块土地上死

迟迟早早，生生死死都留在这块喂养的土地

坟墓，或是一座纪念碑

纪念日和鲜花，军号和唢呐

时刻都会吹醒沉睡的记忆，灵魂在怀念中复活

更加清晰，宛如昨日今晨

音容和笑貌，一切都会浮现

告别就是告诉你，我们都不会忘记，笑着告别

因为你的脸上带着安详和从容，天使的温情

因为你献出的是自己天使的面容，真正的生命

是追求真理的信仰和灵魂

当然是活在记忆中永不消失的灵魂

这是一次最为漫长的告别

生前就有，死后也有的告别

就像黄果树下的大瀑布溅响的浪花

会令人想起多少的古今往昔，多少的英雄豪杰

多少艰难，多少峥嵘，多少甜蜜，多少苦涩

多少酸甜苦辣的岁月，多少寒夜的雪中送炭

多少个寒冬腊月里的熊熊炉火，多少的烈日炎炎

这个比一个世纪，胜比

千年还要漫长的告别声在胸口呻吟

当这个世界变得七零八落沦为

战争，瘟疫，蝗灾，病毒变异

非洲大陆的蝗虫撞死在印度的菩提树下

当大洋的浪花掀起千层巨浪的时候

当人类的希望和梦想被一只夜行动物糟蹋祸害

当失去了扫帚的居所成为污秽蜘蛛们的乐园

当成群的苍蝇叮咬我们丰盛的宴席

当所有的老鼠跳进油花闪烁的一锅汤里

当手中的风琴拉响的不是乐曲而是一场海啸

当人类在折腾中喘着粗气露出遭受凌辱的苦笑

这个漫长的告别，跨越世纪的告别

你让我说什么样的告别之言，除了你的缄默

世界要么呼呼大睡，要么争吵不休

游轮在哀鸣，汽笛在叹息，昆仑在雪崩

你告诉我，在这个悲欢离合、生死离别的告别时刻

我们到底是无辜的还是堕落的

我们的人间到底是欢乐园还是失落园

33

雪崩之后，沉浸在完美无缺的寂静

就像完美无缺的死尸，我们总会说：

"该来的总会到来。"然后被我们称之为"命运"

心服口服地继续搭错车，因为要一错再错

就像是雪上加霜至雪崩，然后继续说老掉牙的话

续写自欺欺人错上加错的人生

当我们一次次地唱起人类的《国际歌》，我相信

这绝不是人类最后的绝唱，因为我们有无数个明天

无数的梦想和希望都寄托在光辉的明天

直到明天成为今天，成为昨天

我们记得成为昨天和今天的明天

记住经过的路和将要走向的路

我们会用正义的尺子来丈量脚和鞋的尺度

也会懂得鞋子的大小会不会夹脚

也不会像以前那样赤脚行走，不再会编织一双草鞋

从前不懂得鞋子的尺码和大大小小的脚丫
现在我们在夹脚的疼痛中开始定制
把走遍大地的脚装进适合自己的鞋继续走在大地上
奔跑着寻觅炎帝走过时留下的大脚印
谁会知道那双不穿鞋的大脚是否疼痛
就像"挥挥手，不带走一片云彩"
就像一片雪花，一片云彩，一支羽毛变得轻飘
我们从雨水的春天到炙热的夏天迈向秋天的脚步
早已沾满了泥巴，需要我们小心翼翼地将它剥离
因为我们的双腿像是灌满了铅液，身体变得肥胖
当然也可能有走路走得太急、过快造成虚胖
当然，我们需要剥离，且小心翼翼，从而免于割破
鞋子的大小，取决于尺度
尺度是脚的格局也是脚的知觉
所以，我们得用大数据来搜集全部的尺度
为所有穿鞋的脚提供合适的鞋子
有尺寸、有度量的定制会让我们的脚步不再沉重
像从前那样，像不穿鞋子一样脚步变得轻盈
就像《天鹅湖》里的四小天鹅那样轻柔地舞蹈
从荒原到绿野，从青山到绿水
来到山峦起伏的辽阔的天山云端草原
来到波浪荡漾的宽阔的蔚蓝大海
抑或不论我们走到哪里，是陆地还是大海
是赤热的沙漠还是极地的冰川
愿我们能穿上适合自己的鞋
无论走在城市，或是乡村
让脚板不夹疼，不迟钝，走好我们自己的路
走出我们自己的路
用不夹脚、不冻伤、不污浊、不结老茧的脚

2020.2.21

得意忘形地走

34

得意忘形地走，带着恶意的指责
依旧依然地以异端的口味含讽含刺的
以善意的方式提醒并说指责或责备不算过分
全能的权贵者挺直腰杆显示着不可一世的表情
召集着不知是哪股子风吹来的草籽和沙粒
在神圣的殿堂，盛大而隆重地大摆宴席
在农家的黄昏里，袅袅升起腾云驾雾的本领
全能的贵人，上不沾天，下不着地，在天地间
弹指山峦，铜的、铁的、镍的、金的、银的山河
到一望无际的草原
直到天山、昆仑、祁连山脉的森林和喜马拉雅
扛着猎枪，点燃用羊脂做成的烟斗，高傲地吞吸着
独一无二的惬意，从江南的园林，太湖的金顶
从椰子树下，从琼海天涯到最寂静的喀纳斯湖
……到处都可以看到如那云卷云舒的烟云
升起，上升，不断地升起，上升着飘荡着，招摇着
把整个青山绿水装扮、涂抹得花花绿绿
尽在眼底收获着风光无限好的大地
怀着喜悦，得意地指责着过分地责备着
穿越壮丽的云海，满载着成功、胜利、开颜的欢笑
无论心怀怎样的信仰，无论是姓甚名谁或是双重身份
不管是明星，还是富豪，或是裸奔的官员
不计较是在流浪还是定居
总是在潜伏后，悲喜交加地穿云过海
走进大洋彼岸的豪华宫殿，宣称王者归来
烂醉如泥的以智者以教父沉思自语
心地善良的心疼被践踏、蹂躏、洗劫的大地

指责自己的家国，那么多的
不该和活该倒霉的该死的人
与傲慢和偏见为伍，与乔装打扮的
色厉内荏冠冕堂皇的正人君子
装疯又卖傻，装聋作哑又瞎眼地做着圣恩的弥撒
忏悔另一个落网的家伙简直就猪狗不如
简直就是民族的败类，人民的蛀虫，国家的公敌

所谓"物以类聚，人以群分"
当然包含了万物的灵魂
到处都是异国他乡感受寂静的生死
戴上一副深度的老花镜，读《南渡北归》
回首逝去的岁月，感慨万分地说：
我们有过多少欢乐，又岂敢回首往事
如今待在有时差的日子，今天还是昨天的样子
在午夜里亵渎耶稣，在清晨里救赎大师
为了早些知晓好运歹运
为了窥探这捉摸不定的命运
在耶稣面前烧香拜佛献上虔诚的叩首
用沦为奴颜媚骨的身体作揖下跪
为漂游不定的美梦，彻夜无眠的漂泊
做着深度的思考、深刻的反思
为什么，为什么会是在异乡，为什么是南渡北归
在华盛顿，在纽约，在巴黎，在休斯敦，在柏林……
为什么把生命交付给望眼欲穿
望梅止渴的异乡把可爱的祖国揣在怀中
为什么长在自己身上的脚会失去知觉
走来走去的脚竟然不知走向哪里……

35

无病呻吟的手伸得太长，巧手的无米之炊
身上的衣服穿得让你像是展满了风，披满了水
嘴脸上的口罩是来自外星的一副面具

里里外外都捂着藏着掖着别扭的心
一个沉思者思想自己的风景陶醉自己的体态
是不是长江的水喝得太多才诞生了你这个主
你的使命就是给这个万里长江倒进污水
就是不断地坐在你家的阳台上喝着凛茶看"风景"
就是在樱花尚未开放时就在你家的门前葬花
就是躺在你家的凉席上说不着调的风凉话
一座一千五百万人之多的城，苦难深重的池
为什么你单单只是看见那日的风雪和冰雹
你若不是裹在你那厚厚的棉衣、棉裤、棉鞋里
你咋能会感叹轻薄单衣会有的寒意
你日日夜夜艰难地在那块英雄的土地上啄食
你尽可以看不见或无视来自四面八方的人和物
你尽可以蔑视一切，但你不能，绝不可以蔑视
从白衣天使美丽的眼睛里溢出的
无法形容的善良和温柔
你可以保持你飘忽不定的眼神裹上层层阴影
在你的日记中创作一部小说虚构真实的现实
但你不可以在你的欢乐与痛苦中忽略含泪的信仰
你的眼倦了，你的目浊了，可怜的你
如果你不能像那些白衣战士那样冲锋陷阵
我请你，别再啰里啰唆，别再睁着你迷糊的眼
感受你所体验到的那种恐惧和分外的销魂
请你留在你的风景里
　　武汉的樱花，长江水孕育的中国樱花
　　朵朵鲜艳，绽放芳香，仿佛雨水纷纷飘落
　　会化掉武汉人民的惆怅和忧郁，武汉的人民
　　会在春风沉醉的大地上，静听长江之音……
请你留在你的风景里
　　别碰我的痛苦，时光不会倒流，岁月不会折腰
　　尽管我与你素不相识，无冤无仇
　　你困倦而又浊了的眼睛里不会涌出用来灌溉
　　我的塔克拉玛干沙漠的泪水

你可以是你的形态，你的观念，你的存在

可以继续睁着你的黏黏糊糊的眼睛

可以感慨万千在你的风景里吞食你的欢乐

走进你的精神病院和残损的王宫

用你的外衣裹起你褴褛的贫贱和妖媚的艳丽

雨水飘过的武汉正悄悄地将每一串流淌

的泪水汇聚成江河，那振奋人心的

英雄的旋律，雄壮激昂的战歌，充满荣耀骄傲的

面容，闪烁的美德，当然注入武汉市民的心中

2020.2.23

泪水和笑声里的新世界

36

是的，音乐无国界，歌舞无国界，文艺无国界

病毒无国界，还有无国界的白衣天使

风无国界，雨无国界，随风伴雨的心无国界

无声无息的万物，横断的山脉，浩瀚的海洋

东升西落的太阳和人类无知的灵魂无国无界

走多远才是远，四季在地球上，怎样运行周转

未来的世界是怎样的一个世界——一个新世界

风月同天，星辰同日，四季轮转，生死轮回

南方的天空飘着北方的雪，飘过武汉喧嚣熙攘

在日暮染红的天空，厄运中的梅花鲜血淋漓

就这样花开花落，或在孤独，寂寥只影单行中蹒跚

　　　或是要穿行人声鼎沸车水马龙的喧嚣

从豪华的盛大的一场婚宴悄然地走向合闭的洞房

凭借这场盛宴的欢畅，回味沉醉不醒的初恋

神圣殿堂上的宣言，一张被撕成两半的契约

写着两情相悦时的许诺，一半是海水，一半是火焰
凡夫俗子口中，谁能信誓旦旦白头偕老
精心装修、装饰的婚房在短暂的情欲里陶醉
阳光将至，风雨将至，轮转的
春、夏、秋、冬，无法预报的气象变化
支付荣华，献上妩媚，同床共枕，共枕异梦
令人难忘的床上落满了鲜血和眼泪
在充满愁苦和哀怨的节气回味云雨的夜色
无力阻挡纷至沓来忽明忽暗的梦境
曾经的荣光躲藏在无边无际的黑暗
当下的只是可见的不可进入的洞穴般的陋室
相望布满血丝眨巴着转动着的红眼
轻于鸿毛般的灵魂饱受丰乳肥臀沉重的挤压
将目光投向战栗的子夜和晨风吹灭的路灯
在辗转反侧的噩梦中与木马搏杀
揉着惺忪的双眼瞅一眼涂鸦的墙壁
哆哆嗦嗦地穿起黑色的羽衣
含着笑寻欢作乐，含着泪孕育生命
出轨的灵魂先于出轨的情欲，双管齐下的摧残
仿佛是悲苦人生遥相呼应的呐喊
想要飞起，像天使那样
保护儿女的生命，母亲的亡灵
沉重的已不是翅膀，而是早已折断的疼痛
羽毛正像纷纷掉落的头发在时间的光界里飞翔
生活就是这样，荣华与献媚，爱与担忧
变换与交替
脆弱和坚强，泪水和笑声，生活就是这样
无论是父亲、母亲、丈夫、儿女
还有自己和活着的世界
将用各自的方式自己走过已经过往的世界
走进新的世界，用生命去验证
泪水和笑声里的新世界

37

从来都很美好的地球周而复始地转动着

空气、阳光、水和万物的生长，恶魔的灾难

从未消失过，我们见怪不怪，我们的行为助长了

灾难的恶魔蠢蠢欲动，我们的习惯滋养了

灾难的恶魔茁壮成长，我们的行动变得似是而非

弃之惋惜而气喘吁吁

大摆排场，危机四伏的百步亭，无所顾忌

　　　从容放纵地展示天赐良机的光辉景象

无视灾难恶魔降临把不幸毒汁射在亢奋的灵魂上

谁能把欢乐与幸福当作儿戏？

在这欢歌笑语、气吞河山的时刻

呼吸的山珍野味招摇在闹市

穿过空气，穿过血液，穿透肺叶

广场、海滩、空无人烟的荒村、废弃的粮仓

唾液里迸发出的飘进风里的病毒

一千里以外的寒冷，也要从容接受无心过滤的病毒

如同接受早已形成的习惯，接受古老的病毒

交流病毒的起源，细胞的滋生、繁衍和变异的话题

以光的速度、广度、亮度，十万八千的尺度

七十二变的降妖捉魔，看得见的不翼而飞

谣言和可疑的新闻

日常行为导致的突发事件，我们的与己相关的习惯

所以不知道病毒的来龙去脉，会发生什么

生物学家、科学家、病毒学家、作家、政治家和

突然跃上手机屏幕的抖音以及胡氏费力的

忠告与警句，领袖的金句，闭门思过，站在窗前

眺望空无一人的错综复杂的立交桥，想象昨日的

双脚是怎样地在雾霾中穿行，直到被禁锢

的双足发麻，直到头发长到二月二都不能修剪

直到情人的眼泪滴水穿石

直到恋人的秀发一泻千里

在这个很美好的世界，在一个很安全的地方
一个从医院逃跑的精神病患者疯跑在路上
我看见他跟头绊子的踉踉跄跄的样子
我想给他一双适合他穿的鞋子护住他受伤的脚
我想拭去他惶恐不安的眼窝里的泪水
我想给他一服良药治愈他来路不明的疾病
可是这些事情我一样也做不到
我只不过是一个十年寒窗苦读圣贤书的无用之人
我愿意相信，这人间大地，这美好的人类世界
一定会有生长着天使灵魂的翅膀来保护大地之子
我在这块历经苦难的大地上种下一颗诗歌的种子
用心底去热爱最普通、最实在、最可爱、最勤劳
最勇敢、最憨厚、最善良仁慈的人民
愿生者安然入睡，愿死者安息长眠

38

你、我、他，我们都在自觉禁足，待在家里
现在出门，就怕是一朵
既不明智也不是时候的"奇葩"
尽管公民有权利自由
但残酷的现实，病毒告诉我们
待着，别动，从源远流长的时光中拿下"拒绝服从"
政府是善意的，真诚的，国家是理性的
让我们收住一直以来东奔西跑的双脚，收收心
难得有这样的一次不以人的意志为转移的时光
你的胸肺已经挺起，你的发丝已经长长
或者也像我一样剃光头发，一丝不挂
就在八月的金色的麦田里
沉浸在暴晒的日光下，在汗水里在狂怒的欲望中
就像我们的祖先那样怀揣着故乡
背井离乡，远离故土，像玄奘带着盆钵离开大雁塔
踏着斑驳的沙砾，不朽的五陵
一生唯一的一次彼岸，将命运装进同一件袈裟

如今失望的阴霾沉重地笼罩了我们

别无选择的选择，用禁足后的身体考问灵魂

是否能够在这短暂的黑暗时刻升高相互体谅的情谊

需要我们共同参与才能化解危局的行动中

需要果断的行动，否则就会犯下可悲的错误

这个关键的时刻，用我们疼痛的经验体会

一个五岁儿子的小小心灵和九十岁母亲的心声

白衣天使可见的人性的道德的阳光

一个趴在阳台上喝着咖啡宣称受到伤害的尖叫者

快手和楼宇广告屏幕上兜售口罩和消毒水

开着车一夜又一夜地睡在局促的汽车角落的人

我们不能说自己是草民贱民不能是屌丝

我们每一个作为国家公民的人在面临恐惧困扰时

都有遵守正义的、公正的法律的义务和道德的义务

这是积极向上的作为大地之子的阳光下的良知

必需的隔离，是将恶魔的病毒暴露在

大自然的空气和阳光的药物之下

将人民的力量汇聚成国家的力量，必然战胜疫情

必然将那些"制造谣言的人"和"幸灾乐祸的人"

以及"外来的不怀好意的煽动分子们"隔离出去

请管住我们的腿脚，不仅仅是哪一个城市

全中国和全世界都迫切需要管控纷乱的脚

满怀深切的命运共同体验

让我们共同期待吧！怀着坚强的信念，坚定的意志

足够有定力地待在家中，在挚爱与亲情的家国

在春天的脚步声中，相信，在不太遥远的明天

我们仰望的星空，灿烂的星辰依旧会以

熠熠闪烁的美普照我们人类的大地

2020.2.24

为什么与欢乐的颂歌在一起

39

为什么与欢乐的颂歌在一起
因为生命和阳光，就有生命的礼赞
温暖的阳光里包含着对生命的热爱，交织着欢乐
即便在生命陷入困境的时候
正如我们吊唁一个亡灵，内心充满回忆
更加充沛地活着，对生命更加渴望
尽管死者的灵魂会在月光下萦绕着
甚至在梦中造访
有恐惧，有模糊的不祥征兆，有醒来的惆怅
内心会再一次震荡葬礼时奏响的唢呐
成堆的哀痛在乐曲声中汇集成千万的碎片
像海底深渊处涌动的巨浪，将它卷入漩涡
像沙漠腹地升起的飓风，将它吸入云霄
我们因此从死亡那里赢得了平静和安宁
继续回到昔日的生活状态
带着渐行渐远的模糊的痛苦和欢乐，继续
起个大早，为了赶上清晨好时光里的那一缕阳光
当然会像往常一样坐在注定的时辰里
与时光和阳光一起回忆，共同收集
好的消息和坏消息和不好不坏的消息
当广场上奏响歌曲，当那面旗帜升起
当过去成为现在的回忆，当回忆成为未来的起点
当两眼再次含满泪水
我知道，这既是重温又是渴望
我不以为那是滚滚红尘，也不屑看破红尘
无须费神地加入到名嘴的序列，滔滔不绝
当然也迎接向我洒来的五彩缤纷的阳光

我知道，阳光的含义，生命的意义

因为今天我依旧坐在这里，享受着她，接受着她

我当然地知道，天天都会在这里愉快地等她

因为我的双足站立的这片大地我已然扎根

这块大地上的欢乐和痛苦，喜悦和忧伤

早已根植在了我对她朝朝暮暮的相思里

所以，我日夜汲取她的养分，将她转化为诗歌

对她，我不会有更多的挑剔、责备、逃避和抵制

我知道她浩瀚的南风，凄厉的北风

　　　　倾洒的清辉，妖娆的风姿

所以我爱她，给她我全部的炽热的爱

和她融为一体，不是像石榴籽那样结为一体

而是我全部的爱，永不动摇、永不变色的信仰

我说过，我不是一个战士，当我懂得服从

我不能当一个所谓的或中性、或偏激的文人骚客

和背叛者、逃亡者、大逆不道者、图谋不轨者

以及企图变色者，与狼共舞，发出

歇斯底里的声音，狂妄的声音，侏儒的声音和

甲壳虫的声音

我是一个诗人，我只发出灵魂中有信仰的声音

40

其实，我的声音微不足道，我的诗歌并不紧要

举目望向又一次袭来的倒春寒的雪雨

不是为了欣赏景山、北海、故宫雪中的美景

我身在北京，心在江河、山峦，在大地

而我的身心都无法抵达我所渴望的地方

只能干坐在这里，眺望白雪覆盖的博格达山峦

以及赤红晚霞里被霞光染红了的黄鹤楼

我知道，有许许多多的人都坐在一幢房子里

眺望远方，穿越时光，在围困的日子里自言自语

一日三餐，酸甜苦辣，土豆烧牛肉、东坡肘子

麻婆豆腐、白菜炖粉条，大盘鸡，臊子面，胡辣汤

会唱起同一首歌，为打响的战役呐喊助威
吹响对生命礼赞的号角
在雪雨交加的大街，在孤独伴着忧愁的窗台
消融冰雪，消化食物，消融梗阻在胸口的心事
从忘记开始打捞脱离了肉体的灵魂
哭过的，吵过闹过的，狂笑后的
湮灭在灯红酒绿里的
水烟里的，契约上的，挂在我是谁的
为什么活着的，生活是什么的
沉思默想的，闲淡无聊的，藏着掖着的……
灵魂在一次次地打捞后
又一次次地考问后，因为欲望
一次次地变本加厉，在无穷尽的渴望中爆裂
吞噬着，汲取着点亮记忆油灯的灵魂
我坐在这弥漫着雪雨的白色的房间里
在天空之下的雪雨中徒劳地祈求上苍
将那灵魂的甘美，善恶的知识落进记忆
直到所有的灵魂成为肉体，肉体成为灵魂
在信仰的基石上，弥合灵与肉的创伤
结束魂不守舍、灵不附体死于非命的结局
像孩子们那样灿烂地笑大声地哭
像伫立在永远沉睡时皮肤上的鸡皮疙瘩
依然会看见灵魂，因为永恒的记忆
让灵魂的溪水在我们的身体里畅流不息

我感谢，这轻轻地飘落在我心坎上的灵魂
在长满绿色植物的窗前
在灵魂带给我的欢乐里，用一片片雪白的祈愿
在诗歌的田野上消灾驱邪
让写满诗篇的纸张和时光一起生长出翅膀
我将睁大眼睛飞翔在天空与大地
收集我看到的拯救灵魂的人和被拯救的灵魂
不带啜泣，不带谄媚，不带责备和讽刺

以平静的声音，心平气和的语气，以性命担保
实话实说地讲述太阳下的，暮色中的，子夜里的
在同一片蓝天下，用同一种信仰，一颗饱含初心
生命不息，战斗不止的英雄儿女们的英雄事迹

2020.2.25

欢乐啊，欢乐，欢乐

41

欢乐啊，欢乐，欢乐，欢乐啊，欢乐
我被这巨大的欢乐劫持胁迫与欢乐同行
欢乐如风，欢乐如歌
今天，我请你收下这件礼物——欢乐
我相信你不会拒绝，会欣然接受时时刻刻
都在伴你而行的欢乐
我们的生活充满阳光，那是万物的欢乐
欢乐无处不在，只要活着，生命就是欢乐
生活就是欢乐
用我们青春、韶华，我们出发，带上欢乐
那金色的、令人心旷神怡的欢乐

扭头看一眼，在渐行渐远时退下的痛苦，走出阴霾
痛苦是暂时的，因为欢乐才是生命的本质
欢乐在我们前面的脚步声中
所有豪迈的前进的步伐都是我们的心中的欢乐
所以我们要走的路和要抵达的目标就是欢乐

全部的欢乐里，包含着爱和忧伤
我并不抛弃与欢乐同行的忧伤
因为懂得爱，懂得欢乐

爱和欢乐是没有界限，也是不受限制的信仰
有可见的和不可见的光，作乐寻欢的假面舞会，
生日派对和缺失一次信仰
我自知，我的生命里存在着这样的欢乐
善的诗和恶的诗一样多
我庆幸自己能够以欢乐的基调创作自由诗歌
我必须是欢乐的，因为万物都是欢乐的
真实的肉体是欢乐的，灵魂是欢乐的
欢乐不分你我，不攀比高低贵贱
欢乐不会虚掩它的门扇，我行我素的欢乐
与我们血肉相连，自然而然，时涨时落
就像四季的大地，给了我们银装素裹，五彩缤纷
像哀思的露珠落在含苞待放的花蕾
怀念欢乐，期待欢乐
如同一个婴儿欢畅地吸吮母亲的乳汁
如同一个恋人甜蜜而柔情的亲吻
如同一个农人妙语连珠的嬉笑和开心的把戏
如同你在家里精心烹制的香喷喷的一桌饭菜
如同你在昨夜推开窗户听见的
震破了呆滞夜空那嘹亮的歌声

我深知，我的生命中不能缺失这样的欢乐
在这个由我们共建的世界上
假如你接受了这件礼物
那么，请你我一起加入到这欢乐的阵容
自由呼吸，分担风雨，共享阳光
在这个即将来临，或已经来临的斑斓多彩的春天
我能在高高的天山听见悠悠川流不息的长江之声
在巍巍昆仑之巅看见黄鹤楼悠鸣的大鸟飞翔蓝天

42

和我一起欢乐吧，我亲爱的读者，我的朋友
旧痕与新泪，形形与色色，生生死死

和我一起欢乐吧！

从庄严宣告的那一天开始，欢乐的旗帜正迎风招展

红色的、生命的颜色里留下了永垂不朽的灵魂

留下了战天斗地的精神风貌

留下了气壮山河的意志

留下了不忘初心、牢记使命的信仰

留下了人类命运共同体的写照

与大自然融合的气息，留住青山和绿水

和我一起欢乐吧，从仰望星空时的那一滴眼泪开始

相信人类历史长河中的任何一次天灾人祸

在降临人世间肆虐扩张蔓延正是它的快速消亡

相信万物荣光的景象是欢乐的

     生生不息的生命是欢乐的

     青山和绿水是欢乐的

看这新时代的空前的万千气象的欢乐

一架架 CA5 的飞机在诗歌的沃土上飞向蓝天

一艘艘扬帆起航的巨轮在诗歌的海洋上航行

一列列"复兴号"的列车呼啸在平原，响彻在山峦

一座座工厂开足马力生产制造出合格的生活用品

一个个被篱笆围住的简陋的村庄焕然一新

一条条道路穿山越岭通向偏远的乡村

一群群牛羊在诗歌的牧场欢乐地蹦跳

一座座桥梁贯通着陆地和海洋

欢乐正在打开，打通雾霾，畅通封闭

欢乐正在扫清我们前进道路上的一切障碍

欢乐啊，这无穷无尽的欢乐，无可名状的欢乐

畅游在我们身体里，流动在我们血管里

     渗透在我们的灵魂里

和我一起热爱这欢乐吧

欢乐的根基会在汹涌的波浪中溅响浪花

欢乐的字眼如同怦怦跳动的心脏和血液

欢乐，欢乐，欢乐，欢欢喜喜乐乐地活着
活在与人为善的乐趣中，活在明辨是非的灵魂里
活在宽广而辽阔的大自然的万物的欢乐中
活在不寻衅滋事，不折腾，不胡闹的生活里

和我一起善待这欢乐吧
欢乐是从死亡开始就在生命中生长的
来自呱呱落地时的一声啼哭，来自母亲的怀抱
你我都知道的，欢乐在哪里
无论你我走到哪里，天涯抑或海角
我愿你我都是欢乐的人，过着欢乐的生活
被欢乐劫持，被欢乐胁迫，向着远方，向着春天
如果你愿意带上我的诗，我将不求分文回报地
把你的欢乐写进如你所愿的诗篇里

2020.2.26

生活当然会继续

43

生活当然会继续
关于被疑似、被感染、被确诊的消息不断传来
有国内的、他国的、世界各地的、来自邻国的、
大西洋彼岸西方国家，美国的，欧洲的
遥远的非洲和石油的国家，沙特的
伊朗的，高耸的喜马拉雅山脉抵挡住疯狂的蝗虫
在印度访问的美国总统的嘴边也没有可吃的东西
时光不会停滞，会继续顺延
我依旧会坐在平常坐着的地方
一次次剃光头发
对一个光头诗人而言光头仍然使他感到沉重

诗歌创作和记录生活的"雪片日记"
雪花继续飘着，而大地已在春泥中复苏
谚语里说过"春捂秋冻"，这是生活的常识
怕春天的倒春寒冻着
怕抵御不了真正冬天的寒冷
而我已经在真言的诗篇里筋疲力尽
忍受着头昏脑涨，胃肠不适，便秘，全身酸疼以及
令许多人都十分担心的捂在袖口和口罩里的咳嗽
其实我心底十分清楚
一首诗，一部诗歌集无足轻重
生活就是我们现在过的日子，过去过的日子
明天继续要过的日子
像谚语里说的那样："日子就像树叶一样多。"
你知道，有时候，一场风加雨雪的天气
就会刮走所有的日子
而生活当然还要继续，时光继续顺延
不必去想象另一个世界，研究自闭症和多动症
树上的杏干悬在树枝上，从果浆到僵尸
悬挂的柿子在雪片下创造着点点红色之惑
而我指缝里的笔在沉默寡言的大地上
一堵失修的墙根下，像猪嘴拱似的啃墙
哼哼叽叽地清洗着被玷污得无可清洗的
无处不在的灰尘和层层剥落的根茎
我会想起惊涛骇浪中的定海神针
风云起落时，威尼斯的潮涨潮落
无论是记忆还是忘却，或湮灭或遗落
一场暴虐席卷人类的未知的确诊
在怀胎十月的羊水中破裂，直到赤裸着生死
在秋雨冬霜，遗留下看得见、摸不着的，悬于
虔诚心灵内省时嘴巴喷出的听不懂的语言
而我的诗篇里欢乐和忧伤在陈腐的生命中
淋得透湿，呈现出风云莫测的迹象，呈现出
更加多变的气候和更加无知的表情

我用尽灵魂地呼喊，用尽一只雪豹的气力
在这张炽热白如尸的荒如月光的白纸上
交织赤橙黄绿青蓝紫太过丰饶的色泽
并在北方的雾霾中眺望哗哗作响的南方
期待喜马拉雅的中国樱花冰消雪融后
绽放的春天已在大地

44
尚未迈出的脚步，早已开始盘算怎样前行
行为、习惯、思考和行动，谁先与谁后
踏上始料不及的路途，把眼睛灌醉
与心灵保持一定的距离，将灵魂放飞
往事和未来，都会变得无牵无挂

世界啊，你拿灵魂是没有办法的。

在一个未知的世界里，行走是一阵风
风是牙齿上的吸溜，风吹雪雨，雪打花灯
这些风会将前行的道路遮蔽
我们必须前行，誓言：不达目的，绝不收兵
前进的道路总是充满着坎坷、曲折，更充满着欢乐
前进的理由和目的就是欢乐
来自我们灵魂深处日益涨满风的欲望
而欲望没有止境，像风，我们是风暴中的灵魂
那是浸满了我们的悲伤和我们的欢乐
即使那些在路上迷失的人一样有着盲人说的欢乐
什么叫无雨无阻，就是天上下刀子也照样行走
怕什么？反正风一无所知，眼睛也是醉的
只有心灵是放飞的，哪怕灵魂上落满沙尘
哪怕灵魂伤痕累累，锈迹斑斑
灵魂依旧满心忧伤，满心欢乐
因为欢乐和忧伤总在一张床榻上打滚

灵魂啊，你拿世界是没有办法的

荣耀的灵魂啊，为什么你像风
来得无踪，去得无影
为什么会是那样狂暴，为什么会是那样柔情
为什么我们谈起灵魂时显得苍白无力，无比荒谬
倘若你如风又随风而去
为什么我们会坠入你不可窥视的灵魂之渊
当我们迈开脚步一路追寻为什么你会沉入沙漠
将我们置于麻木不仁和口是心非的争论中

灵魂啊，我拿你是没有什么办法的

我站在曾经遥远的离海最远的沙村
在被称之为"一带一路"的
丝绸之路沿途的地区和国家
做着一种叫作"救死扶伤"的生意
用羔羊的皱胃做成的胶囊逆转着人们萎缩伴肠化的胃
看着我那三千万的羔羊从雪白到血红
不敢向你倾吐任何一个关于灵魂的字眼
用忧伤和欢乐的眼泪当一个沉默的诗人
心驰神往的灵魂啊，你何时才能坐在
人间这充满忧伤和欢乐的盛宴的至尊的席位上
为人间的人献出你美丽、圣洁而高贵的荣耀
灵魂啊，难不成是在把我眼泪化作鲜血
赤裸成红色，让欲望和心脏长成同一个形状。

2020.2.27

风的语种

45

风的语种，繁花似锦，风是先知
知天地，知雨雪，知万物富含的信念和信仰
风含着万物的气象，万物的欢乐
风的方向，总是充满欢喜，飘游的一朵云亦卷亦舒
　　　　万种的风情将万物的灵魂展现在大地
日日夜夜吹拂着激发着一切生命的欢乐
风啊，我感谢你，给了我强劲的能量
激发了我波涛般汹涌的诗篇
与你相遇在雨水，冰雪融化，春暖花开的季节
我愿意在这春风得意的时刻吟诵欢乐的诗章
平铺直叙抑或缺失韵律的即兴歌咏
记录下 2020，庚子年，蜿蜒的长江，辽阔的原野
涌上心头，穿过灵魂的忧伤和欢乐

我在风中入睡，在风中苏醒，聆听风的诉说
我听到一个民族坚强的意志，坚定的信念
如同看见南征北战，烽火，硝烟，弹坑
听见利剑相拼、长矛相交的声音
一场全面的没有硝烟的战役如此辉煌
白衣天使、人民军队不渝的信念
不灭的热忱，无瑕的真诚
还有踏上征途坚韧的勇气和不忘初心的使命
他们都是我们新时代的灵魂高尚的人
尽管他们名不见经传，却为挽救生命
默默地承受苦难，直到献出自己的生命
让求救者，危情的人得到援助，获得抚慰
如平缓柔和的风，喜马拉雅的中国樱花

越过陡峭的山峦流芳在万里江河
这自由的不屈的崇高的精神，高贵的灵魂
像风一样，在天宇、在大陆、在山峦、在江河湖海
在这风中——我想写出灵魂的大风歌
歌唱那些呵护我们生命的生命
歌颂那些热爱生命的生命
以赞美的诗歌不朽的诗句精心地
织入永垂不朽，悠悠长存的大地上，让生命
像风一样，纵情地，在原野上，江河上
以不息的乐曲，不息的风云，与日月同辉

我在风中呼喊，随劲风摇曳，风啊
我听到了你的声音，听懂了你的语言
就像一个民族为国家唱响的
生成和声的《我和我的祖国》
也在一个诗人的灵魂里生成了永恒的光芒
劲风沿着我的血脉激荡出诗人新的忧伤和欢乐
诗人知道，那是一种让人铭记在心头的训诫
是忧伤的光和欢乐的光相遇在大地
是慷慨的风、大度的风赐予人类的全部幸福

46
啊，我亲爱的读者朋友，我伴随着风
　　　行走在祖国大地，一路走来，走进了
属于我们的新时代，风引领着我，爱上了
祖国的锦绣河山，原野和森林，爱上了
我所爱的人和爱着我的人，我迷恋这个繁星下
风情万种的大地和大地上的万物
时常告诫自己要汲取大地的养分，修身养性
尊重生命，珍重德行，不贪慕金钱色情
聆听母亲的教诲，忧思母亲儿行千里的担忧
回想星光下母亲独处时的样子
回味土豆、白菜，一针一线缝补的衣衫散发的气息

以及在春风得意时有过的忘乎所以

或有的输赢成败时的焦虑和忘形和

自以为是的妄自尊大以及酒后的恣意、放纵

今天，我仍然会想起当初学着做生意时

母亲的告诫，以德为源，以信为本

一步一个脚印，踏踏实实，不虚妄，不编造

学会能大把花钱的本领

学会欠债还钱而不是拿命相抵

善待自己就是善待他人，"己所不欲，勿施于人"

我这样一路地走，走过了河西走廊，走过阳关

在西去的路上看到大漠和长城，落日和烽火

夜光里的酒杯和飞天的仙女

我走过千年的洞窟，欣赏沙漠里一眼泉水中的月光

阅读刻有象形文字的木牍，朗诵唐朝诗人的诗文

穿梭在浓荫密布的葡萄沟和

火焰山下涓涓流淌泉水的坎儿井

伫立在古旧的苏公塔下遐思高昌的繁星景象

走过梦一样迷住我的北庭宫殿

走进辽阔的草原，驻足太阳落下的地方

躺在云端中的牧场，看清晨升起的太阳

感受像河流一样奔流的欢乐流过我的身躯

我心灵的长河，我灵魂的胸膛

生命由此得到升华并闪烁着光明

在这块大地上汲取了最纯净的爱意

如同躺在母亲的怀里，头枕她的胸膛

在母亲温情的目光中安然入睡，在母亲的子宫

汲取了温慈的生命之初的诗的灵性

由此，获得这块大地古老的密境语言

便是心灵的才智，便是灵魂的一片风景

是大地滋养了我，赐予了我这样的福气

这样忧伤的这样欢乐的诗篇

2020.2.28

这首长诗如同那滔滔江水

47

这首长诗如同那滔滔江水，浪花涟漪

闪烁着气壮山河的景象，英雄的本色

我在多不胜数的波浪中，在无处不在的激荡中

在风的起落之中，赤裸在诗歌的长河

汲取着喜马拉雅的气息，雷霆霹雳之声

在一年应有的春天，太阳之火

穿过蛰伏已久的柳枝

在冰与火的狂想曲中

在我们的体内产生《春天圆舞曲》的音节

我们是太阳之子，荣耀的大地之子

此刻，我坐在三月明媚的春天，在清晨的霞光里

当南方的山峦、原野绽放油绿黄嫩的油菜花

新农村的庭院前开满美丽的花朵

当满山遍野长满翠绿的芬芳的茶叶

当万物的春天在金色的阳光下壮丽山河

看吧，看这块土地上，蓝天下，祖国大地气象万千

工厂的大门正在敞开，迎接着复工复产的工人

洒满阳光的田野上农民们正在准备耕作

阳光下的南方和北方，丰富多彩而广袤的中华大地

沐浴阳光，沐浴万物，沐浴无限的春光

太阳在照耀着我们的城市、农村，照耀着中国

鲜艳的五星红旗，鲜亮的党旗

万众一心的人民和人民军队高举着千万面旗帜

穿过没有硝烟的、被病毒侵袭的祖国大地

我们看得见，那一幕幕感天动地的场景

  看得清，那一张张青春的韶华，灿烂的笑脸

看得真，那一颗颗闪烁灵光，牢记使命的初心
我们听得见，那嘹亮的战歌响彻大地
听得清，那覆盖天地的雄壮的灵魂之歌
听得懂，那穿破黑暗的抒放死亡的胜利之歌

我看了很久，听了很多，含着春光继续写作诗篇
我要在领航人的铮铮誓言和确切的航线上
为我的祖国和人民谱写一支春天进行曲
无论我们经历了什么，正在经历什么
共和国的土地上，曾经的，现在的血染的宝贵财富
记住我们可爱祖国从胜利走向胜利的欢乐的眼泪
记住我们繁荣祖国从贫穷落后走向富裕强盛的历程
记住祖国人民前仆后继
战无不胜的信心和取得胜利的决心
因为我们有这样一个国家
当然我们相信一定会，祖国定能赢得胜利
因为祖国在和平、民主、自由、平等
正义的道路上前进
那些来自蔑视人类命运
搅起狂飙的声音算不了什么
那些地狱的威胁和鬼神的诱惑算不上什么
中华大地的旗帜，用生命和鲜血染红的旗帜
飘扬着，太阳照耀着，中国屹立着
正在以她的不朽谱写新的历史，走向伟大的未来

48

看，喜马拉雅的中国樱花，胜利的女神
看，昆仑之巅的银蛇舞动，气宇轩昂
世界在瞩目中国，中国在瞩目世界
火神、雷神，喷着火，擂着战鼓，大地复苏
看，我们的天使，我们的队伍
正在胜利的凯歌声中
冲出了病毒魔鬼无数次的围攻，饱含热泪

拥抱着完成使命的灵魂

穿过正在结束、已经结束的战争

从容地行走在豪情万丈的春光里

哦，勇敢的心，高贵的灵魂啊

我的祖国有你和你这样的人

牢记使命，不忘初心，从四面八方挺进，在挺进中

在猛烈的战"疫"中谱写了荣耀

把一个国家的光彩留给了新时代的世界

朝着春光流溢的人类大地的无限远方

朝着芳香四溢的世界的东方和西方

像流淌在中华大地上的长江、黄河，朝着大海

沿着一带一路一个个繁花似锦的共享世界

人类命运共同体的情怀正将世界人民拉近

人类灵魂正在获得解放，唱响生命之歌、自由之歌

是的，枝满鲜花、鸟儿唱歌的三月，已经来到

春光穿透了阴霾笼罩的大地，穿透

无数白天和黑夜里，肆虐在城市和农村的病毒

穿透人们的沉睡和无眠的沉默

诗人为哀思的二月献上三月的鲜花

与神圣的生命，神圣的死亡写下怀念的唁辞

用诗情画意告慰所有的亡灵

春天来了，春光正在扫除东西方天际里的悲哀

悲恸的星辰正在东方升起的太阳下坠落

无论病毒来自何方，将去哪里

唢呐和丧钟都会送走所有的哀伤和眼泪

因为东方和西方都在日月同辉，繁星闪烁的天空下

当然都会献上芬芳的鲜花，关切所有的灵魂

听，这浩荡变化中的春风

东风、西风，在天空汇合

在大地汇合，在大海汇合，交融出世界的新风

万物生长的春风，溢光溢彩的风，自由、流畅

欢快。我愿在这春风里，赞美这伟大的风，为
生命的忧伤和欢乐，献上一支春天进行曲
愿这春天的风和风景里的春天正好相宜
诗人相信，这融合的风，将为新时代，未来的时代
送去人类命运融合为一体的坚实的机体
就像根茎枝繁叶茂

2020.3.1

你知道，这是阳春三月

49

你知道，这是阳春三月，日子正在继续
我期待着一次饱满的飞翔，抵达草原
携着江河两岸的风，向大自然问好
向大地的万物问安，并请求责罚灵魂
即使风尘仆仆，身心载满忧伤和欢乐
远方很远，远得像是我头顶上的蓝天
远得像是落在纸张上的诗文
远得像是落在褶皱窗帘上的流金岁月
远得像昭苏草原上睡得正熟的谦卑的冬羔春羔
当春风吹响，冰雪融化滴落在
四月的山冈满山遍野的红了的杜鹃
苍茫无际的沙漠会有清泉涌出
如果我不能满载而归，忧伤的风会
吹拂掉落满尘埃的墓碑上的忧郁
墓碑上零落的花瓣会有知心的话语
会有虔诚的灵魂从泪水中滑落
咽下还是吐掉病毒的唾液
会尝到玫瑰和石榴酿造的惊悸与芬芳
在和田的果园摘一些五月的小黄杏

在巴扎上买一些桑葚和无花果跟李子树告别
会喝下一杯真正原产地的沙地葡萄酒和
带着血肉的神秘果茶以及异域的强身健体的水
吃下能让萎缩伴肠化的胃好起来的羔羊胃
如果我不能满载而归，欢乐的风会
吹着正统的风味供你尽情享用
我会在一个诚信可靠的地方为你打馕
会有芝麻的香味和皮牙子的味道
会有一串串的撒了孜然、辣椒面
盐和涂抹着羊脂的羊肉串串——

你知道，风很美，很美的风
是能让一切都变绿的风，让大地变绿的风
让我们一起穿上这风的衣衫，穿上它
走在明媚的春光里，在光明的景色里
在无限的好风光里，我们唱歌，我们跳舞
像风一样，从北刮到南，从东吹到西
穿过白天和黑夜，不带风险地走遍大地
在所有的有阳光、空气、水的大地上自由自在
如果我们在风中相遇
无论相遇在任何什么别的地方
不朽的风会把一切的灰尘尽扫而光
不朽的风会绿了大地，红了山河

现在，我背着风，与风同行
现在风在低语，我在聆听
捕捉风神延绵不绝的声音
我的胸口膨胀，肠胃咕噜着像是风琴拉响
像是被搁在了灶前古老的一个风箱，呼呼啦啦
地把一串串的日子拢在一起，震荡着呼啸着
绿色的风在我的灵魂里喷射着火焰

50

有没有哪一场风不穿过大地
有没有哪一场雨不落在大地
愿我们记住这风雨的大地吧，记住并期待
美丽富饶的这块大地的风调雨顺吧
因为茂盛的庄稼丰盛的盘中藏着大自然的规律
愿我们在负载过分沉重的时候，呼吸风吧
绿色的风会清洁我们的灵魂，完善我们的才智
愿我们面向清风，看天地万物，好好活着
活在温暖的大地上，把灵魂交给风
死在温暖的大地上，把灵魂交给风

如果有一场风暴刮过
我们将穿过风暴，让风暴洗礼
如果风能刮走一切的灰尘，我们不动扫帚
伟大领袖一定会很高兴
如果风能将烟囱的烟吹成直线
我们记忆中大堆扭曲的事物定能清晰
说真话，我实在不知道风口浪尖上的味道
也未曾遇到过也不曾等待
谚语说：风是雨的征兆
我在想，风雨交加会带来什么？浇透
尘封的记忆或是浇醒欲望的灵魂
我们会风雨无阻地前进，风吹雨打，稻花芳香
今天，我们闭门禁足，试想风在何干？
是什么风？我们像一只老鼠吗？待在洞穴里
难道，莫非是因为遇到了一个庚子鼠年
风在哪里？风将吹向哪里？
我想走出去，走在大街上，不是去看风景
如果风在那里，我遇上风，我将告诉风
我想和它同行，想快快乐乐地过日子
哪怕现在还有残余的冰雪，犹恋不去的病毒
我相信，风吹过的大地，城市和乡村一如既往

春天的雷霆会响彻遥远的群山

从草原那里会传来咩咩的叫声和悠扬的牧歌

雷霆说话，春风化雨

我相信，我将在诗歌的这片田野上

诗篇会像风一样移动，像风一样嘹亮

与所有的风相遇在春色满园的王国

在记忆中怀念，在欲望中痉挛

直到风从江河的浪花里溅出欢歌

直到风从喜马拉雅的中国樱花的花瓣上抖落

泪水里似同琴声倾诉的千言万语

直到一个诗人的诗句化作大地的万种风情

2020.3.2

拥有这个国家自然地理的版图

51

中国，拥有这个国家自然地理的版图

这块土地喂养着十四亿之多的人民群众

大好的河山，无限的风光

充满昂扬的斗志，滴水穿石的意志

脉动着齐力断金的豪情

完美的国家，有她共同的信心，一只红船

载着一个民族、国家、人民驶向共同的心愿

带着初心的使命驶向无边无际的蓝色大海

我为我的祖国写下过颂扬的诗篇

为可爱的祖国的新时代唱起赞歌

我是这个国家的一个合法守法的公民

就像一个农民耕作土地，我有自己的一亩三分良田

是国土上的一片地，我有权利耕作

为了活着，为了肉体和灵魂

为了拾捡光晕的麦穗

眼花缭乱的繁荣、兴旺、昌盛

我耕作着诗歌的良田，时有得意，时有销魂

时有丧气灰心，时有欣喜若狂，有膨胀，有崩裂

丰收的景象和颗粒无收的沉寂

原来如此的生活并非真实的现实

永远都是把存在的就是合理的归纳进

欲望日益增长的无限美好的未来

在这个国家，像我一样拥有土地的人很多很多

有些人拥有着更多的土地，超出眼界，超出地界

有些人把自己的土地流转承包给他人耕种

转身，变身，从他的土地上消失

有些人因为脑子不够灵活，种地种得不好

变得慵懒，他的土地亏欠着喂养不了自己

有些人外出打工，时间久了，也就忘掉了他的土地

在漂泊中生活在了别处

我曾经在诗篇中赞美大地，歌唱大地

借此表达我对土地的渴望与热爱

我怀揣着这些地块在国土上走来走去

常常会坐在天山上想起自己的一块土地

就会一筹莫展地哭号起来

我一直在走，一直在走

走来走去地走在自己的国土上

从万物复苏的春天走到万物丰盛的秋天

在这些光阴岁月里，堆积着桩桩往事

它们也像流失的时光，像随波逐流的河水

我将它们一一收集在我那诗歌的一亩三分地良田

各类新鲜的事物，五花八门的事件，甚至是

一些花边新闻，马路消息，各种的背叛、欺诈

说不清的离异，道不明的合欢，意外的天灾人祸

它们在我的诗田里堆积如山又如同泡影

这块一亩三分地的良田里有太多沉积

生活原来就是如此，被虚妄被充实
布满着无穷无尽的遐思和梦想
一代一代地、一辈一辈地成为往事
成了喂养我们的遗产
我满怀赤子之心虔诚地颂歌土地留下的遗产
在我的诗歌的土地上拾捡灵魂
为我和我们的新时代
将所有的灵魂高高举起，像火炬一样，给黑暗
用真实的诗歌语言表达时代的影像
表明现今社会正大光明

如果诗歌的语言失去了灵性，如果干枯
如果你在诗歌中听不到灵魂的声音
如果诗歌像一潭一言不发的死水
如果诗歌对忧伤和欢乐的灵魂一无所知
如果诗歌在黑暗中失去了火光照耀
如果诗歌是一滴眼泪，一块幸福的黄手帕
如果诗歌是不安的迷惘和愁苦的悲情
如果诗歌是灯红酒绿中的妄言
如果诗歌是电子广告牌上的商品
如果诗歌是轮盘上的筹码
如果诗歌是《封神演义》的占卦
如果诗歌是订书机扎穿的谎言
如果诗歌是一次冻结在当铺里的死当
如果诗歌是独资银行放出的高利贷
如果诗歌是令人寒战的深渊
如果诗歌是傲慢与偏见的姿态
如果诗歌是比无知更无耻的卑劣
如果诗歌是被异化了的猜测和悬念
如果诗歌是读到的咒语和遮蔽的魔法
如果诗歌是哭哭啼啼的婚姻和坟墓
如果诗歌是垃圾上的苍蝇和蟑螂
如果诗歌是孕育甲壳虫的腹地

如果诗歌是冒犯信仰的毒汁

如果诗歌是饥饿者的贪婪

如果诗歌是道德沦丧、精神堕落者的天堂

如果诗歌是一枚硬币的愤世嫉俗

如果诗歌是乌烟瘴气沙龙里的谗言和谣言

如果诗歌是对手足之情的诋毁和泯灭

如果诗歌是一次灵魂出窍的鬼使神差

如果诗歌是政治舞台上的道具

如果诗歌是对社会前进、文明进步的一次加害

如果诗歌是无病呻吟的磨损

如果，如果，如果，如果，如果，如果……

如果诗歌失去了它的光明正大的革命性

诗歌的诞生便是诗歌的死亡

哦，亲爱的读者，如果我做了什么，写下了什么

我以前也曾目睹过诞生和死亡

我只是想好好活在我行走的这块信仰的大地上

52

现在，我坐在被雨水赐福的春天里

看着一扇扇被春风打开的门

看见病毒像摇摇晃晃的咒

在春风发出飒飒的声音里消亡并将燃尽于火焰

我们都是被赐福的大地的孩子

是不幸之万幸的大地之子

我将张大开裂的嘴巴，伸出麻木迟钝的舌头

亲吻被雨水带来的洋溢着春光的幸福

将灵魂安放在伟大的大地上

回眸曾经关闭的百叶窗，转向新的生活

我知道，有许多双眼睛合闭在了关闭的百叶窗下

失去了打开窗户往外看风景的机会

我知道，纪念的花瓣和怀念的蜡烛

是生命之花，是欢乐之光

我的灵魂望着花丛里的他们

他们是这场抗击病毒战役中的战士

每一个遇难者、幸免者都是生命的拯救者

请记住，并且好好地珍惜，雷神山，火神山

亦已成为我们的记忆，在记忆中，讲述

关于他们的故事

让坚硬的荆棘知道

雨水和春天也会变得柔软、碧绿

春风化雨，一幅春满乾坤的画卷已经打开

只需我们走出去，用爱，全部的真心实意和灵魂

带着我们的忧伤和欢乐，喜马拉雅的樱花

像恋人相拥着品尝樱桃的味道

闭上眼睛亲吻不用语言表达的灵魂

让你的身心愉悦，就像春天的花蕾，秋天的果实

现在，我给一个仍然坐在屋子里发呆的女人打电话

我知道，她的母亲死了，她的丈夫死了

"就这样吧，"她说，"愿他们在雨水，灵魂安息，

愿他们在清明复活。"

我知道，她是在与亡灵对话，就像同自己说话

我知道，她相信他们的灵魂会复活

我知道，她怀抱着温柔的忧伤和真爱的欢乐

我知道，她正在孕育着另一个

快要降生在春天的生命

现在，我坐在 2020 年 3 月 3 日的午后

阳光落在大地

大地承载着未来的果实，根正苗红地扎在地上

风在哗哗作响，花在静静开放，我怒放着

在我生命里的死亡之花，她会变成天使的灵魂

在这场没有硝烟的战役之后

我相信，在新时代的春天里，这块信仰的大地将

生长出新绿，让全部的灵魂获得安宁

因为我们都是大地之子

2020.3.3

三月，献给黎明的交响乐

53

三月，献给黎明的交响乐，孕育了春天
忙碌的农耕，紧张的施工，架桥铺路
我们绿色的希望不是用语言，而是脚步的行动
大地已经复苏，雄鸡已经啼鸣
万家灯火，万家春花
我们走在春风荡漾的大地，从城市到农村
处处的欣荣景象证实中华大地依旧风华正茂
意志芬芳，春风依旧壮丽着红色的江山
无论寒冬怎样地雕刻奇异的冰雕
大地妊娠的火种已从底处跃出
一颗颗生命力旺盛的种子吐着泥土的芳香
在哺育万物的太阳下，我们都幸福地笑起
因为我们都是大地之子

是的，这是一片繁衍生命的，爱的大地
在与病毒、恶魔的角力中，慷慨的大地
充满爱的繁衍与生殖比死亡的凶残更永恒，更英勇
填满大地的种子怀抱春光，满怀激情
不朽的大地，爱的巨轮，转动着四季的叶片
当大地的火种将沉如深渊的黑暗照亮
病毒和恶魔便脱去垢辱的马甲
在升起的火种、耕作的牧歌、万家的灯火中
走向没有哀悼的死亡，或是火神山、雷神山的祭品
随着疾驰的"复兴号"，大山深处回传着汽笛声
诗和远方迎接着不亦乐乎的亲友

是的，这是一片饱经忧患而绝不屈就于那些强加的

忧患的、充满图腾的大地
劳动者的大地，光荣的大地
千年的风流，百年的华彩，生死之恋的大地
大地已摘掉荆棘的毒冠
大地正震响悲裂情怀的春雷
大地的火种之光已照亮了大地之子的双眸
涌动的红色，青蓝的炉火，分外妖娆的江山
在熔炉里冶炼成金的千万金睛和亿万赤身
正以雷霆万钧之势形成众志成城的初心
日夜不停高奏火的颂歌
把目光寄托给迎着骇浪航行的舵手
把赤诚的心献给生命的使者
当风儿绿了山河，大地便铺满迷人的风光

是的，风笑了，春天笑了，大地笑了
我们幸福地笑了
我们在新生儿的啼哭声中，踏上新的征途，沿着
印满祖先前仆后继、千里明月朗照的足迹
以钢铁般铸造的，坚不可摧的意志
从一个起点到另一个起点
前进的道路上，有我们的忧伤和欢乐，有
美好的憧憬和苦难的不可磨灭的记忆，有
我们对这片土地的热爱和永无止境的追求

2020.3.4

太阳照样升起

54
太阳照样升起，朝霞飞舞，路途上的鸟儿
在飞翔，在唱歌，啊，春天的大地，我要出发

踏上千丝万缕、盘根交错

美丽丰饶而又广袤的国土

啊，春天的大地，我已心潮澎湃

贮存在冬天的雨水正在浇灌心岸

我渴望它任性地流过古老的死亡之河

像湍流不息的黄河之水，奏响新的悦耳的序曲

将积淤在深处漂流物，搁浅的腌臜物高高抛起

被黄河壶口的高高巨浪击得粉身碎骨

被千百年的圣洁的冰雪洗礼出清澈的蔚蓝的

金光银色的流苏，让肥沃的大地变得更加健康

我披着朝霞的衣衫，带着风和梦的颜色

为我和我的时代的大地歌唱

首要歌唱比死亡来得更早，更加永恒的生命

我相信，大地并不是为死亡准备的坟墓

那是因为大地所包含散发的自然气息是我们的气息

那是因为大地所生长的谷物、果实就是我们的性命

那是因为大地的脉搏里流淌着我们的血液

那是因为大地孕育了生生不息是我们的母亲

我赞美大地，歌唱大地，因为我们都是大地之子

我知道，我所有赞美、歌唱的诗

都抵不上大地的一次孕育

但愿，在大地的孕育期，我能滋长出心灵

但是，大地啊，无论我发出怎样的声音

都抵不上大地的语言

我没完没了地歌唱大地，除了歌唱大地

我说不出还能干些什么，如果我失去了歌唱的能力

我会在大地被白光刺痛的眩晕中

在一片漆黑中扯着嗓门号啕大哭

大地啊，为什么在你喂养之恩的大德世界上

听不见惊蛰在我灵魂里擂响的声音

看不见惊蛰在我脸上绽放的笑颜

大地啊，在我走过的时候，只看你一眼

就看见了绿了的春风，只需停一下脚

就能听见麦苗生长拔节的喧嚷

而我的胸膛里却涌动着焦急的剧疼

注满我心痕的合欢却挂在清晨的露水里

喜悦的心语却在唇齿间哆哆嗦嗦

大地啊，在被世人称之为"惊蛰"的时节

一粒沙粒，一只蜥蜴和一只蚂蚁

一条蛇和一只老鼠

披着光彩穿过大地，一只秃鹰飞过大地

高高在上的天空在大地上落下郁郁寡欢的云团

一匹高大的雄健的战马精神抖擞天马行空

告诉我，我日夜兼程的路途还有多少艰险陡峭

我周游天下的目光才能看得见千百万亿的石榴花开

才是你殷实、脱壳、赤裸、柔韧、芳香纯洁的米粒

才有赞美、颂扬的诗成为大地上的圣歌

55

向着春天，眼里的春暖花开

世界人类的花果园里再度喧嚣、升腾

爱的肉体和灵魂，活着的意义和活着

我的肢体语言穿过颤抖的灵魂

我歌唱，歌唱出生在大地上的骄子

歌唱从大地之子中产生的英雄儿女

他们就走在我们的前头，尽管

肆虐猛烈的病毒缠绕席卷住他们的身体

罩在口罩里的脸上没有惊悸、战栗

肢体的语言舞动出美妙的憧憬，超越了一切

方舱医院里所有的人，每一个人，每一颗心

肢体同样穿行于舞步间颤动的灵魂

在他们的眼里，巴哈尔古丽带给了他们

鲜花盛开的草原，看见了眼界里明媚的春天

从被压抑的痛楚河流，纵横交错的沟壑

从日日夜夜惊恐万状的折磨

从蕴藏在日日夜夜里的期待的笑容

从早已长大的，如饥似渴的一颗纯贞的童心

光大，壮丽如影随形的真实的灵魂

我歌唱，歌唱行进在春光里高贵的灵魂

我要在这个春天，2020 庚子年的春天的大地上

用我的诗歌，颂歌这块人人向往的大地

用我的诗歌，赞美这块土地上伟大的人民

当我乘风而歌，自豪的不是我写下的诗歌，而是

世界人民和中国人民的爱之歌

是人与人肩并肩、手拉手与爱同行的爱的歌

哦，向着春天，眼里点点滴滴的春光

会从我们每一个人的喜悦的眼泪里掉落在大地上

会是姹紫嫣红的共同分享的大千世界

我向春天的大地歌唱

我相信，在我走过春天的大地时

许多人都会在春天里走

自由的春光指引着我们想要去的任何地方

自由的春光召唤着我们走出阴霾，消除迷惘

生机盎然的春天，春风会吹响所有沉寂的地方

春色会舔舐去所有的孤寂和伤痛

春和景明的韶光会抚慰忧伤和欢乐的生命

我相信，走在春天里的每一个人都是光彩的生命

我相信，所有的人都会得到春天的祝福

都会迸发出春天的力量创造新的伟业实现美好愿望

每一个人都会毫不迟疑地接受来自春天的祝福

都会以爱，以诚相待地拥抱这个春天

这个充满忧伤和欢乐的为灵魂而来的春天

在这个自由而幸福的春天里怀念

为春天献上生命的每一份力量

为他们的灵魂复活在清明献上春天的鲜花

2020.3.5

写在春天的诗，带着呼吸的翅膀

56

写在春天的诗，带着呼吸的翅膀

捎来高空里的晨露，心旷神怡的春光

欢乐的大自然，自由的风漫游在青山绿水

从南方到北方，风儿拍打着爱的羽翼

启迪三月的春风，如期而至的芬芳

将你从沉睡中唤醒，忧伤正在离开

欢乐的忧伤，为爱临落在黎明的枕头上

请你摘下口罩，捂住的忧郁，兄弟姐妹们啊

父老和乡亲，春风的芬芳已摘掉了病毒

为所有的树木花丛戴上了春天的花冠

来吧，请伸出你的手

揽一束缀满绿珠的绽放的玫瑰

登上徜徉着春风、沐浴着春光的黄雀楼

俯视浪花中欢畅的岷江春水

满眼里都是山清水秀，看吧，这柳暗花明的景色

雨水和惊蛰在春风里喜结良缘

牵着你的手的我的手如同呼吸的翅膀

让我们在雨水后的天空，自由呼吸，自由飞翔

飞过江岸瞭望江水的高高的楼宇

飞过广阔的平原和直入云天的

珠穆朗玛，白雪皑皑的昆仑山脉

飞过被春雷惊破的惊蛰直到凤凰涅槃的斑斓色彩

来吧，在这，欢愉的春和日丽，让爱漂越大洋

掠过茫茫戈壁，漠漠黄沙

驱散愁结在大地上的云团

让我们在雄鸡高啼之声中高举丝绸的旗帜

在春风里播响战鼓奏唱胜利的凯歌

为我们的祖国欢呼雀跃

让欢乐掠过森林，穿过江河，荡响在海洋

将我们的爱化作阳光，以绚丽灿烂的

淳朴之光欣然关照桎梏的灵魂

在迷惘中获得自由和新生

兄弟姐妹，父老乡亲，大地之子啊

春风正以她荡漾的喜悦和春满大地的情怀

千丝万缕的亲情，以欢乐邀请人们走进春天

走进神圣的春天，怡人的春天，强大的春天

装着你我心潮澎湃的春

以新的英姿勃发青春韶华

欢迎你啊，大地之子，一个诗人在春天的诗田里

撩开他赤热的胸膛，张开他强有力的双臂

笑脸相迎着称呼为兄弟姐妹、父老乡亲的大地之子

在欢乐的笑声、欢快的舞步中走进春天

大地之子已在神圣的春天

无畏、不屈地击败了病毒

恶魔正在燃烧的神山化为灰烬

春天的百花在薄雾的白面纱里争艳斗芳

诗人将在这个春天里，亲吻驰向群星闪烁的灵魂

在春风沉醉的夜晚唱着安魂曲

57

一个老人在叙说往昔，会泪流满面

我的眼里会收进这个 108 岁老人讲述的故事

关于火把、草鞋、褴褛的衣衫

斗笠、草根、树皮、草地、雪山

硝烟、战争、饥荒，满路上奔走的人……

那是历历在目的往事，记忆中闪烁的北斗星光

那一声声的诉说，荡气回肠，令人心碎

如那拆了桥面的链条，凝结着多少大地的灵魂

我曾无数次走过早已铺满鲜花的桥面

伫立桥头，仰面抬头倾听那些触动灵魂的声音
我不想提起太多的灾难，战争或是战役
不提起过去，不是没有记忆，不是为了忘却
万物之母的大地已把大地之子安放在了永生的大地
我相信，那些永生的生命始终都绽放着花蕊
所以，老人的眼里饱含泪水，心田里的生命，那
永生的幼芽仍是他童稚心灵里，泪水里的爱
是大地永恒的忧伤和欢乐

我们来自大地，我们都是大地之子
大自然是我们人类的居所，既是喂养我们的大地
更是我们培育的大地，互为一体地相处在一起
不是藕断丝连，而是根深叶茂，当以母亲比拟
甘甜的乳汁永不枯竭地喂养着每条生命的根茎
大地复苏万物，赐以琼浆玉液，大地之子
以神圣之气，乐乐和和地往上生长
无论是一棵小草，一丛灌木，一把荆棘，一棵大树
请相信，没有一粒种子的嫩芽会向下生长
即使因为寒冷，或因干旱，被禁锢的种子
都会获得大地的力量，沐浴在阳光下
大地之子啊，上苍的宠儿
请满意地居住在这永恒的大地上
与万物生灵和谐相处，没有节外生枝
在大自然的家园里童叟无欺，没有傲慢偏见
让她像混沌初开时给予的清新亮丽
使我们迷惘的眼睛明亮
将我们的全部身心投入到，新时代、新世界的
宏图大业，在新时代的波涛里，披荆斩浪
奔向美好的生活，大地之子啊
请接受一个诗人的祝福
他歌唱的大地，赞美的祖国
就是你们梦牵魂绕的故乡和自己的家园
是你们用辛勤劳动建设的荣耀

是你们汗水、泪水、血水浇灌哺育出的美好回忆

我穿过这记忆的大地，充满忧伤和欢乐的大地
夸耀赞美颂歌坚实的大地和安居乐业的大地之子
虽然时常会在梦中听见悠扬的唢呐，会失落于
寥廓的苍穹，会穿过一团羊毛一样雪白的云层
在高高的天上透过云层看我走过的大地
或者是坐在子夜里燃着蜡烛的菊香书屋
与离开肉体躯壳的灵魂和母亲说话
会看见母亲在慷慨的春天，怀抱故乡的阳光
走在春天，走过我曾经走过的地方
那些土地上生长着小麦和玉米
有我们重新建造的房舍，房前的
树木已长成一棵大树
原先黑灯瞎火的河西走廊，跟头绊子的乡间小路上
我的名字就是照亮摸黑的光明
母亲就是那束花，是我拥着的光……
我当然知道，温暖我、抚育我成长的
是母亲怀里的光
是不黯然失色的美好心灵之光
是闪耀在繁星夜空充满诗意的光
是与我诗歌相称的光
是我颂歌大地的光
是我诗歌大地上获得的光，我幸福的时光
我因此获得了大地的光彩
与大地和大地之子呼吸与共
以人民的诗人为名，热爱大地
为大地献上大地的诗歌

2020.3.6

大地是祖国的大地

58

大地是祖国的大地，祖国是大地的躯体

是各族人民的心脏，是旗帜，是太阳

沉默的大地啊，当我一次次在天山上祖露心怀时

古老的风羽吹送着孕育雨雪的云雾

我会坐在离天最近的云端草原，一顶毡房里

与哈萨克牧民喝香味浓烈的青稞酒

听他们讲着一个个的故事，听他们唱歌

一只雄鹰怎样飞过草原的天空

一只羔羊怎样被狼吃掉

一只老母鸡在丢失了个把月后

会带着一群的小鸡归来

一只狐狸是怎样学会像黄鼠狼一样给鸡拜年

一壶奶茶怎样煮才是醇香的有奶皮子的奶茶

一只迷途的羔羊怎样用小蹄子踩过牧羊人的脚印

我会在他们的故事里遐想，总会感到忧伤

一顶毡房，一片雨中朦胧的草地无数的野花

孤寂的瞭望塔，塔尖上的星辰

万马奔腾的磅礴气势

夜明珠和祖母绿，草丛里一声婴儿的啼哭

国王骑过的天马，叼羊和射出去的箭

缓缓流淌的巩乃斯河

雨过天晴的草原上疯长的野蘑菇

一滴一滴的露珠里

闪烁着一点一点的皮红

扇动着翅膀浴火重生的野罂粟

还有那些竖立在草原大地上的石人和

刻着奇异图案的石柱

这里的我的忧伤带给了我无限的欢乐，我从中渔利

这里的我时常忧伤，但不伤神

给了我欢乐美好的精神

给了我消灾驱邪欢乐又正直的品性

哦，这块喂养着我的大地啊，我向你致敬

　　向你问好，为你酝酿一部欢乐的颂歌

大地啊，大地

在一场突如其来的灾难面前

一首诗是否会像光芒射穿云层

是否能给不停忙碌的人和不断痛苦的人带去欢乐

是否是道高一丈的仁爱者的灵魂

是否是富有创造力的光芒和深思熟虑的行动

是否是舒心的喜悦和清新的智慧

是否是祖国大地上楚楚感人又医者仁心的慈悲

诗人啊，愿你的诗歌是大地心满意足的产物

　　　　是从大地生长，经由大地哺育的童真

　　　　是在四季里都怒放的永不凋谢的花朵

　　　　是大地之子无名英雄无比高贵虔诚的爱

　　　　是沙地上老都不死的一棵植物

诗人啊，愿你的诗歌在大地上扎根成长

　　　　变为大地上的森林、河流、山川

愿你的诗歌汲取大地的琼浆玉液

愿你的诗歌成为四海之内共同的语言

　　　　愿大地之子的灵魂成为国民的心声

　　　　愿世界各地的人民都是大地的主人

诗人啊，愿你的诗歌唱出真正的大地颂歌

59

我不知道，成熟的落果和未熟的青果

一滴雨凝结成冰凌，嘴巴木木着缄默

冬至的一片雪掀开了覆盖住一座坟墓

吃力的一次呼吸，胸肺鲜血淋漓

关于江岸渔火，关于我王的盛宴
那些活着的人去参加死者的葬礼朝向死亡
承受着无休止的痛苦折磨
一个刚刚参加完葬礼的人，不久前还和死者
说起了一部小说：《白雪乌鸦》 讲述
一百年前的一场在东北大地上蔓延的鼠疫
数千具尸体在烈火中化为灰烬
两个人，现在还活着的和曾经也活着的两个人
一起祈祷："愿每一个灵魂，都能找到自己的天堂。"
一起控诉一盏残灯下，一派喧嚣声中飞扬的尘土
可恶的病毒魔鬼为什么能在大地上猖狂肆虐

我不知道，成熟的落果和青涩的落果
从哪里开始，从哪里结束
就像生与死，天天在开始，天天在结束
用什么方法能够体验到生也体验到死
一个人的人生可能会体验到许多事情和生活的滋味
一个大活人只能在梦里看见自己的生死决战
听见灵魂的声音，或轻或重的审判
然后在疾速的坠落中醒来，一贫如洗
或者仍像是梦中听见天庭或是地狱门口的大风
我不知道这是哪门子的风，笑的风还是哭的风
虽然生活仍在继续，风云在天上飞来飞去
话说中的魔鬼在大地上走来晃去
枯黄的一片败叶从天上掉下来砸在某个人的头上
两个孩童正在用金色的翅膀变成天使
一对白鸽正飞过和平的纯净的蓝得像眼泪的天空

我不知道，成熟的落果和青涩的落果
哪一个在黎明前的曙光，哪一个在黄昏后的落日
还需要超度多少的亡灵，默诵多少亡灵的经文
才能品尝到果实的酸甜苦涩
才能够让人世间过上甜蜜而又美好的生活

我献给大地的诗歌才是大地的芬芳
如果那些罪孽沉重的鬼魂仍在大地
惊扰大地的身躯和灵魂得不到应受的刑罚
那么就让我变成一把火，燃烧干枯的柴草
在春风里获得大地的新生
无须用鬼魂们所需的超度和经文
大地有她丰富的牛羊、谷物、奶汁、面包
还有草莓和多种水果

2020.3.7

我们从未停下过脚步

60

我们从未停下过脚步，可见
我们不累。我在这块大地上走来走去，已经很久
现在我越来越感到疲惫，可见
我是累了。现在我一直待在家中，可是
我很是累。肉体和灵魂都像物体自由坠落

从前，我把自己比作一只大鸟
并以自己想要的姿态飞翔
翅膀的灵魂秉承一片羽毛的意旨，为生命振翅高飞
天空及大自然以其广阔、慷慨、丰饶、富足
供生命去飞翔
自由自在像云彩一样。

现在，我站在黄河岸边，喃喃自语：
"三十年河东，三十年河西。"
大江大河大海依旧浪花滔天
一群大雁从我的头顶飞过，披着金色

广阔的天空回荡着掀起云彩的盖头
辽阔的大地火车的汽笛震颤着黄河
我注视着隆隆驶过一列列西去的火车，桥上、桥下
岁月完好无损，黄河两岸的景象今非昔比
现代社会的霓虹灯饰光彩夺目点亮了新的时代

三十年河东，我穿越过面前的这条黄河
披戴着煤屑，穿过浓烟，越过秦岭，喝着黄河水
带着美好的憧憬穿过我贫穷的青春时代
多么朝气，多么意气，多么奋发的青春时代
多么令人骄傲的美好的青春时代

如今，我的青春时代早已一去不返
在我所站着的地方，紧贴着流逝的岁月
时光消失于疏林炊烟，杨柳云天
而脚步呢？脚印呢？去向了哪里？
是谁在召唤，肉体的、灵魂的、欲壑难填的欲望
刻意准备好的还是并不知情的假的面孔
悉数盘算盘中犹豫不决的米粒可能的梗阻
一千次的想入非非，搭错车的忐忑不安
穿梭在来来往往的车水马龙不知在走向哪里
怀里揣着随时都会晚点的列车时刻表
从熟悉的黄昏走进清晨的朝霞
坐在某一个站台探出半个身子看着远去的火车和
沉寂在大雁塔下一座城市的钟鼓楼
记忆的钟楼像八月之光中炸响的麦穗
纷纷坠落在青春描红的城楼上
在那里经受风吹雨打，烈日曝晒
一粒一粒在这古老的壁炉上啼叫着化为语言
亲爱的九曲十八弯的黄河啊，你轻轻地流淌
直到我面对壶口你的咆哮以及春天的雷霆
直到钟楼敲响缅怀往昔的钟声
"知否，知否"是黄河唱出的歌声在喜马拉雅山巅

"知否，知否"是雷霆在春天说话

三十年河西，我穿越过面前的这条黄河
披星戴月，穿过雾霾，越过黄山，喝着长江水
带着美好的憧憬骑着天马驰过月光照亮的大地
直到穿过千沟万壑的山峦来到延安
我登上典籍和真理的宝塔
俯视温文尔雅的延河在阳光下伸向远方
向陕北的山山水水致以热诚的问候
阅读富有传奇色彩的版画，走过她的四季
在许多的窑洞里瞥见了明若朝晖的光线
看到了一座座窑洞像纽带一样连接起来的峥嵘岁月
不同凡响的崇高的使命
还有那些古老的山峦，在那里，陕北的精神
影响着我，伟大而不朽的灵魂，永存的生命之光
赐予了我无限的灵感，向我渗透着巨大的
陕北大地的情怀和托升灵魂的和声
那些声音从山脚下响至高高的山顶
穿过遥远的时空回荡在山谷，响彻在有着宽阔胸怀
的陕北大地，拥抱着那里的乡亲父老
因为陕北，因为延安，我孕怀着无比厚重的虔诚
真切地感受到了延安恩惠赐予我的心灵之光
绵绵地滋润着我，获得了朴实、美好、必然的仁厚
我倾心于至高无上的陕北情怀
饮水思源于圣地延安，将颂歌的诗篇献给圣地
与往昔告别，不再纠缠卑微的话题和嘈杂的欲望
在那个充满历史与现实大事的地方
加之如注的力量
最合时宜又合缘的涌动在心头的领悟以及
心灵中相应的宏阔，那里神奇的力量给予我力量
那里的火光闪烁着人类圣洁的信念，至纯的信仰

我和陕北诗人谷溪沿着延河，听他讲述陕北

他心中的延河，河岸绵延不绝的山峦，内战的
血腥并未玷污陕北的厚土清纯的水波，根脉
不绝的陕北大地就是一片神奇的土地
孕育着、蕴藏着所有未来的心愿，所有的憧憬……
我在陕北大地，在祖国神圣的这块土地上
听到了陕北人民的祖国语言的声音和
所有奔向那里的青年都有的美好心灵之音

我在这块土地上，向可爱的祖国，颂歌或赞美
在这块土地上扎下的永生的根茎
为她尽情地吟诵永远胜利的赞歌
笃信，人类将以坚定的步伐迈向命运共同体的未来
幸福美好的生活终将会来到泱泱大地

2020.3.8

我仍然这样独自走过这块土地

61

3月9日，星期一，新的开始
小雨下了一夜，白天，阴，−1℃—10℃，小雨。
清晨的鸟儿在飞，我仍然这样独自走过这块土地
脚步踩过坚硬的大理石地面，只有声音，没有脚印
踩过大理石的声音，前脚的声音，后脚就此消匿
呼与吸在我的胸口呜咽
目光掠过灌木新添的一点绿色
春天沿着昆玉河，沿着鹅黄色的柳条，沿着树根
沿着庄稼地奔向空无一人的废弃的村庄
沿着离开主干道的小路潜入无人居住的出租房
沿着蚂蚁纷乱忙碌着爬行的草丛簌簌作响
我步履艰难地从踩碎的泥土走向石头的地面

记忆先于我钻进发黑的麦秸秆，惊醒一窝的老鼠
一阵春风刮走我嘴唇上的焦虑
炉膛发出爆裂的火光声
我想到许许多多
想到无人对我的杞人忧天多加指点
我不知道，虚妄的眼泪为何在眼窝里转圈
我不知道，虚空的灵魂为何像
一只幺蛾子飞过一盏油灯
我不知道，虚无的一声叹息会像挂在树梢上的柿子
我不知道，为什么是虚的，无限虚的念头在思忖
我不知道，一笔勾销的是幻想还是现实
外带一片寂静的草原
加上的是我的泪水还是我的叹息，消减了什么？

我在清晨的阴雨中独自伏案写作
文字从指尖落在地面
想想春天里的这片大地
我感到有些力不从心，或已思想涣散
如果我继续沉睡在那里，春光是在催眠还是会唤醒
诚实的农人会开着拖拉机翻犁出大地原有的气息
保留祖祖辈辈、世代相传的对大地的信仰
只管耕地播种
不会过多地去想收割
因为播种和收割完全是另一回事
就像我把我诗歌的种子种在祖国的大地上
我种下了什么？这块土地适合什么样的种子？
如果种子不好，完全可能会死葬地下，死于自身
而这块地绝不是一块荒无人烟的大地
如果怀疑大地，宣称大地已被污染，被玷污

在这个伟大复兴的新时代，伟大祖国的国土上
祖先的基因，流传下的种子，在这块大地上繁衍
即使曾经银装素裹，千里冰封，万里雪飘……

即使狂风怒号，雨雪交加掠过大地荒芜土壤
就是离开了这片国土，漂洋过海远走他乡的人们
也知道，更没有忘怀的
这块土地承载着一个伟大的强国
也记载着一个民族生生不息的光辉历程

我面对我要耕作的大地，播下的种子
没有死于这场肆虐刮过这片大地的"疫"灾
就是因为我属于这块伟大的国土
勇敢、善良、仁爱的人们有对这块大地的神圣信仰
天使般的双手交叠在绿色的、白色的连体防护服上
伸出他们的双手投入拥抱的风险
这个姿态以最美的方式闪烁在所有生命的十字路口
他们的脸面有如这片国土
坦诚、健康，充满生机与活力
没有阴暗的口实也没有热情洋溢的言辞
是初心也好，使命也罢，其责任是珍惜和捍卫生命
某些人为的是坐在自己的风景线上，夜以继日地
为自己做着死亡日记的记录
以小丑的腔调谈论死亡的话题
而无视疾驰飞奔而至、踏雪而来的
从四面八方前去作战的队伍，来自
这块土地上刚刚摆脱贫困的水果、蔬菜
来自新疆和田的大枣，喀什的馕
巴音郭楞草原上的羔羊
来自南国的相思，北国的牵挂，爱的大地
风景里的那个人，请你转忧为喜吧！
面对生者和死者
你所观望、记录下来的烙印不是耻辱
你的或有的泪声，或有的恐惧的嗓音与乌鸦相似
与鳄鱼相近，因为你看不见任何伟大的信仰
文学和诗歌，理所当然，是爱的力量
新时代的风尚

不是诗歌的伟大，而是国家强大，民族自豪
是这块大地上愿国家美好如愿的人民伟大

如果你播下的种子是你加工过的，自以为是的
你就会变成死亡的种子，如你风景中的喧嚣，嘈杂
你手中的笔当然是你自己的死灵魂
在这块长满信仰的大地上，你就是个"0"
而我活着就是为这块大地
这块用鲜血染红了的大地唱赞歌
在"千里冰封，万里雪飘"后的国土上发出回响
像春风带去自由，像鸿雁捎去春光
我便耕耘，播下我诗歌的种子

2020.3.9

如不如意，时刻都要走过

62

如不如意，时刻都要走过，护住应有的爱
抛弃掉颓废，时而发作的衰竭，剔除心中
不正不纯的欲念，包括不动神色的邪念
心头大为恼火时恶语相赠，护住应有的痛苦
就像母亲用爱保护自己的亲骨肉，剔除掉直言相告
的威胁，也剔除心神不宁时的仓促的暗示，剔除
漠然作祟的轻视，护住孤独与失落的心，将血液
一滴一滴地喂养，酿造出美酒
泪水和甜蜜，忧伤和欢乐
护住不满和伤害，贫穷与劳累
护住宁静纯洁的心

里里外外打扫屋子，吸尘，擦地，洗锅，抹灶

……这一切都无人知晓，也无须告诉任何人
每一天都有黑夜，不用问，还有什么更黑的东西
能黑得叫人望而生畏，能叫梦在黑暗中疾驰

那是一列穿过河西走廊消失在黑暗中的火车
而我，已在丝绸的照耀下独自披着月光，接近天穹
你看见天穹的光直射在沙村幅员广阔的沙地上
沙粒在苍老的脊背上闪烁着金光
我知道，他已经把远方染成了金色
你眼睛里看见的不是什么黑暗，那里根本没有黑暗
那里的一切都被光明所统治
包括肉体和灵魂，连黑暗也被光明统治
那里的光明，就是你最初所理解的含义
即便枝叶间产生纷争的时候
那里的光明会弥合裂缝，还能射穿尘埃和黑暗
那里的光是时光里的光，自由的光

我知道，那是一粒沙村的沙子
是一粒穿过黑暗一路收集一切光的沙子
我能听得见，也能听得懂他的语言
我知道，他所有的声音都来自大地
所以，你要知道，他是怀着赤子的心肠守护着光明
是一粒穿过泥土一路收集一切光的种子
带着光回到泥土中让正在生长的种子听见光的语言
为了生长，为了成长，为了繁荣，为了茂盛
为美好而歌唱

如不如意，大地闪烁光耀
苍穹星光闪烁，拥住所爱
以爱见证，世间没有恶。悲伤或是喜悦
到处都是生命的河流
身体不会受到伤害，那里有你的山水，有你的良田
有你的气息和你喜欢的味道

用你的眼睛感受通过你

心坎的光，少一些分别对待的争论

多一些对物质和增长

欲望的管控，我们知道

生不带来，死不带走，又如何斤斤计较

一寸光阴一寸金的又拿什么去称量？

在迅速蔓延的一场"疫"灾

过后，如不如意，有心无心都会涌出无限感慨

活着就好

能够走进大自然的气息

搂一缕春风与爱同行，爱的忧伤

和欢乐在你的心中，一切都属于你！

2020.3.10

给自己写一首诗

63

给自己写一首诗，没有功利，没有目的

就是想给自己写一首诗

（a）

你看见的我，是不是我，我不知晓，看上去像是我

我看到的我，是否是我，我不确定，看上去不像我

一个自喻有着天大的本事的人，他躺在客厅的沙发上

无病呻吟，自言自语地念叨着含糊不清的话语

我并不清楚他在胡说些什么，为什么要胡说八道

他含糊其词地说：

"如果我活不到天亮，会不会活到天黑"

我猜想他一定是想了很多心事，他人的或是自己的

也许还有他臆想的，凭空想象出来的，当然

不会缺失真实的现实

发生的，正在发生的和没有发生的

总之，他捂着自己的胸口

一道坎拦在眼底，一堵墙梗在心脏

你我看得见的他，来自西域，来自天山

他从那里的戈壁、沙漠、草原、湖泊

荒原、山脉中走出来

自以为是地以为他会跳新疆舞，唱新疆歌

天真地认为他能够做到能歌善舞

人们都叫他"光头"，我一千次地为他剃发，朝着

奔流不息、灯火阑珊的秦淮河，山顶上的定林寺

我看见他朝着一个沉睡后的女人——

他的母亲，一千次地为这个睡美人

他的母亲、心底的情人举行葬礼

他这么说自然有他的道理

你我都不好说，他怎样理解

仁慈和爱，心灵和灵魂，忧伤和欢乐

（b）

我常常会口若悬河，夸夸其谈，而他保持着缄默

从清晨到午后他都可以不开口说话

像他母亲说的：

"这个小哥三岁了咋都不开口说话哩。"

等他开口说话了，始终也没咋学会说话

你我都知道，他不会说话

或者他说话很不着调，不靠谱

有人告诉他，生活不是梦，也不是诗

而我眼里的他见天伏案，从阳光到月光

他把他所有的生活都埋进诗歌的土壤

你看见他就像当年的苏武在草原上放牧

歌声飘过他的光头落在长满鲜花爬满羔羊的草地上

看见他在大地上采撷着无人问津的花朵

如果你站在低处，自然就会看见夕阳下，黄昏里

站在暮色中仰望星空的光头佬

你还可以看见他三千万只的羊群在天山漫游

当然还会看见"恰同学少年，风华正茂"

八月之光站在麦田里的少年光头

穿着没有鞋跟、鞋底开洞的鞋捡拾麦穗的他

会梦见他坐上的一趟穿过河西走廊的绿皮火车

会听见他鼻腔里鼻涕不断吸溜吸溜的声音

会看见他眼睛里泪光闪烁眨巴眨巴的憧憬

那列火车的炉膛在熊熊燃烧，火车在狂野奔驰

他就坐在那样的会走、会奔跑的绿房子里

呼喊着河西走廊，古老的残垣城墙下的村庄的名字

和钢轨撞击出穿透大地、刺破黑夜的声音

2020.3.11

爱的诗歌

（c）

不知是否，你读到过他的诗，爱的诗歌

赞美的诗，颂歌的诗，一直荣耀地闪烁在光头的诗中

他一直在诗歌的大地上，在伟大的诗歌中行走

在无边无际的黑夜里遭遇灵魂的洗劫

叩响诗歌的大门，唱赞歌唱悲歌

忧伤的歌会从胸怀中释放出伟大的赞美之音

我不在乎别人怎样对待他，看待他的诗

他确实是一个怀有赤子之心的真正的诗人

如果你能赤足走进他的诗歌土壤，脚底会扎出血来

你能心疼你的脚心，就会心疼光头

如果不是这样，那就是我的过错但不是骗人的谎言

因为光头说过，诗歌算不上什么

没有谁会把写诗当作是工作

一个没有工作的诗人，他的劳动当然没有回报

因为诗歌虚空、虚妄，像令人神往的远方

如果你我都解不开受生活束缚的理想翅膀释放灵魂

我们就永远不会产生长出翅膀的念头

就像一个禁足的人或是一个犯了罪的囚徒

如果你我现在就去推开他的门

就会看见有无数道光，只有真正走进去才可见的光

就像走进黎明来滋养在黑夜里会降临的光

不知是否，你愿意去推开他的门

推开，走进去，走近他，怀抱大地的露水

在黎明的清晨里，聆听或是朗读光头带泪的诗作

（d）

来吧，让我们坐在光头的菊香书屋里谈谈灵魂

别让大把的时光消磨掉，因为时间等于金钱

在时间溜走之前，将灵魂挂在他虚掩的门边

像亲密的挚友沉浸在他的存在中，湿透二分之一的生命

谈论灵魂。如果人性的枝梢上站着一只乌鸦如果

半夜鸡叫，一只流浪狗在午夜里哭泣

如果有一个人，活得背信弃义

且不听劝阻，背着麻袋走进金山成堆的黎明

如果你认为太阳升起的时间会迟上一秒

时间和金子都会变成祭坛上的烛火

我们会不会错误地认为烛火是在燃烧自己照亮世界

彻夜不眠的一次谈话，从糊涂走向清醒

清晨的风将皮囊装满，如果灵魂藏得更深

现在的情绪更糟，推迟从肺部到胸口一直堵到喉咙

试图想要表达的，证明的，最终事与愿违

天边升起的并非彩虹，而是妖娆的三缕青烟

思念或是半声叹息消融在求之不得的灵魂

无奈成为人生而为人的最大难处

那么大的一条河总会遇上一条搁浅的鱼儿

这么大的一片大地总会有适合的种子生长

如果见天都在仰望你所心愿的天空

我们骑在驴子上满天下四处寻找驴子的去向

好吧，现在让我们坐下来，和光头诗人好好地分享

我们自己的灵魂，畅饮一杯友谊的酒

（e）

光头的诗，一个黄金时代的绝唱

你与我，谁要是懂得一首诗，就应当

在诗歌的海洋里奄奄一息，就该在

大地上去种下一粒诗歌的种子

你我就站在田埂上只看一眼正在大地播种的光头佬

犹如你我看见我们自己

眼睛里瞳仁中闪烁的那一滴躲在眼膜中的泪

难道一定让光头视死如归？

我当然会看见他窝在沙发里，赤身裸体

他面前的茶几如同他的供桌，摆满了祭品

来自西域果园里的巴旦木、小白杏、核桃、杏仁

以及从未凋谢过的一朵玫瑰，爆裂的石榴

当然，我也看见他出去时穿着袜子、鞋子

当然，你也听见他赤着脚回来了

难免，你我会对他说长道短，人言可畏

一个人活在人世，死后留下好的名声，是否不易？

因此，让我们为他祈祷，愿光头的诗歌

永远留在他死后的人间，在他自己的大地上活着

愿他能丰衣足食，自给自足，喂养他的躯体和灵魂

前前后后的太阳是一道金光

会让你我看到刺眼看不见光

因此你我才会哭着笑，笑着哭

如同你守住了一个人，未必就能守得住心

如此看来，我得把光头举上我的头顶

我们彼此彼此，你我只是看见了一个光头。

2020.3.12

我举着他……

（f）

我举着他，血淋淋的头颅，血液向上流淌
当沸腾的热血熔断深锁在底处的管路
放浪形骸的血液涌过心头，漫过堤坎，流向
一把剪刀，你的第一声啼哭，沙村的七月
卯时的光摧醒了一个黑暗的夜晚
无比的光景随着你，带着生命的忧伤和欢乐
这是最初的光，他并不晓得刹那的永恒
那道光，实际是变幻无穷的光，赤裸的光里
包含了诞生和死亡以及复活的时刻，当然
爱是天生就有的，所有的人感受得到的爱的光芒
都亲吻过我们的身体，额头上的唇印衔接起心灵
我无法知道你曾经的面孔，也就谈不上重温
灿烂如血，让你心花怒放，只在你的血管里涌流
你能否告诉我，他为何满怀激情而沉醉不醒
我将怎样才能沿着河西走廊抵达沙村
让他的泪水从我的眼里流过，流过沙村焦灼的烈焰
将用谁的热泪凭吊北庭的宫殿
用谁的心灵之耳倾听吹过殿堂的风语
我能否如是对他说你来自沙村，你是一粒沙子
如果你的眼泪不是酒泉的酒
金杯银杯也无法将青山绿水化作
你生命中无题的盛宴之欢言
一如沙粒，一切都将沉沦都将湮灭
是否忠告：如果你能淡泊宁静

135

且能笑脸相迎又相送

我便能想起当初你灿烂的笑脸

我便能看见七月八月之光黄金的麦穗和麦粒

我便能听见漫长的河西走廊你的歌声升起在天空

我便可以满心欢喜地拥抱你的忧伤你的欢乐

和你一同拿沙村的沙金建筑金色的房屋

用一粒粒沙粒重塑纯属金色的宫殿

穿过金色的走廊，带着满载着梦的花篮

告诉很多人，你诗歌里的沙村在什么地方

告诉他们，我所看见的沙村在大地上盛开着

尽管顺丰不见得就能快递去一封邮件

但我喜欢你那里的天空，那里的日光

喜欢那里的山水，那里的绿色大地和

掀起盖头迎接爱人的人们，那些在节日盛宴上

能歌善舞笑着说话的人

喜欢在他们忙碌中将你的诗变成歌儿传唱

尽管我仍然是一个穷人，手中无金无银

请别问我何所有，让我感到卑微难言

只要你诗歌的沃土在，种子就会撒落

会从呼吸的大地上获得天性灵气和

充满真知灼见而无比赤诚的赞美诗

光头啊，你应该感到庆幸，理当感谢大地给了

你隽永的诗歌和纯洁的灵魂

2020.3.15

如果人心崩溃

（g）

某些人总是推崇如果雪崩，如果人心崩溃

脉搏的跳动就会消失在血脉中

你给他个金山银山又能怎样，如果一直等到

天黑也没他的音讯，点亮再多的灯盏又能如何

如果没有盼星星、盼月亮那样的心灵

泪水和叹息便会被爬上山冈的月亮汲取

沉醉的春风会吹得我们神情恍惚

谁能为我们搬掉心灵沟壑里积淤的凸显

谁的笔尖在描写一场雪崩

窃喜着代言开口演说

盗用雪的缄默雕琢每片雪花都有的一副面孔

当黑夜和天空突然坍塌

我以为某些人的言辞习惯了他的心安理得

自以为等着雪崩沉寂下来时他已成仙

我一直看着终年积雪的博格达雪峰

圣洁的雪滋养着冰山上的雪莲花

柔软地卧在山冈触摸着蓝色的天池

我看见的姑娘像王母娘娘躺在明月下沐浴

很远的未来带着自己早已承袭的遗传基因

我仿佛听见灵魂的声音在低声吐露

很像你内心萌生的赞美诗篇

你变得无私，做着三千万只羔羊的梦想

像那些沉默的羔羊在辽阔的草原上

像一朵朵白云从夏牧场转向冬窝子

从冬天走向春天，带着心和舌头，爱和欲望

从冬窝子转场，走过春天，奔向云端中的天山牧场

你走遍了国土，看见过四季如春的牧场

如果可以，我们也想要

你说：那就把它装在灵魂里吧

因为万物的灵魂从来只拥抱春天

因为只有灵魂才可以复活

你又说：既使你的周围都是荆棘，也会在

春天里复活，生硬会变得柔软，刺尖会融化为花蕊

依然是恋人们心中的伊甸园

因为灵魂深处藏着你的忧伤和欢乐

我是不是庸人自扰，在有意无意间制造混乱

把本是快乐的日子打发得七零八落

把白天过成黑夜，喝一口酒就烂醉如泥

我应该在你面前忏悔，感到耻辱

不是锁住心灵，而是砸碎锁链

粉碎并在天空、大地上燃烧，是不是

早该获得解放，做自己的主人，拥抱春天的灵魂

当你看见我像飘过昭苏草原的云朵挂满涟漪

当你看见我像盛开的罂粟花朵赤红如火

看在你高贵灵魂的分上

记得端起昨夜盛满我灵魂的酒杯

关切一下我那不知羞耻的醉鬼的心灵

如果你看见我疯言疯语地穿过大地

2020.3.17

沉默长于黑夜

（h）

你滔滔不绝，口若悬河，沉默长于黑夜

为什么有人会把白天过成黑夜，夜以继日

驰骋在一览无余的荒原上，与抖音搏杀

为什么，你是不是得告诉我，是什么，又为什么

另一个人会跳下楼，为什么会对生活绝望，是不是

一句话卡在了喉咙，少说一句会死吗？

你说我是不是有病，今天的脑子像一个空痰盂

昨夜今晨从睡梦中醒来，许多的脸面模糊不清

他们都是谁？对我说了些什么？为什么是我？

跟在我身后的人像一棵树上的叶子，风一吹就落了

我又无法转身，看一眼嘴角就挂上了泪珠

很多思念从忧伤出发，忧伤还是忧伤

你说岁月那么坚硬，时光那么坚挺

那么柔软，那么脆弱

你知道的，我十分想念柔软温暖的沙村

岁月和时光像沙子一样缓缓流淌过快乐的流金岁月

阳光、沙滩、农场、田园、草地

牧场、河流、牛羊，玉米和小麦

四壁结实的地窖，细沙裹着的土豆以及

唱小夜曲的鸟雀

当然，还有你和放牧的羊群走过的黄昏

我总是会想起，我想，你也会的，我们在沙村长大

在沙村分离，你我都知道，我们的声音在夜晚的

草原上放牧，看月亮，数星星

很美，很遥远的爱的思念，很忧伤，也很快乐

尽管看上去很模糊，想起来很遥远

尽管忧伤和欢乐的颜料是泪水

但是，从身边溜走的岁月从未腐朽

每日都有新鲜的耳语，都在你刚刚出炉的

一首首赞美的诗歌中，在你博格达童话的故事里

石榴树还跟从前一样，舌尖上的灵魂，牙齿间的

液汁，唇齿上的甜味，沙漠中的葡萄长廊

还有天使，而你离开的时间已经很长，很长

而我，在你越来越少的精准语言面前

会继续说着闲淡的话，乏味的情话，俏话

舌尖上落满了厚厚的，发黄、发黑的舌苔，混杂着

掺和在灵魂里的垃圾，过期的食品和色欲的废渣

在一张张没有记忆的羊皮上摊开一劳永逸的咒语

你是不是得拉上我一把，正在背离信仰的身体

在穿过你的河西走廊时，千万别迷乱在

改变着色彩的十字路口，别让马路上的石磴绊倒

或者，拉我与你同坐在沙子里

一起看着我的儿子和女儿们在沙滩上玩耍

在 2020 庚子年的春天，面对大海，呵护生命

倾泻进春花绚丽，抵达我们曾经

有过的感情，有过的爱，让他们看见我们曾经

有过的黑暗，有过的善恶，复活的阳光和沙漠中
的那棵石榴树，草原上的三千万羊群以及
你用沙金书写在大地上的赞美诗篇

（i）
在茫然不解的忧伤中，地窝堡机场的上空
缓缓飘浮着一团团云雾，飘过博格达山峰
在茫然不解的忧伤中，飘过雪花中归途的人
风吹雪，裹着通红的手掌
相思像雪花中的灯光一样流淌
远方的爱人安静地睡了，是的，我的天使
睡梦中，雪花落在白雪公主的城堡，等待着我……
我独自在天山之巅的高空满怀不解的忧伤
飞越整个遥远的边疆，一切都渐行渐远
而那里，你走过的喀什噶尔，古老的城，似曾相识
来自那里的气息像沙粒一样落在你的嘴唇
一切语言都在沉睡，典籍也在沉睡
那里的人民在店铺门框上张贴着完全相同的春联
朝着你迎面而来的是矜持的微笑，街巷里的炉火
热腾腾的油糕、奶茶，一碗清香的羊汤
你的目光扫过远远近近的高台民居屋顶
那里，是很遥远的地方，是记忆中最遥远的光
那里的一切就如同你对沙村的记忆，一切都在沉睡
城池、街巷、地砖、门楼、墙壁、颜色
烤肉架子、陶瓷、馕、馕坑、切肉的刀
水晶玻璃器具、茶壶、胡杨树根、壁画
乐器、巴旦木、核桃、英吉沙刀、岩石
玉雕、鹅卵石、店铺、披肩、石榴、伽师瓜
广袤的大地一切都在沉睡
你也在沉睡中，在睡梦中相遇
在一切都成了一部小说《沙村》中的梦

注定是要穿过这四面八方的来路不明的黑暗

140

像呼啸过黑夜里的一架飞机

你高高地飞起，飞过天山

飞越漫长孤寂的河西走廊

你看到的所有人都站在高高的塔楼屋顶的斜坡上

黑色的森林上落满了沉睡的雪

你看不到那道最遥远的光，冻僵的生硬的大地

将你的记忆冻裂在豁口的泥土里

不是记忆，也不是忘却，几乎已被撂荒多少年

那是你自己的血肉之躯，那里的土壤融为一体

我看着你，睡眠，你曾经是一只大鸟

你带着那样的负重，到处看到自己的人民

和你一样的血肉之躯，你有枷锁般沉重的感情

孰轻孰重的雪花并非像一只鸟身上的翅膀

沉重的石磨磨碎的并非同一种谷物

尽管都来自泥土，都有美好的愿望

灵魂和肉体会不会在磨盘上相遇

如果可以，哪怕你是在说梦话

你应该告诉我，是不是

在磨眼里可以共生死呢？沙漏在说，说着梦话

你睡吧，睡在苍穹所不知的时间里，在茫然不解的

忧伤中，你睡吧，说不定醒来后就会

露出欢乐的笑容

（j）

谢天谢地，你回到了北京

你从首都机场 T2 航站楼走出来，走进北国的冬天

进进出出的人和你一样一起进进出出

因为我们生来就在东奔西跑，从这里走到那里

或者，其实有很多时候并不知道在走向哪里

长江流域的一座城市，因为离别，人们一起站在

闪着寒光的江水广场上，举行规模宏大的聚会

就此别过，成为生命中的一场诀别

因为我们的命运就是分和离
或将丧失一切成为死亡和天堂
我们匆忙赶着要去的和急忙着要离开的地方
有太多期待不能如我们所愿
像是甘沟的风吹雪舞，车轮在不倦地飞驰
当然的理由，当然的分离，当然的相聚
这些都是言之凿凿的无须言表的
无须告别的分离和相聚
是记住乡愁又为乡愁所困的爱的滋味

我不记得你已经有多少年没有回去过年了
你不是这里的也不是那里的，你也没有儿时的家园
你在红星照耀下的中国
剩下一种仰望星空的乡愁
我仍然看见的是你眼睛里的泪水
其实很像陕北诗人谷溪讲述的默默流泪的老牛
我想借问天光，是谁独揽大自然的光耀
我对大自然叩问，是谁汲取了驰往黑暗的光
我想知道，光如何会隐入黑暗之中
汩汩作响的江水是啜泣还是春声
我是不是可以在那里发现你灵魂的两个面孔
看见你的忧伤和欢乐飘过你的头顶
你知道，我已经很久都没有看见你笑的样子
但我仍然想沿着河西走廊，从一月走到三月
从冬天走到春天，觅见你的足迹
我相信，在这个伟大的了不起的走廊上
会遇上你这个光头诗人的忧伤和欢乐
会和你在八月之光的麦地上拥抱
在炽热的日头下，炙烫的麦茬地上诵读诗歌
或者，重新开始料理日久未耕杂草丛生的土地
重新磨利擦亮早已生锈未曾保养的犁铧
由我们自己做土地的主人，商谈关于种瓜种豆
在你仰望星空的时刻，在你眼里看不见东西以后

我们把现实中的幻觉和梦想一笔勾销
保留与我们最亲近的泥土的气息，那里
有我们的根，无论是这个时代还是另一个时代
春耕或是秋收，我们都要管好土地，管好
自己的犁具和镰刀，尽职尽责
今天，我们站在走廊上，像你一样仰望着星空
我想问你，我们应该在我们的这个时代里做什么？

2020.3.19

在光的保护中，我获得了抚慰

在光的保护中，我获得了抚慰
告诉我，你为什么能够微笑
而我却如此地难受
我知道，这束光镶嵌在了人类大地
忽然的雨水，升高了中国樱花的高度
在春天已经来临以后。

4月4日（清明节）的一切死者的哀悼之音
穿过那一束无畏的光啊
驱走了寒冷，驱走了黑暗
我便可以长久地在一只只夜行动物飞过的黎明
站立于红色中的光芒
我的血液红了黑夜
那是穿过宇宙的星星而来的仰望的光年

今日，青青的草地，繁花盛开
岁月与大地分享着悉知的风
感觉着柔情，以水的姿态，迎着四射的光
彼此隔离的日子以后，彼此微笑，因为

依然不是久别重逢，而是从未离别
也只是额外的些许有的一点痛楚

今日遇见你，阴阳划分界定着你我的距离
我知道昨日离去，今日掉落下来的是一滴泪水
我知道，一切的江河都在汽笛长鸣声中寂寞前行
今日，以节日的色彩，珍重你的远行，以他人的归来
今日，春风伴着新绿，掠过枝丫，将你升起
我在寂静与低微，或存的卑微中
听见每一丝风都在唱歌
歌声在开满鲜花的大地上萌发出谜样的气息
仿佛是我看见的那道光
从未被忽略的永恒，在今日的神圣大地上
你的辽远的生命之光临照着人类
我便以缄默膜拜长鸣在鸣响中的撼动天地的光

遇见你，遇见光，遇见青春
青春之光。在已经降临的时光里
我来向你，向我们的英烈和逝者们
捧递上岁月里最后的菊花和最初的玫瑰
三分钟的长度，时间就这样流走，三生有幸。
春风沉醉的清晨，我必须从降下的半旗举起
高高飘扬的旗帜，在簌簌作响的嫩枝上
俯身，贴近飘垂着的 4 月 4 日枝梢上的一吻
四月的春光在祖国的大地上，你所到达的那里
远方的光像圆柱一样结实地立着
以便接纳亿万人民供奉红色力量的巨大神祇
将奋发的斗志种植在芬芳的春天里

我当然地想到，甘愿在我的诗田里
有一块休耕的土地，有你休戚的微笑
将每一个字，每一句诗融入光里
将光与大地放在心坎上

将发生在人间大地的疫事植入朗朗的诗篇中
我无法在诗歌中描绘你的国，你的家，你的家国情怀
无力在降临的光和复苏的时辰里讲述太多的炽情
我穿过河西走廊，穿过六十天的寂静的倾听
期待胜利！渴望胜利。

在昆仑之巅，高山和白雪，蓝天和云彩
武汉的英雄们，属于荣耀的英烈们
以其卓越的行动所构成的光，那繁星满天
那永恒的闪耀，光芒洒落在古老的大地——
大地上永恒屹立着东方的国家——中国
诗人将在我们的繁花似锦的新时代
含住仰望时刻那闪光的灵魂
在太阳，光辉的旗帜，在春天灿烂的芬芳
在 4 月 4 日，将东方红，太阳升的
百年颂歌献给你的国，你的家。

遇见你，遇见你们，遇见新时代的精神元气
　　你们披挂战袍，戴着憧憬的羽饰
　　你们穿着胆识和勇气的护胸
　　你们使自己充满仁爱，力量和高雅的灵魂
穿过岁月中刻不容缓的时刻
　奔向江河岸边的大地，奔向英雄的城市
　　　　奔向生命的真谛和英雄的武汉人民
充满爱，充满自信，以持之以恒的活力和坚强的意志
赋予武汉人民理所当然的生命之渴望
成为转瞬即逝的命运之天使，带来新生的曙光
将生命献给了你爱国的神坛上！

2020.4.4

今夜，月亮升起来了

今夜，月亮升起来了，以其无比的温柔，无比的无畏
　　　　　　无比的巨大

我坐在子夜里的菊香书屋，宁静如月
宁静致远。并未想到要揭开你的面纱
很多很多的人，很多很多的国家，地区
大大小小的社区
都在今夜的月光下戴上了口罩

我知道，他们都不是蒙面人
所以，我请你定下神，以便品尝味道
　　　　　　　以便会用精微度的天平
　　　便知：孰轻孰重

今夜，全世界都在喧哗，在闹腾，在变幻莫测
　尽管谁都无法确认是否有别的危险
所有的人都知道，那不可见的巨测以及诡计
　正以某种诱惑，正在悄悄地靠近
因为人类必然从终结走向美好的开端
当然，这需要人类的巨大包容，不可得逞
　而一切依旧无休无止
只是为了贪心而不知足

我呢，今夜端着一盏鸣沙山下的夜光杯
在你的月色里照亮自己
仰望我曾经的天空，失落的伊甸园
在被你遗弃的大地上生长着大地的欢畅
正在轻轻地沉入你的胸膛，进入梦乡

梦见我坠落时，你的每一串泪珠……
化作的花雨，化作的长袖和你楚楚动人的舞蹈

我呢，在这个充满对峙的人间
　用蕴含着古老的爱的春天祝愿人类
　　变得聪慧，变得贤明，变得圣洁而纯真
因为你放逐我你当然知道你的绵长的柔情你当然
　不会忘记尚在人间向你通风报信的我

2020.4.7

那硕大的一轮圆润的月亮

今夜，2020 年的 4 月 8 日，子夜的月光下
　那硕大的一轮圆润的月亮
我为你庆贺，庆祝你在安居后涌动
这是你的渴望，飞翔的时刻
总是迫不及待，与时间赛跑，时间里的生活
最终从无数个日子，从今夜，告别了最寂寞的时刻
你知道，会有幸福的时刻与你相遇在
通往仁爱的路上

我为你庆祝，此刻，祝福你
江河在奔腾，长风在沉落，一切在挂念
生命就像轻悄的长江
非常古老的痛楚在岸边房宅里
今夜，灯火阑珊，流光的路上，光像精灵
我在远方聆听着跳着圆舞曲的春天
江水如此柔情。

我为你庆祝，此刻，你懂的，懂得了爱的喁语

与长风里飘在盛开花朵中的蜜语

一次最为饱满的绽放，一声长叹，一个亲吻

我并不知道，今夜是浪漫的告别还是重逢

你的回眸抛向的是你自己的最后一瞥

遗忘或是怀念，会想起重启的也有止步的生命

都将融入黄鹤楼鸣响的钟声

都在你的月光里溶入我的酒杯

我以无尽的炽热为你庆祝

并将我或有的哀怨还给落满长风的大地

因为我已为你哭过，今夜为你而笑

让这首诗和月亮一起升起

怀抱着坚韧的年轮成为温柔一泓泉水

今夜，2020 的 4 月 9 日，夜半（农历十六）

　　月光落在我的脸上，也落在他人的脸上

在我的菊香书屋里，在一盏油灯下

母亲为我照亮了我所有的黑夜

我知道，我从前爱笑，现在哭着

因为我为我的亲爱的祖国献上了赤子之心

我只是笑，笑着相信，你不会看见我的泪水

你可以安然入睡了。

我呢，继续坐在月光下，与往事干杯

　　为你，为我，为了高悬在空中的月亮

从前，你是我的母亲，我是你的儿子

现在，你是我的情人，我是你的儿子

将来，我仍然是你的孩子。

今夜。我在菊香书屋用钢笔画上月亮

　　月亮走，我也走，我跟着你走，一直走到头

看见隆起的沙丘和数亿的尘沙盖住半金半银的绿野。

2020.4.10

今夜，我为自己而歌

今夜，我为自己而歌
在我彻夜失眠时，彻夜在你的体内
醉生梦死的样子。
我睡着后，另一种醒着的样子
站在窗台上看着你离去时的背影
而你看不见你哭泣的眼睛

2020.4.14

你们都是非凡的英雄

你们都是非凡的英雄
在你们攻克敌人的时刻
我正在四处流浪，经历着最难的日子
我祈祷：愿所有的人平安
那样的时刻，无畏的无数的将士们
在黑色的死亡面前并不避开
告别亲人，穿过大地，奔赴战场
岁月在流逝。他们牵挂着小心肝，爱妻……
劫数尚且未尽
他们在英雄的城市里再次成为英雄。

2020.4.17

行走在异国他乡的土地上

行走在异国他乡的土地上
随着掠过大西洋的风浪
将她枯槁的头发变成风帆
看上去，她的身体就像一团海绵
或者很像一堆正在腐烂的横肉
她用左边和右边的嘴巴里的牙齿
伸出来，龇牙咧嘴的言辞说：
　　"如果你不会说话，但愿你闭嘴。"
她又说："你是什么人，你从哪里来，你是咋来的。"
　　她说道："如果你无知，请勿打扰我。"
我只能说：你如此地放肆，目睹着大地，你
　凭什么甩锅，而后又甩袖而去
　你这个居心不良的权谋者，请你别胡说
　　别胡写，别胡来，别胡闹。
如果……你就以你的心愿改换门庭，自逐出大地。

2020.4.20

无论你是谁，今夜你出走

无论你是谁，今夜你出走
你所熟知的历史，是一座古老的房屋
无论你是谁，你在今夜出走
你所认识的道路，是一条陌生的道路
而我在你的人间，踏破铁鞋没看见的是
我看见你的双眼

难得有这样的夜晚，月色朦胧
如同我儿时的童话
我梦见昭苏草原上的天马

你当然会看见一个骑士
恍恍惚惚的一个男人

你在别人的道路上通向自己的家园
路漫漫，其修远兮，那是一条无尽的路
你看不见我，看不见一个诗人
为你打开着所有的门扇
每一扇门都通向世界
　　　　　都通向诗人。

一个诗人只是带着远方的梦
习惯了想着想要你将我唤醒
如果有一天，我睡着了以后
别叫醒我，别哭泣，因为我的血液里
　　　　没有回头的路，因为，那个最爱我的
　总会想着我，她会想着我这样一个孩子
我当然思念着你，请你唤醒我吧
以爱人的爱唤醒你的爱人
我就必定在你的身体里流淌……

2020.4.24

像人活着一样

像人活着一样，或者像是一棵树那样，
活着（当然人有不同，树种有异）。

151

要活着，好好活着，

别死，好好地活着，时间长了自然就活明白了，自然

就活好了。要尊重常识，遵循规律的价值。

学习认真和踏实（当然人有不同，树种有异）。不是

能够一概而论。不是每一个人都能做得到

也不是每棵树都能够有的。

　　不急着让别人马上认可，慢慢来，慢慢地成长

坚持不懈地做自己

让别人认识都需要一个过程，有时候需要很长——

相处久了，心中才有。所以需要更加关注长期价值。

需要始终如一地坚持，积累，不间断地"取舍"。

我们还不具备相应的人力和财力，所以选择

就要切合我们的实际。

2020.4.26

我们所要关注的东西

我们所要关注的东西，就必须是大众关切的事物

得有共同的获得感，即所谓的认同感。

我们知道，我们内心的世界里的个人生活

永远无法超越自身。

我们因此要学会与他人分享

即便在迷惘中，在挣扎时

我们仍然需要与他人创建一个

能够为我们自己活下去的养分

并且要为之做出终身的努力。这是关于

如何探索，如何寻觅，如何成长

如何发展的新的开端

悲哀是现实的，无可回避的

有些人无法卸下日常生活中的鸡零狗碎

其结果必然是一地鸡毛或一地狗屎

有些人关心的不是自己的身体

只是醉心于某一时刻的心花怒放。这样的话

我们永远都找不到自己的全尸和完整的友谊。

关于我，我把自己弄成一个诗人

一个梦想家，一个自以为可以

创造神话、传奇、谎言、欺骗魔幻，一个童话，一个

日夜都在夸大其词的人。当然，我得告诉这个人间

我虽然性格、品行不那么端好

但我不喜欢更不愿意争辩

我不喜欢马拉松式的谈话，一针见血就好

　　如果你十分愿意与我争斗，而且又不如所愿

　　　　你我的关系就十分危险了

　请你离开或请你顺从，否则，我就离去。

2020.4.27

亲爱的，这样方便谈话

亲爱的，这样方便谈话

为了看见你的心灵深处

　　我的天空，空无一人。

　　千万别以为会弹钢琴

你就会懂音乐。

　　我没有童年。

我在金色的秋天里

　　　沉思乐曲

　你我的人生大不相同

但是，我们彼此要学会尊重。

　　关于辛铭

　　　　光头诗人
他过着不稳定的又灵活的哲学家的生活
你知道，你没有完成人间的心愿
　　也没有带给人类快乐
　　　但是，别让等待的快乐的快乐
　　　失去以后才感受到快乐！

　　这样吧，我把自己抵押给你
　　　你是不是心安理得？
你要懂得，未知的世界
　　是百科全书
　　　你得好好研究进步的方向。

2020.4.29

这一天终于来到了

这一天终于来到了，从秋到冬，春天来了
病毒消失之后，剩下的是无症状的携带者
一天，又一天，天天如此，日复一日……
岁月就无情无义地用它的利爪把人间大地
撕得面目全非拆得满目疮痍
今夜，我坐在乌鲁木齐美丽的草原上
迎来了初夏的第一场雨
仿佛是我眼里的泪滴的灵魂
我累了，我睡去
梦见一个小男孩在大地上向着天空放飞
　　我知道，他希望能够回到天山
　　　他愿意将苦难的人送到鲜花盛开的地方
初夏，绵绵的细雨之夜
大地上点亮了各种色彩的灯盏

　　将昔日的忧伤照亮
　　　　将泪中的微笑铭记在心
没错，夏天来了，夏天来了
　　是春天将夏天带来的
是所有的春天带来一切的夏天
　　　　假如你知道冬天来了
　　　　　夏天正在等候
所有夏天都以最热烈的情感
　　与你与她相亲，相爱

2020.5.5

我喜欢大地上的田园和劳动的人

我喜欢大地上的田园和劳动的人民
善良占据着我们的心底，灵魂喂养着我们的肉体
我高高兴兴行走在哺育我们的大地上
告诉我，用我的或是我们的泪水可否洗尽污浊
　　我知道贵如黄金的并非一贫如洗的泪水
那些处心积虑使人间沦为沧海而又为桑田的人
当要读一个诗人的诗作
一条并非情愿便降临在大地上的蛇
我愿意承受强加给大地的一切恶果
不愿让你活在生长着莫名的突如其来的病毒中
今夜，我陶醉于月光下的爱抚和星光下的柔情
　　与天山的风云交谈
告诉我，用我的爱能否爱慕我的祖国和人民
让诗人举起酒杯
将进酒，把精神的光洒向人间
尔后沁入你的心扉，成为快乐
我知道伟大的中国正聚精会神

155

汇集起宇宙般的力量
毫不迟疑地绽放出
无限光辉光彩夺目的芬芳

2020.5.22

我在天山看北京

【2020 年 6 月 21 日，全人类在抗"疫"，天狗和太阳。夏至：金色的指环。父亲：我心中的太阳。

我心中是蓝色的天空，是承载着一切的大地母亲，包括人类的命运，我们自己的忧伤和欢乐。】

我在古老的丝绸之路上，在我穿过河西走廊
在蓝色的一带一路上
在我心中开始唱起同一首歌
诗和远方展开它梦想的翅膀
当人类大地上肆虐仍未祛除病毒
让我们共同为大地的和平、人类的友谊而祈祷
让我们在人类的天山用双手围起太阳的微笑
愿我们能在蓝色天空金色太阳下彼此忠心友好
愿我们的生命充满真知，活力，爱和光明

夏至将丰腴的润圆的饱满的
喜悦堆在你的唇齿
金色的麦粒闪烁着太阳的微笑
我现在坐着或是站在天山
置身于新时代的心灵视野
仰望金色的太阳，看到了世界的新气象
这光芒要与世间的黑暗与人类的魔鬼较量
仁爱的光芒会照射到每一个有信念的心田

我因此而欢呼宙宇的心灵
愿其意志强大，思想永恒

各色的群鸟在天山密林中和谐地飞行
和夏至的风和盛开的花朵和金色的麦浪
奏鸣出美妙的吟哦
水晶般透明的天山牧场千万只小羔羊
在富有灵魂的青山绿水漫游
寂静的木屋和森林讲述着喀纳斯湖的传说
我在聆听充满意志的回响
在呼唤穿过黑暗向我们走来的光华
我在天山，立在高耸入云的凛冽寒风的高峰
我是一个攀登者
一个想要目睹壮丽而荣耀高山的人
一个怀揣新时代、新希望和信心的勇敢的人
愿宇宙般的心灵引导着我们的远方和诗歌

2020.6.21

我有怨亦有问

1

风景，看上去很美，我在沉思
丰饶的大地，泥土和漫长的庚子年岁月
沾满泥浆的热狗和炽热的太阳
犯着糊涂的老鼠和千岁万岁的大米
被岁月撕成碎片的诗歌和
诗歌中光头诗人的诗和远方
对于一个登上高耸云端在天山的人
虽然有沉积的猥琐，有些许的积怨，或有……
而我的转身，风景里只剩下陡降在大地上的云团

坚硬的石头在风中悲伤地唱着歌儿
你看见的是石头，我看见的是你
请你别在乎这块又臭又硬的石头发出的声响
因为这个世界将有新的声音唱响
眨眼的风景里
呈现一轮金色的圆环闪耀天空
犹如我看见的戴着金指环的你
我心中有说不出的喜悦和快乐
我想对你说，请你给我你的光
好让我前方的崎岖山路成为坦途

2

万物都有生灵，沿着万物的春天向前行进
以它们自己的方式、自己的颜色和自己的声音
敲响寒风凛冽中的一面大鼓
我在天山上看着山下的旌旗
天马的翅翼扇动了一切世界的春天
而我并不在你出生的地方
在人间的大地上
你看见的是石头，我看见的是你的
慷慨大方以及你的灿烂如浪的花瓣
我知道，那是你移动时的影子
在暗室里重新洗牌！

3

我一无所知，我吞下黑色
我不能因为一无所知就无所畏惧
每一次曝光都是一次幻灭
即便是上帝或是天使都会敬畏
我想说的是在我们尚且能够承受得起
并且心甘情愿待在黑夜中
当夏至的来自宙宇的狂风
掠过你的容颜，洗劫我的头颅

158

你我提着心，吊着胆，你说：容易吗？

是的，一切世界的春天需要你

天空要，星星要，月亮要

大地要，万物要，生灵要

所以，我请求你：春天永驻在大地上

即便我们正在经历着寒冷的冬天

我们不都在平静地等候春天到来吗

就像我们守候我们自己的生命

我们活在我们活着的生命里

安慰我们温暖我们的颤抖的大地

4

我在我的颤抖和战栗中

献上我所有的一切

莫名的悲伤和我的哀怨，喜悦和梦想的一切

因为我相信你明察秋毫的眼睛

一定会感受到我沾满泪水的一声叹息

充满了对你的无限渴望

你知道，我孤居在亚洲腹地的天山

用一粒粒崩裂的雪花抚慰我的失落

尽管瞬间过眼飘忽即逝

尽管扎眼刺鼻卑微渺小

我相信，不会是雪崩时的不幸，不会粉身碎骨

我会用含满眼眶的泪水绽放开心的大笑

使梦想成真，梦想的光亮定能照亮光明前程

我怀着天山一样的寂静，聆听你崇高的志向和信念

用我的一生追寻着你的复兴之梦

守着我的本分，赢得你的爱。

5

因为你的爱，我相信：爱便是奇迹

全世界的人类都将相信

无论是东方还是西方

每一个人都会珍惜彼此的生命
这便是人类命运共同的坚守
不是哪一个人，哪一个主义，哪一个国度
而是我们彼此都需要相互依存
因为那是我们目睹的一个个鲜活的生命
是人类命运的希望和未来
我在天山，以天山的沉默
为人类献上最神圣最庄严最美丽的祝福
我游历了天山南北
带着诗和遥远的远方
我愿把最好的献上

6

我带着无限的哀怨，想问一问
那些对英雄的赞歌，那永恒的不朽
穿过所有的年代是否湮灭在无端的焦虑
而不复存在。如同一座磨损的直到停摆的钟
就像人在离开母亲的乳汁哺育后
从虚空变成僵直到迷醉，我们哀伤什么
那些成功者尊享宠儿天然的欣悦与欢喜
洋溢得胜归来的容颜，唇齿间凸显峰峦叠嶂
笨拙地走在唏嘘不已的断头台上
叫嚣的余音胜过一场风暴，绽放水性的花粉
谁能告诉我们谁能挡得住那些美好的诱惑
一夜暴突就像清晨的露水从我们的身上升起
就像升高在塔克拉玛干沙漠腹地上的海市蜃楼
将怎样模糊一双眼睛里掺杂沙子后我们自己的回归
将怎样在笑的风中消解沙子的气息我们自己的味道
一切一切过眼烟云都成为不再言说的谎言
用一张破旧的船票登上降伏我们的梦想之舟
是这样吗？亲爱的，还记得彼此举杯一次次地啜饮
是否和从前一样？是这样吗？继续仰望星空
像我一样在天山的密林与磐石之间蒙羞自己的行为

在我们自己的身体里耕种下天下良田

7

我在孤寂的日子，伴着白雪公主的睡眠
风吹着雪正越过破晓时的天山
我将冻僵的脚趾伸向从未想过伸向的
千万只正在天山牧场吃草的羊群
我呢，是一块从不拒绝融化的冰
好让我穿过滞留在旷野中的时光
沿着万物春天的繁花似锦以及一系列流逝的光彩
我在震耳欲聋的狂风中登山
在万里无云的天空中飞翔，思忖
一丝尘埃之下的忧患
为梦想中复兴的大地煽风点火
以便让人类在篝火中跳着舞蹈
并观赏尚未泯灭不曾撕裂的灵魂
分拣君子、小人、圣人和伟人

2020.6.21

世界那么地大

1

关于我所歌颂的大地
是怎样在抽搐中为一粒麦穗分娩？
大地将怎样向世界呈现光辉
但，无论怎样，身体好才可以孕育
强迫是没有用的
那么多的人涨着近乎绝望的阵痛
或者依然坚守着核酸的结果和信心
又有那么多的人任性地逃离现场

或一个人用过时的神经引发新的骚乱

新的处方尚未开出，将怎样继续

以民主国家的爱示以那些骚乱的群众

轮到自己抽搐的手，拒绝证明以谎言著称的真理

如果那个人不是心术不正，只是老眼昏花

如果那个人不是神志错乱，只是不屑一顾

如果他是在错误地计算纷乱如麻

尽管看上去他已经为了那大的世界披肝沥胆

我的确听不懂，如果他失去了因傲慢所霸占的权力

这个世界就会遭遇不幸，如果他的爱还在

如果他所说的真话把他的祖国的灵魂吞噬

我知道，这个人正在创造着人类从未见过的神话

因为他的神经会让这个世界在厮杀中断裂

会让人类在喧哗和骚动中忘掉过去失去未来

他的话听上去很像是到处飘荡的荒草

口吻有点像丧家之犬，带有坟墓的色彩

在傲慢中慌慌张张令人瞠目结舌

2

紧绷的弦，只在等待某个黄昏的弹射

聚少离多，古老的爱在恋爱中颤抖

无以为报。哈欠连天那是嘴巴吹的

所有的命运都在漂泊不定中，尚未确信

无限的焦虑纠缠在琐碎的虚妄里

过于强烈的抗争，永恒的对峙

初始的心穿透了早已身前身后的枯瘠

始于最早的难以自圆其说的搭错车

而那些美好的愿望，对于炽热的人而言

就像望梅止渴，或是画饼充饥

抑或有时，掺杂进模糊的宿命，在大晴天里

说起雨天的话，半晴半阴。可是谁能

忽略那些欢愉时刻的丰富情感

对快感而言，爱则是另一回事

柔情似水，隐匿着另类的某个不为人所知的
愉悦和秘而不宣的纯粹的呼吸
就能轻易地掩盖遮蔽更加人性的混沌
在朦胧的夜光中纾解高烧不退的糊涂话
就是没完没了地说着爱呀，爱的话
那些被勾起的漩流在身体里四溢
而你并不懂得激情的萌芽源于什么

3

无数的生命死于镌刻着爱的石头
成千上万的人穿过催泪瓦斯，痛饮弥留在空气里
破碎的令人窒息的毒气
还需戴上口罩、护目镜，以便防护病毒
双重抗议述说着一次又一次野蛮的死亡
在荆棘的天空下，气象的翅膀扇动着狂风骤雨
饱受摧残、饱经沧桑的大地上
泥石流，堰塞湖，梗阻，断裂，难以维系的裂缝
天堂无路，地狱无门，也许我们
无论善恶地成为生命植物人
丢掉虔诚，丧失信仰，而我们全部的生命
没头没脑拥挤着喧哗与骚动
为一年四季的大地竖起一道道篱笆
我要献给大地的赞美诗篇正在凋谢
我在我的忧伤和欢乐里我在哈哈个啥
我在我的泪水和笑声里我在汩汩个啥

4

世界那么地大，又有那么多的人还在为
自己的命运抗争，绝望地怀抱地契
有些人在民主国家里将自己的理解强加给另一些人
或者企图废弃他们认为的过时协定
世界正变得分崩离析，恐怖病毒水患旱灾
以及越过非洲大陆滞留在菩提树下的蝗虫

关于世界，关于国家

关于存有争议的无人区和隔离墙

关于一带一路对未来世界巨大的精神成果

我相信这是与日月同辉的卓越而又光彩的事业

当我穿过河西走廊行走在一带一路上

当我越过美丽草原登上高耸云端的天山

当我从我的视野里眺望蔚蓝的大海

我仍然会歌唱古代和现代的丝绸之路

那些世界上已知的未知的不正是现在的道路

不正是世界人民共同的命运与世长存的美好吗

作为诗人，我为世界而歌

为中国对世界做出的贡献而歌

我将对那些傲慢而又有偏见的人宣告

世界不可能只剩下一只孤单的鸟发出一种声音

世界那么大，显然比某些人想象的要丰富得多得多

5

世界是那么地大，又有那么多的人还在为

自己的命运祈祷，默默地忍受着煎熬

列车的轮子已如锯齿切割着大地的心脏

撞击碾压着越来越脆弱的脉搏

钢铁和水泥扎进我耕种在身体里的良田

我才慢慢从昏迷中醒来抬眼看人们的信仰

传统媒体和数字化在网络里战事不断

不见一粒子弹的血腥，杀戮，在交易所里

奴役着充满血丝的眼睛

冰与火、血与泪交织在一次次的惊涛骇浪中

胜利者和失败者在高烧和低烧中呓语连绵

像庚子年的病毒制造出的来去无踪的

秩序混乱和精神错乱

我不知道这场战争是谁向世界宣布

世界还是否依然叫作世界

当死亡的人数节节攀高世界是天堂还是地狱

我们如何才能团结报仇雪耻

而我们同仇敌忾的敌人是否仍在世界各地开花

像彗星那样穿过人类世界的心脏

越过隆起的大地和海洋发出呐喊

6

世界那么地大，我在世界的哪里，在哪里……

我在世界上发出的声音在世界的哪里？

会是怎样的声音？是雄狮的嘶吼？是

雄鸡的啼鸣，是钢铁的嗡鸣？是

陨石的寂静，是纤细的涓涓溪流？是

风吹雪后的缄默，是炽热的一座矿泉？是

凛冽在沙漠地带干燥的嘴唇？是

出发也是回来时的回响？是多少期待的心声

是我的脚步踩响的哀伤？是

沙粒和牙齿咯咯作响的呐喊？

我不知道，我不知道，我该向世界发出怎样的声音

但我知道，我忍不住对人们脚下的大地歌唱赞美

光芒闪烁的大地啊！在你咯咯作响的时刻

请你以你的辽阔的慈悲

不要让人们在瘟疫和高烧的昏迷中窒息

帮助那些喋喋不休的人学会呼吸

世界那么地大，并不是为了有些人

某些国家肆意膨胀

请你将谦卑之光普照世界，送至人心

你看，世界上有那么多的孩子和老人

正在夜晚的病房里呻吟

7

我在世界的大地上，倾听一枝一叶的声音

小草和泥土的声音和敦煌石窟经卷的声音

即便是千年的画卷，依旧是丝绸之路奏响

的乐章依然缓缓地飘向远方

我可能是燃烧在洞窟里最后的那盏油灯

可能会在飘忽不定的风里摇曳不定

以我微弱、渺小的光带着嗞嗞的痉挛

面对现如今如此凶猛的风云莫测

尽管我也知道这个世界并不缺少我的诗篇

哪怕我咳血而亡，我知道

我写下的诗将如一滴硕大泪落在大地沉入墓冢

因为我千万次展开的微笑的翅膀

对天空而言早已成为呼啸而过的礼花

我已在大地上以蛇的姿态舔食着

历经层层剥落如结痂的躯体继续爬行

用涂满鲜血的灵魂热爱我并不了解的世界

像一个盲人漫游世界各地

在一半黑暗一半光辉的大地上以

我颤动的身体载满人间的万象

感受大地母亲心灵颤抖时的呼吸

2020.6.25

行吟诗人：辛铭

1

我不是我自以为是的什么从天而降的

也不是从传说的洞窟里钻出来的

如果你不相信如果你勇敢地亲吻我的脸

我便可以亲吻大片大片的大地

我因此就必须保持沉默不能大喊大叫

如果你相信我的胡言乱语

我便不再返回也不攀登被人们称之为的天梯

我宁肯在九泉之下用泪水浇灌坚硬的果园

如果你吃到的是红旗坡上的冰糖心苹果

我会欣然接受你盈盈满眼的泪水

哪怕是一次背叛与私通

一五一十的货币，好去用真金换几十块大洋

又迫不及待地兑换成美金、欧元、英镑

而我的身体里只有天下良田和酒水

如果你愿意，可否陪我干一杯

然后将眼泪变成祖母绿红宝石或蓝宝石

你一定会看见一种未曾见识过的猫眼

2

我在半路上被风刮走了

如同一粒麦粒脱开麦穗

我赤身走过金黄的麦田

走过河西走廊，从麦田里走出来

用一支粘满麦粒浆液的羽毛，写下辛铭的诗

以引吭高歌，以哈哈大笑

因为我知道，人生的爱可以风流

我走过麦田后，只看见了稻草人和麻雀

从未见过和我一样站在麦田里的任何诗人

也因为，我是一个住在沙村里的人

诗品，人品，德品，三品不及酒后的

真实的谎言，恕我无礼，难成大器

我知道，我不算一个诗人，因为我不懂押韵

也不晓得英语和希腊语、德语，因为

在我看来都是鸟语，胜不过天下的汉语，汉字

如果你喜欢，我就低吟

3

我在世界上获得了如此之厚爱

无以回报，跳进黄河也说不清

我带着罪过活在这个世界上

因此站在高高的天山守护那儿的羔羊

我所热爱的大地啊！大地

我在用我身体里种下的天下良田的麦粒
将白生生的白面化作大地母亲的乳汁
我将用吃奶的气力就像蜜蜂们那样
护着蜂巢，护着灾难无穷、忧患无尽的
落满花瓣落满雪粒落满尘埃的大地
当百年不遇不曾见识的瘟君在世界魔舞
我当举起明亮的火炬，还病毒一个骷髅
并恳请世界的法庭依法、依律禁毒
并判瘟君永不得再回人间的终身监禁
如果可以，我将它钉在永远的耻辱柱上
用光头诗人的诗句在前线作战
为良风，美德，力量，自由和崇高的梦……

4

世界啊，世界，大地啊，大地！
我在这里在崛起的天山山脉为
天地间竖起一把大琴，引天女散花
依旧听得见东方之歌，早已传送至西方
我在天山，遥望昆仑，高耸的喜马拉雅
富士山或有的世界上的起伏的山峦
我在我的祖国的天山，颂歌我的祖国
歌唱世界，歌唱大地，赞美我的世界
因为诗人辛铭为世界含泪含笑
在人类的地球掉落下玫瑰和葡萄的泪水
我将斟满一杯天山的美酒，在夜光下
像一只孔雀一样饮尽滔滔不绝的大河
化作鲜红的血，款款地流淌在大地上
诗人对大地无限的不了的钟情
处处都在。你当然会读我的诗，唱我的歌
请你相信，我是天空的私生子
我在大地母亲的怀里，我分娩于斯，魂飞于斯
所以，我用液态的水晶书写爱与颂歌

5

你看，一个站在丝绸上的诗人

在与太阳对歌

从古老的大地上采集贞洁的祭品

献给至高无上的太阳

有诗人充满清澈的哭泣的心灵

在天光中化作透明的音符，词语

从我走过的大地上生长出来

如同一粒粒麦粒镂刻，太阳的重量

从绿到黄，从黄到金，黄金的时代

硕大的词语如同太阳的字样

碎成麦粒，诗歌的语言和词句里

可见的光，占卜着重新组合或是旧的离散

遍地的悲欢离合

在诗的词语间隙纷纷爆裂

天下的鸟儿们灿烂地啄食着诗的词语

同样叼啄着诗人的额头，和被太阳刺穿的眼球

尚未完成的诗正在朝圣世界的路途上

正在以正义的目光穿过万千的沟壑

我知道，每一次穿越都很消耗

6

说真话，我并不知道这个世界是否可以穿越

是时间在穿越，如果有人能转世人间

那么就请你认可这个人的投胎转世

将他的诗作晾晒在你要经过的路口

任凭黄昏的炊烟将尘埃粒子灰蒙在他的脸上

看着他酒后作乱，满地找牙

沿着干枯的河滩路寻找遗失的钥匙

会有时间流失烟雨袅袅的上午

翻翻旧账，算算新账

在一片片发财树叶的遮挡下窥视天空

拥抱与人为善的友谊以及渴望的味道

在一阵阵的夏雨里汲取凉爽的湿润的风
直到风吹成冰冷，凝固在天空
直到被另一柱风将他化作涌泉

7

九万里，风直线，历史的长河，被岁月
湮灭在一场伟大的革命运动中
我已被天空删除在大地上
被冻僵在高高的天山上，遥望绿了又发黄的草原
我用我自己的鲜血，以太阳的光
写下最古老的象形文字
那便是最响的一个名字：辛铭
这个可疑的失眠的来自沙村的一粒流沙
这个被狂风沙尘洗劫了头发的小男人
你的名字是人间的一个符号，他们会
把你和你的符号碾成碎末，我相信
你这一生啊将要在世界上到处寻找你的名字和
你的自己，包括风中的摇摇欲飞的房屋
曾在天空飞翔，用翅膀丈量大地
我知道，那是印在大地上的你的影子
对你而言，我忘记的不是你，而是诗人：辛铭!
你瞧瞧，瞧瞧他的孤独的忧伤
甜蜜而又苦涩的与世界而争的悲痛
其实，我在世界的人间，于我而言是幸福的悲伤
是我在清晨的泪水中的盐水和乳汁
我所以活着
是因为大地母亲悲恸地活在我的红色铅笔上
是因为我用我的鲜红鲜红的血液
和我锋利的力气
将我的生命插入你呼吸的躯体
一次又一次，一次比一次更为红
像雨后的一道道彩虹

这一夜，我在你的乳汁里

神秘而又甜蜜润了我的干裂的嘴巴和

长满了青苔的舌头

我便在眩晕中固定在你的躯体

活着并且活下去

呜呼，呜呼，哀哉，哀哉

我便会更加地亲近你

因为我在用我的扭曲的心灵和

背叛后的忠诚活在别无选择的世界

当宙宇的风吹送北斗

请你相信，即使天再黑，云再厚

在你经过大地时你当然会看见光明

你已经走进了世界的也是人类的生死之恋

我也因此而在今夜迷醉！辛铭是谁，谁是辛铭

我愿他俩永远相对而处，相向而行

便可在人间疗伤，并痊愈

然后放在星星的天平上

那个意思是要称量：孰轻孰重！

2020.6.27

传说和传说的沙村

1

在丝绸之路上的河西走廊

一个盛产玉米、小麦、土豆、白菜和糖萝卜的地方

——沙村，当然，如果你来到那个村子后

　　会产生一种错觉，你会听见一棵大树倒下

的声音如同雷声，你会看见这棵树的树心

几乎是被一些蛀虫、蚂蚁或是别的什么虫子

完全掏空了，心也就被掏空了。

在我刚刚出生的时候，庄园已开始颓废

房屋正在损毁，围墙正在倒下，地基已深陷坍塌

风匣里的风正在唤醒老鼠

在我刚刚出生的时候，天空已经发亮

一列火车冒着青烟穿过空旷的走廊

2

那个地方曾经长期都在寂静中沉睡

大地和人都保持着同一种状态

男男女女，吃吃喝喝，睡来睡去

过着无足轻重、安宁恬静的日子

因为没有见过大的世面，所以活得很谦卑

没有谎言，也相信外界的一切，哪怕是谎话

于我而言，那个地方小得像针眼那么大

我用针眼看世界

并且穿过针眼穿过世界踽踽独行

跟着我的光芒也像针尖一样

在我穿过针眼大的沙村，世界是那么地大

我不在那里，也不在这里

我站在那里，我看着一个世界，模模糊糊

在针眼大的沙村。

3

二月杏花八月桂

　三更鸡鸣五更火（太阳）

我绕过青石堆砌的断墙和丫杈间的

开始发光发亮的大地

跟头绊子，落入了大地上的沟渠

明月看着我，遍地的金银四处流淌

这便是我的人间我的大地我的母亲

我并不知道也不曾问过是不是可以回家呢？

告诉我是否可以，是否可以眺望？

那记忆当中的一团炉火一点点温暖

我试图回忆远去了的哭喊和笑声

因为世界与我不在同一个高度

充满沉默，喧哗，又隐匿又那么躲躲闪闪

那么多的恩惠和不留存根的忧愁

因为世界上积满了无人擦拭的泪水

因为世界上堆满了无人问津的祭品

我试图回忆大地的温暖

4

我穿过河西走廊。我想着那个放空的沙村

那时候本应有的思念挂空了

我父母亲的坟墓在天山脚下

那里的隆起的土堆也是空着的一座坟

一切都很空

在我经过那里时高得也像天空

我还记得说话时满口的咸涩味道

只不过那些夹杂着咸涩的风尘飘不到高高的天空

除了飞翔翅膀的窸窣声

那些寻找我的声音早已消停下来也不会再有

就像是以母亲的名义被他人以温柔的样子

用一把利刃切断了脐带

我想我一定是在哭喊中把大地做大

大成了天空，我在天山看大地

5

世界那么大，应该给这个世界一种多元性的关切

我在天山看世界看见色彩纷呈和烟雾

看见大地的脉搏在滂沱大雨中停止跳动

直到在汹涌的泥石流中消亡失踪

传说中的沙村时隐时现

一列火车正在穿过午夜和黎明

穿过春天的花雨，冬天的冰雪

穿过低矮墙壁的裂缝和

变成远方的时间和无法丈量的孤寂

我听到的是出门的声音

或者是回家的响动

我已经丧失了视觉和听觉

如我的近视在地下沉默

像黑咕隆咚的大地

看上去像是遗忘了什么，又好像听见了什么

或许是我看见一只蝴蝶在阳光下

看见了自己的死亡

其实活着比死了更好，因为

大地是唯一埋葬的清明时节：繁花似锦

就花开花落吧！

6

如果，我从远方回来，如果

我带着收获归来，我是否收获喜悦

可否解除多如牛毛的纷乱，而

沙村的沙枣花已不在五月，我知道

那份遥远回味并不全是醇香，也不全是抚慰

光芒已将一张脸浇铸成了青铜色，像

是饱经沧桑的沟壑闪耀着苍老的光芒

如果，我能快乐，在金色的麦田

七月、八月的麦浪会将哀怨化为欢歌

太阳的目光会以父亲的形象注视一颗勇敢的心

如果永恒，让我为祖先，为缅怀

为国家之父，国家之母，为父亲和母亲，为亲爱的人

为欢乐和忧伤，为忘却和记忆

为永不回头、永无止境的岁月和蹉跎光阴

为有执着信念的人，强大的人，主宰沉浮的人

请接受天山云端里一个诗人所做的祈祷

至于我，能在传说中与大家相逢，我已知足

也尽到了一个诗人的本分

7

如果，我扛着被骄阳熏烤过的红木匣子
品尝人间万物归于泥土一如长河落日
我们都是人间的一个符号
最后终将沉默，如蛇入穴，如鸡之冠
无论张灯结彩六畜兴旺或哀鸿遍野
即使远道而来却被病毒阻隔
世界仍旧争吵不休，风起云涌
而海纳百川总是汇入万物的灵性精气
虽千差万别，但我深信
人类命运的心灵如百花争艳当须纯洁
人类命运的欢天喜地当须为爱
我愿请你登临鲜花盛开的天山
俯视辽阔的万里山河，我保证
你看到的是落入明眸的青山绿水
我请你相信凭借爱的力量
我们定能战胜病毒，挣脱桎梏
抚摸自由伟大的爱的心灵
我愿人类自由而互为一体地和谐相处
如果传递爱的泪珠含在你的眼里

2020.6.29

致世界

1

尽管我是那么地不懂你，如同不懂我自己
不知道自己从哪里来，又去到哪里
我一筹莫展。我蹲在大地上忽然一只小山羊
跑过来对我说："喂，你是谁？"
她问了又问我，她问了那么多

而我的回答，基本词不达意
也不知道接下来还能否说话。现在
已经是乌鲁木齐晚上 9 点 27 分
太阳继续照着世界的大地
我坐在菊香书屋里，看着天山脚下的牧场
想起对于一个来自沙漠地带的人而言
他的脚下只踩着砾砾欢腾的滚滚的
金色的金粒。当然，
你会看见一场飓风行动，黄沙瀚海
吹开了沉寂的大地，吹散了尘埃
我知道，因为你们相信，是金子就不怕火炼
因此，在世界的人间，我祝福你，你们
幸福安康，一种庸俗的祈祷！

2
此前与此后的彼此关系，也
并不在你我之间，也不在天地之间
而在于大地的河流
我所知道的水和刀并不是同出一道的相遇
水与刀，刀与火，彼此掩着磨刀霍霍
说：抽刀断水水更流
且在桌上打哑谜，在桌下捣鬼
本能所致的便是大地的本色
而我并不懂得人为的和天然的有什么区别
或者拉拉扯扯，胡说八道，那么地随便
也那么地随意或随性
将自己的身体变异，化作延绵不断的困惑
因为你我都不太熟悉世界
或会搭错车，或会踩空脚，或会掉入烂泥
伸出手，拉扯一把，便感恩，便是为"贵人"
关于你的"贵人"可能就是被你遗忘的那个人
自然就会在大地上遭遇离别和相逢。

3

我以可亲、可爱、可笑的脸面希望

我能与世界缔结共同命运的友谊

因为许久许久后，才明白一边是仇视

            另一边是亲切

我常常会在半夜醒来，带着懊恼

在寂静中，无怨无悔

因为于你而言，我对大地的忠诚和

坚贞不渝缺点太多，而

我知道于世界而言，我的爱已一吐而尽

            早已了无踪迹

已化作一只秃头的大鸟

自大地而升，自大地而飞，抖落掉尘埃

展翅而飞，哪怕你的世界有亿万颗子弹

射穿我的血管，我也不会将有情的泪水

            以无情的方式掉下来

掉在今日之世界：一个前所未有的世界

            一个青山绿水、白银黄金的新世界

4

我当然会想起梦中的天堂和

天堂的颜色

为了不再将赤橙黄绿青蓝紫搞混

我希望这些颜色，长得像是鲜血那样

当高高的天空飘着红旗时

我会感动得哭起来，为鲜血染红的

            这一面红旗

我愿意跟着她，如同跟着我的生命

只是因为那心中的爱

只是因为她的壮丽

——因为与爱同在将爱的精气

融入大地，汇入河流

我愿，成为真正的大地之子

一如：初心不忘，爱如始初

5

天色已黄昏，夜色正在临近
精力充沛的猫头鹰，舔着舌头
令人恐慌，令人生疑
我当然坐在夜色里，看着曾经的天空
而我的天空也无法让我飞翔
我像一个农民、一个牧民一样
在贫瘠的土地上用我自己的鲜血
耕耘着充满幸福和无尽快乐的生活
作为回报，我的田地里金色灿烂的
金钱如同一粒粒麦粒流淌在我的大地上
我当然，我理所当然地爱着这片大地
大地当然是我活在世界上唯一的美好乐土
我相信，大地的永恒，大地的不朽
　　　　更相信唯有大地!

6

大地像是一个巨大的没有帷幕的剧院
与之对应的是每日每夜不同维度分外扰攘的世界
我们都在热爱，热爱大地，热爱属于自己的国家
都以家庭为单位建立亲情，爱情
家为我们提供慰藉
也许我们也会四处漂泊站在梦境当中
渴望一处可以期许的家园，带走孤寂
通过爱所赐予的力量，头枕臂弯，爱抚溢满地
躺在天山峡谷的大草原上，头顶苍穹
开怀畅谈甜蜜的梦想，彼此的爱和彼此的骄傲
当繁星满天，当崎岖险峻的独库公路上湿漉漉的风
吹来雨滴，吹来雪花，当万千生命满腹狐疑
所有的幸运与不幸的命运都无法逃躲过万千的气象
静静流淌的河越过深藏在群山的万千阻隔

所有的河流依然带着感性的语言奔流而去
万千的目光投向那些历尽沧桑的大海
那轮满月高悬于世界的上空，谁的圆，谁的亮
既然如此谁也无法说清何不一起圆满
即使世界依然遍布着各种假象，梦想只是个梦想
包括透迤谎言阴谋和枪杀，令人悚然的终极猎杀
以及来自无法言表的心知肚明的长期纷争
无论如何，我所看见的世界
一个耕田犁地的农夫和一个酩酊大醉的酒鬼
都能让传说中月亮里的桂花树酿出鲜血般的酒

7

我饮尽这顺着天梯流向人间世界的
月桂酒，哀伤鸽子飞过的天空，在天空中挥洒
落向大地的花瓣，我的话语，我的诗歌
愿它用花瓣拼写的片言只语成为剧院的台词
它会是什么？会是牧羊犬的吠叫？
是后台的军乐团？
对爱的掩饰，神鬼的扮相？荡秋千时的朗朗笑声
银元，美元，人民币各自对黄金的对价观点？各种
狭隘的主义？博大的世界观所包容的爱国主义
人类众知的命运和理所当然的感恩
当世界寻找一个卑劣病毒的根源，在暧昧的卑微中
这个世界并不制造五花八门的言辞指控无辜的大地
瞧瞧，瞧瞧吧，这个正在遭遇着各种不幸的世界
数千万人戴上了屈从于病毒的口罩
数百万人隔墙相望
数百万人因病毒缠上不幸死亡
数亿人正在驱除病毒的魔鬼
而大地正在世界深重的罪愆里沉重呼吸
人啊！人！
一个诗人以花瓣恭请站在世界舞台上的诸位
好好说话，隐忍人类所有的过失

在一个可见的世界上不要轻易粗言恶语
我以为这个世界需要诗歌，直到
诗歌的种子在大地上繁衍出大地的本色和气质
世界将会获得四海之内皆兄弟，天涯若比邻

2020.7.5

在这个眼花缭乱的世界上过活

1

我孑然身在这个眼花缭乱的世界上过活
时而奢侈时而节俭，既真实又虚幻
那些来自方向不明的快乐和忧伤了然于心
蜂拥而来却无法抵达诗篇的彼岸
内心世界在迟疑中果断地分裂
在实质并不存在的属于自己的那一亩三分地上救赎
汇入游行的队伍的目光触及与己无关的痛楚
大片的风云正在清晨围攻不设防的天空
我坐在乌鲁木齐河岸黄河路上的居所
在菊香书屋里想着被风云卷走的历史和正在席卷
人类的声音，风云的哨声落在沉寂的大地
我听到的仍然是呼啸贯耳的滔滔呼噜声
我听到的是愁眉苦脸的喜剧演员演绎着的悲伤
这种悲伤正像暴雨涌出奔泻的泥石流吞噬良田
山峦，河流，沉睡的城市和美丽的乡村
此时，天已大亮，在我摘下眼镜以后
我看见天山上放牧的一个放羊娃
卑微地走在迷人的鲜花盛开的草原
自由地走过唱着梦中的可可托海……

2

倘若我既盲又聋又哑，世界何在？

我所看不见听不见说不来的世界与我无关

我又何必关心？只是猜想，只是荒谬世界的荒谬

相互的口舌之争，相互的厮杀不停地吞噬

诗歌也是荒谬世界的荒谬的分娩

起源于象牙床第之吻狂奔的洇洇的语言

多年后布满垢甲的绣花鞋穿也不是扔也不是

你看看那竖起的道道皱纹，一个老眼昏花的世界

正在被病毒侵害被蝗虫啄食

我的身体内外已长满带血的疤像板结冻僵

在大地上的沟壑

我的身体里已经没有新鲜的血液可

以汇入江河湖海且正在燃烧中腐烂

所谓诗歌和无限的远方已到至暗时刻

我知道一切都很枉然，很是徒劳

我嘲笑人们谈论为上帝准备的盛宴

我嘲笑无题诗和自己要去的那么远的远方

来来去去地做着上帝都不信的伟大游戏

3

是谁？在呼救上帝，会突然亲吻一口

我们尚且不能接受因爱而失去鼻子的美丽

绿了玉米，黄了麦穗，红了高粱，白了棉花的

大地上，吞下黑暗中四处哽咽的呼唤

在这个被指定已知存在的病毒的世界上

我们住得不那么舒心，身心并不能放松，或许

我们高度的警惕早已被躲在某一处或是来路

不明的狡黠的病毒所困

我们？是谁！谁要我们当这个心，饱满的太空的风？

我在天山再见到干枯的乌鲁木齐河扩宽了的道路

在密林里寂静地聆听着被风吹来的那些不间断的

上帝的声音，听到巨大的呼啸而来的无力抵抗

的向命运抗争的窸窣之声和无限焦虑的洪流
我们从夭亡者那里或是无症状者那里证实
整个世界都在虚空中犯着同一个错误，但是我们
不知道根源所在，果断或是坚决，但我们并不了解
谁是病毒，是传说的抑或有时出自舛误
谁的手里有不发抖的证据作为对世界的心照不宣
被纾困了的和被隔离了的仍旧高烧不退

4

仍然疑神疑鬼地走在七月的骄阳下
天山深处强劲的风儿并未吹散积淤深处的呼吸
黄了的蟠桃，红得发紫的葡萄在天山沉醉
天山明月的清辉照耀着万千生命的童话
而我却像是跌落在天山的一团云朵
在高高的天山上在峡谷里孤独地飘游
我的孤寂胜过天山的寂寞
我在天山面对苍天我把歌儿唱给天山
唱到天山冰雪滚流成雪水
唱到长满树木的果实挂满山坡
唱到天山南北的村舍升起袅袅炊烟
唱到久别重逢的篝火回到不曾忘怀的夜色
唱到无益的纷扰和世界的病毒消亡
唱到整个世界的灵魂获得心灵的保姆
唱到我能听见人类心灵的语言
唱到我把整个的心全部的爱都献给世界人民
唱到全人类明白最卑微的职责也是最崇高的使命
全世界将在这里——命运共同体中
获得快乐，享受美好生命，世世代代

5

颂歌世界，颂歌人类，赞美大地吧
许多的食之无味、弃之怜惜的心无可名状
还有许多情绪都来路不明，虚实也不分明

像是物体的坠落，那是一种枉费心机的体验
之后，也很茫然，很失落，就连不悦和痛楚也没有
根源，忍一忍，思忖多少是幸福多少是无辜，变形
使我们的嘴脸暴露出隐匿的唯命是从
活着，用来赢得无名状的夜色，太多的委屈
无以慰藉。我们彼此都无力眷顾
空洞，空洞，空洞，空洞，空洞，空洞，空洞
来自哪里，太广袤的天空，宙宇所统治的世界
将我们微不足道、可怜分分的思想的头颅
放到星空的天平上，孰轻孰重，称量称量
可是我们，我们这些想着生与死的日子仍要继续
如今，我们挪动不了一步，因为症状不明
或许，世界的另一面，背面正在朝遮掩的那处走去
不是难道，而是世界大有不同
林子大了，什么鸟都有，飞来飞去飞得迷失了方向
向天空自鸣着使劲地睁着一双迷糊的眼睛
而这个光头诗人却在咸吃萝卜淡操着世界的心

6

世界原本就是这个样子，形成了它的历史
这个世界互相衔接，互相衬托，互相排斥
既晦涩难懂又显而易见，同样的一张嘴
说出完全不同含意的话，（对同一件事）
任何一个民族都有它的由来，因为世界有历史
世界之树，世界之花迥然不同地盛开在大地
都有它们所依恋的和自然的乐趣
对一个国家的爱是记忆中的过去和对未来的憧憬
尽管我们声称某些东西没有国界
作为命运共同体是从世界的角度在宣言
我们都是地球这块大地上的人类
这就好像人们通常说的条条大路通罗马一样
世界的这条道路如同今天人们熟知的一带一路
既然我们关注命运，命运将使我们共同关注

英语或是汉语或是其他语种，当我们还能张开嘴巴
我们应该相信：没有说不清的语言
那么我们是不是可以告诉我们自己不去发飙
因为这关乎我们人类，是否可以修改哺育的章程
充满生命意义的大地上
让世界历史续存的所有国家不再痛苦和惶惑

7

让青草继续，让鲜花继续，花花草草和
芒刺，和荆棘，直到我们认识大地
那些让我们伤心而又渴望的拥抱和
拥抱在怀里又失去的东西和
那些因为贪婪而备受折磨的唉声叹气
和那些耕织在远景中隐藏在底处的忧虑
在适当的时候我们开始认识到我们
自己的错误找到我们身体里染上病毒的根源
用花花草草点亮我们老花了了的视力，看得清
我们的徒劳，听得见不曾作答的祝福
如果我们分享快乐的筵席化为灰烬
甚至遭到病毒万劫不复的损毁一草一花都无幸免
我们的世界就会变成魔鬼的天堂
我们的信仰和自由就会变成永恒的牢房
如果我们继续高谈阔论或以星象占卜就能
把魔鬼笼罩的浓雾云层驱散刺穿
我将在天山居高临下俯视人间
以一个中国诗人的名义记载世界的 2020 庚子年
有谁会相信这是上帝的一个玩笑

2020.7.11

我是谁?

1

七月八月，我一次次看见长着七八条腿的蜘蛛
许多年后的夏日，我在互联网上看见了真实的一只
蜘蛛长着七八条腿
我不太明白，又过了许多的七月八月，我知道
这是虚的空间里生与死之间的七七八八
你说：我从哪里才可以看得清楚，看见一切
　　　当然，我也看见小荷才刚刚露出尖尖角
一只蝴蝶，一只蜻蜓，一只蜈蚣，一群蚂蚁
一只蜜蜂落在了尚未绽放的花朵上
你说：当我变成一只蜜蜂或是一只螳螂
　　　告诉我，是不是我的问题？

诸神说：(雷神，火神，宙斯神……)
无论你处在世界的任何地方
哪怕你是在天山，那里有终年不融的冰川雪原
你看，那里的松脂点燃了冰雪
澳大利亚已被烈火炙烤成了焦土
那里的亡魂正在号啕痛哭
那里的祭师仍然在念着错乱的经文
这不是祭师的错，是那里罪孽过于深重
那里的肉身在变形，灵魂在出窍，嘴巴在喷火
那里是他们自己的地狱，残害自己又殃及池鱼
他们的灵魂不会飞上天山

你不必沮丧，不必被理解，认清。没有人
能看透你，你自己也不清楚，如同你并不熟悉
人类的大地，你看见的洪流并不代表水的思想

185

你并不知道 A 型、B 型或 AB 型及 O 型的血液
代表多少血色情感。
你从天山来，凡人的眼睛是看不见的，也无法靠近
难以和你相处，你生性多疑，多虑。
因为你还是个孩子。
你把自己活在诗歌中，你自己的歌
尽管用尽了人世间最美丽的词语
但是，你要知道，你在天山，你站得高
你看得远，你还要知道，那是力量的顶峰
凡人所不能及。
你所有的仁爱毁于你的傲慢
你不屑于所有的诗人，极力为他人着想
而陷入泥潭，他们听不进你的话，他们的
一句话便使你哑口无语，善恶不分
你本来就对善恶无知。

你居高临下。
你唱着赞歌。心底是哀歌。
你只要做到言行一致就能不伤着自己，也
不会伤害他人。你高尚的品质他人即可接受
如果你愿意继续站在天山看世界
如果你能把世界装进胸怀
你在不在乎又何妨，长或短又如何？
如果你生来就爱上了这个世界
如果你将爱化为灰烬给这个世界。

2
我的确不知道风在哪里
我不知道，不知道风从何处刮来
风吹雪，一半一半，吹来一半又刮走一半
我写诗，是因为我的快乐超过了天山上的快乐
　　　　是因为我不想把我眼里的眼泪变成一块冰
　　　　是因为人间的最初："与人为善"

是因为人间的最初："善恶不分"
我写诗，是因为不太相信我自己，也不相信你
是因为你是风中的一朵花，风一吹
你就离去，又一吹，你就消失
是因为你走后，剩下我的世界与你无关
告诉我：谁知道今夜光头诗人去了哪里？

3

平平的大地，偶然凸凹
就像假的凸凹一样
正如我种过地之后才知道自己是个农民
整个七月，世界的人间发生着猛兽般的洪水
我看见的既是天涯又是海角
因为人间只剩下一片汪洋大海
因为人间的人愿意变成美人鱼或变成龙王
可是我在人间大地上看见的不是大海
而是沟壑里的一团死水
我不知道：一团死水会不会寂寞
会不会找到冰纯的清水
洗洗自己的脸，洗洗自己的身
洗掉满眼里的相思的愁苦

4

我的寂寞是我自己
一条冷冷的长长的蛇
我的寂寞是我自己
一个人和另一个自己产生在心中的相思
我的寂寞是我自己
高处不胜寒，我的寂寞是我很冷的
一夜的颤抖，一夜的咳嗽，一夜碎成了瓦砾
我的寂寞是我自己
我在人间，孤寂的星光照耀着我的孤独！

5

天才是不可预言的
天才是一名雕刻家
于是天才日渐苍老
多年以后青山在，绿水在，花儿也在
你曾经的那一半一半的风
今日吹过来的不是寒冷，是你推窗看春
因为我是你们的泥土里的气息
当你闻到我的气息后，你会洒下一滴红泪
为此，我将永远留在你们的大地上
因为我愿意是尚未收割的金色
如果可以，我将用生命抵挡住
你们人间的病毒，包括但不限于一切瘟疫

6

我是大地的根
根连着根，默默地生长在地下
我相信，太阳一定会普照大地
万物沐浴，万物皆可自由自在
如同长江、黄河自由地流淌
滔滔不绝，在南极、北极
在远东地区，在南非、北非，在天涯、海角
或者站在天山南北喜马拉雅瞭望
穿过黑夜的太阳
献给日照香炉生紫烟的
花开花落，年年开樱花，桃李满天飞的中华大地
我相信，请你也相信，请天下相信
应该到时候了，种植的爱，蘸着眼中的泪
把我的诗写成黎明时的朝霞，黄昏时的血色
你看见了吗？你看见的是我
而我看见的是风景中的你
当我赤着脚走过被盐碱侵蚀过的麦田
我已知：我只是一个传奇

我也知道，我的两脚已不再沾满泥巴
只用一杯水，我眼中的
一杯水会从我的眼球暴突
我知道：这与我与泪与其他一切
并无关联。

7
我在天山上看着成群结队地化为云彩的羔羊
我看见站在天山草原上的羔羊们
代表了天山山脉，昆仑山脉，以高原的气势
行走在一带一路上，以温和的心愿
唱着歌儿，怀揣激情，以力量和能量
迎接正在企图想毁灭世界的另一种痴心妄想

因为这是另外一种高度
这种高度不是一堵墙的高度
再高的墙，风儿一吹就掠过了
现在已经是历史的声音，更是未来的声音
天山高原云端牧场上三千万的羔羊
以崇高心德，和圣洁，并以大地的名义
全部的爱：无怨无悔

2020.7.5

祖先的大地

祖先的大地，我们微不足道地活着，活在
芸芸众生中，依稀可辨。请问：尊姓大名？
我们祖祖辈辈的大地，世世代代，何问乎！
是啊，这里就是我们亘古绵延的古老的地方
我们在沙漠里淘金，我们在深山里挖矿

我们在河滩上垦出羊脂，我们在森林里看到贝拉

我们在雪地上爬行，我们在雨地上打滑

我们在锅碗瓢盆里珍惜一粒粮食一片上海青

我们在辛勤劳动后知道，锄禾日当午，粒粒皆辛苦

我们在日落西山时刻赶着牛羊哼着小曲

我们开怀大笑，我们亲吻豆蔻年华

我们对自己的母亲，对自己的父亲，对自己的女人

献上我们一年四季筋疲力尽的虔诚

祖先的大地啊，我们的列祖列宗

一想到你，我们呀就充满了力量

在我们战天斗地，与峥嵘岁月做斗争的时刻

我们会缅怀敬仰会知足常乐

祖先啊！祖先，我在梦中梦见你们之后

我学会了温顺，学会一粒种子需要发芽生根开花结果

一半是心甘情愿地推三就四

一半是虚情假意地随二就三

祖先啊，我的祖先，我从乡下跑进城里后

忘记了带上我那一亩三分田

你知道我是你的后代，一个农民的儿子

现在我是个诗人，可是我想换上乡下人的衣裳

陪着你漫步在你留下来的领土上

陪你在打麦场上乘着月光乘着风将麦粒变成金粒

我呀，我将这首长诗《大地颂》献给你我的祖先

献给我的仁慈、宽厚、荣耀的阳光普照着的大地

也献给繁星满天的黄澄澄的月亮

更献给：天山升明月，明月照天山昆仑之巅的中国。

我们有威风凛凛的天马在天山奔驰

我们有出生入死的战士和壮烈的牺牲

我们有的是荣光炫耀的在马背上的壮士

我们没有贪生怕死的装腔作势的人

尽管世界滚滚红尘，天马会蹬开四蹄赶月追风
我们会和骏马浑然一体驰骋在颤抖的大地上
我们会披挂上金色的战袍戴上银色的头盔
我们纵马疾驰，我们荡气回肠
我们踏上征程行走了二万五千里的路
我们用鲜血和泪水浸泡出了殷红的酒
我们在大地上在蹉跎的岁月里开始新的长征
我们要在大地上走向远方，走遍天涯海角
我们怀有信念，我们怀抱希望，我们怀揣信仰
我们可以把一切的污垢置放在阳光下晒干
我把一切美好的东西酿成甜蜜
我们就像大地的儿女永远和大地拥有永恒的
快乐，如同我们在四季的故乡穿上亚麻布的衣裳。

在今晨，穿上飞天的羽衣飞向太空
我们探寻火星的奥秘——会不会有一群羔羊
我们需要在天山以上的宙宇见识另一个球体
它是火，它是岩石，沙砾，是寒冷或是炎热
但愿它不要把它自己烧毁掉变成焦土
但愿它和地球、我们大地一样青山绿水

现在是一个在路上遇见一个人或自己的时代吗
今夜下弦的月牙之钩上滴下的竟是人间的血泪
因为世界正在发生着蝗灾，洪灾，"疫"灾……
世界正在承受着倒行逆施，正在让人类遭殃。
来路不明的去向不知的病毒
在人类的大地上横行霸道却不留下任何痕迹
而这张病毒的网越织越大
难道这个魔鬼来自沙漠？来自海水？来自……
东风和西风都在吹过来又刮过去
如同东方的乐器和西方的乐器尽情弹奏
而我们却听不见完美和谐的合奏乐曲！
我恳求，但愿，东西风一起吹掉旧的发黄的年历

在世界的人类的大地上祈祷五谷丰登水果芬芳
大地就不会有苍老的容颜发出一声叹息
为此：我愿用所有的血液和汗水酿千杯美酒

我也想恳请上帝怜悯大地上的生灵
因为我们活在大地上的人只能活在大地上
如果想到天堂，如果天堂存在，天堂在哪里？
我想得太多，忧伤的头发都离我而去了
如同往事如烟，或者根本就没有往事
那些曾经发生的以及后来发生的
都已渗透进了大地的血管，有些已经板结
有些锈蚀斑斑将仅有的那点光亮沉入黑暗
在大地沉睡的时候，我守着巨大的空旷，寂寥的忧虑
从二十世纪到二十一世纪一百年的洞穿
想一想能有多少眼睛变成窟窿，多少血管断裂
但大地的一次震荡撞击到内核
我不知道是大地的还是人类的头脑发热心怀愤怒

我在天山，我看见布满人间大地的时光像雨丝一样
洒落在了赤条条的相亲又相爱的所有人的身上
我在天山，用牛皮纸，用羊皮纸，用失传的技艺
求告天地，贿赂天地，请让世界的大地充满笑声绿意
如果可以，我恳求上帝将大地的某一个灾难日删除
或将我们所犯的一切罪恶宣告成无罪
告诉我，我说的是不是真的，我在你面前
在干枯，爆裂，如枯尸般的大地上复活一粒种子
我把它称之为诗，但我并不知道诗和远方
如同我们之间的身体与身体之间是否有距离
尽管距离可能产生美，但也能产生隔阂
我们的灵魂便可以四处游荡，便可以出轨
然后我们分床而眠，在不会堕落的夜晚坠入深渊
告诉我你曾经走过的大地世界是否是空的
新的世界是否可以为旧的世界举办一次告别的盛宴

然后我们分道扬镳穿过寓言般的广阔的大地
至于世界，我想世界一定是美丽的
至于大地，我想大地一定是孕育的
美帝国家，自由的女神，圣洁又污垢
无论是华盛顿，还是纽约曼哈顿，或任何一个州
都是自由的，血统里的自由，血统里的傲慢
你们的国家就可以是幸福的而缺失了不幸吗？
你们的国家是富得流油了吗？而第三世界正在饥饿
你们的自由女神的火炬真的可以照亮世界
但是，我想要告诉你们的是，我们东方的红太阳
从古至今都在普照着人类的大地
我们高举火把，以光明和磊落，与火种
一直都在与百年不遇的病毒做斗争
那是因为我们深爱着孕育幸福而又苦难的大地
如同诗人的快乐和苦闷的忧伤
我期待美帝国家能看到自己的最后一滴血一滴泪
然后以仁爱和光芒与东方的红太阳交融
中国诗人辛铭将向大地上的所有国家致敬！

让大地醒来，让我所热爱的地球燃烧
如果地球裂开一张大口，当天地浑浊初开
当人类在大地上不顾一切偷吃偷喝偷盗时
大地沉默着奉献了一切殷切的期待
当一切都不能满足一切倾心所爱时
在诡异的曲径小路上嗅着气味相投的可能是魔鬼
在死亡的边缘上，在无穷无尽的芬芳里舞蹈
大地从容不迫生长着小鸡，小鸭，小鹅，小狗
当然我们就必须得品尝井冈山的红米饭和南瓜汤
是那块森林里的青苍的枝叶庇护了一个民族的梦想
当然我们就须开展大生产运动让南泥湾稻谷飘香
是那块黄土地上的谷物孕育了新中国的诞生
唱红歌不是因为世界黑暗，而是因为新世界
更是为了恢复人类命运幸福的或是不幸的记忆

西方的国家将他们的命运钉在了耶稣的十字架上
东方的国家印度会在恒河沿岸将亲兄弟焚烧
一群乌鸦们正盘踞在悬崖上等待着一次俯冲
在飞翔中汲取强身健体的子弹
子弹在飞的刹那打碎印有水印的纸币
成千上万的人，无论是富人还是穷人，包括当不排除
蹲监狱的、流浪的以及妖魔鬼怪
都在不明不白里挣着大钱，如果货币是一张纸
纸会在人类世界的大地上流通并灰飞烟灭
包括在焚尸炉里被烧焦了的肉体
只剩下盆中的残羹和泪水泡涨的米粒
我所以怀念并珍惜是因为大地是母亲
如同我们念叨的天大地大不如母亲的恩情大
而不是大地上某些国家行走着千条万条的狗
但是，千万记住"人不犯我，我不犯人"
如果美帝国的枪炮想要打开东方的大门
我们将用你们所知晓的页岩气
将你们打回到最原始的牢狱
我们将冲锋着与你们作战
所以啊，美利坚合众国不要随便伸出你们的腿脚
因为脚伸得太长会踩陷你们自己的大地
因为你们比谁都清楚战争并不能掠夺一切
我作为一个诗人，作为大地母亲的儿子
我是来为母亲操心的而不是跑来费尽心机的。

我用一个诗人的目光，在视屏上看总统先生
生动而富有弹性的表演
在草坪上唱着圣歌，像一只鹰
或者看上去有时候又像是一只秃头的斑鸠
又很像生活在十八世纪或十九世纪的法老
又非常现代而且性情古怪又有天大的胆量
各种各样的幻象和幻想层出不穷

我觉得这个男人就是一匹脱缰的野马

在世界面前高调唱说着美帝国之音

喜剧性、戏剧性一定是他天才的秉性

我从未怀疑过这个男人智商的低下能力

半人半鬼与神灵私通

对世界说：美帝国是世界的主人

而这个主人却在狂飙的内脏里，翻肠剖肚

以一种致命的毒计让世界危机重重

数以百万的生命死于失眠的诊所

我在失眠的夜晚听见忧伤的雨水声

同时也听见总统先生放纵的胡言乱语

我想说：总统先生，你看看当今的世界吧！

看看成群结队飞过乌鸦的天空

看看铺天盖地飞掠过大地的蝗虫

看看千年的风吹过来的百年不遇的病毒

看看北美洲，南美洲，欧洲，非洲，亚洲

看看人类的世界相互杀戮相互恐怖的气象

看看如此深重灾难遭受百般摧残的苦难中的大地

我不知道你是致幻的人还是沉思的人

是以仁慈之心还是更加地变本加厉不怀好意

在你挑拨离间的权柄上是否悬挂着世界的内脏

让蒙娜丽莎在中国的长城脚下露出笑容

在哈姆雷特的心田上插满成百上千的星条旗帜

而我，一个中国诗人，在百年的伟大庆典时刻

将这首诗献给古老的祖先和祖先的大地

将大地富有的生命之光照彻五洲四洋

在我诗歌的心灵田垄上对世界充满信任

以诗歌的元气，为世界的新生颂歌人类的美好

来吧先生，请来吧！我们以博大的胸怀和宽厚的仁爱

欢迎一匹嘶鸣的狂奔的野马的到来

我毫不怀疑我的诗歌已是悬崖边上的一棵树

我知道我的根茎已深深扎入岩石远离了枯朽
我所有的愤怒会以火焰山的熔岩直向九天
我知道我的诗歌已是沉入大地的悲伤
当雪崩呼啸而来时我用我的身体填补裂缝
用蛇胆泡制的烈酒擦拭沾了污渍的伤口
为我所热爱的大地母亲佩戴上天山上的雪莲花环
今夜，天山脚下的乌鲁木齐下起了大雨
噼里啪啦地落在了被干柴焚烧过的大地上
这一夜，诗人在雨中将满目的碎片投放给肥胖的鲨鱼
请求上苍为我派下天兵天将穿过遮住月光的云层
赐予我一种平息喧嚣的力量
以正义的光驱逐掉罩着黑色面具的魔鬼
我是说，一个诗人也懂得钢铁是怎样炼成的
别以为我手中的笔只作为写诗的笔
有时候这支笔就是一支钢枪也会发出美妙的响声

我以为我们需要国家和民族间的帮助
而非游离在外做互相伤害的事
世界正变得混乱，欲望正在波涛汹涌
我以为世界遇到了
一个精神分裂的时代
一个充满埋怨互不信任的时代
一个行走在黄昏而得不到黎明的时代
一个千方百计亵渎又千方百计救赎的时代
一个道德沦丧又在呼唤觉醒的时代
一个对信仰不仅只是迷惘而太多缺失的时代
一个浮躁的堕落的毫无节制的时代
一个日夜在催生着腐败事物层出不穷的时代
一个随时随刻都能星星之火可以燎原的时代
一个拥有着在夜色里去杀人纵火的时代
一个努力在沉重睡梦中梦游的时代
一个把书籍变成电子产品的花花公子的时代
一个神志错乱而无所畏惧的恐慌时代

一个需要东方来拯救的新时代

你和我都在说，都在努力大声地说
有人听吗？有人在听吗？总统先生，天气好吗？
坐下来，让我们谈谈天气、天色，谈谈气象
天空与大地，时间与空间，人与人
国与国，世界与世界，病毒的起源和终结
我知道我的脾气和性情都不比你的好，说话会伤着你
其实伤你的人不在少数如同伤我的人也是大多数
你我半斤八两，都趾高气扬又唯利是图
全世界的人都知道你是谁，你是谁呢？先生。
全世界都知道你能干，你能干什么呢？先生。
先生，请你好好说话，为了世界的和平人类的命运。

哦，伟大的总统先生，请你给世界保留一点面子
在黑人们被棒打的地方你的声音是什么
在五十二个州病毒和死亡漫游你在什么地方？
总统先生，你应该知道世界上不只是你一个人
而是所有的人。还有被四洋分开的五洲陆地
和涵盖一切海洋和土地的天空
请不要谴责我的国家，用各种手段，用词强硬
诸如：政治挑衅，蓄意破坏，严重违反，蛮横无理
强烈谴责，错误决定，甩锅推责，污名攻击
无理刁难，无端拘押，煽动仇视，搞渗透
搞对抗，恐吓，盘查，没收，炸弹和死亡威胁
我的国家并不是你所想象的那样
全世界都知道中华民族从来都爱好和平
我的国家有着博大辽阔的自然
当然就有博大宽宏的胸怀和公民精神
因为中国是一个多民族的国家
所以中国就有包容，接纳，融合多民族的国家心灵
当漫长的丝绸之路——一带一路伸得更长时
我们当然可以开始新时代的旅行

经过世界上许许多多的国家和地区
与世界人民一起坐下来平等地对话
比如现在，我想跟你说，总统先生，我们都很坦率
尽可以敞开心胸里揣着的灵魂，如果你愿意
我会坦然地裸着给你看，如果你愿意看。

我现在正在中国西部新疆的乌鲁木齐
正在经历着来路不明的病毒的侵害
我受困在叫人纳闷的时辰和鸡零狗碎的日子里
一日长于一年变幻莫测分裂着重合着每一种生与死
而现在，你正在美帝国的眼花缭乱的幻想中冲动
想一想，想想吧，总统先生，从古代到现代
人类看见的只有他们的土生土长的样子
你知道这并非是世界本来的样子，而你，先生
你是否真正了解你的全部或者对你知之甚少
我对我自己并不了解，对你说的自由一无所知
我在想，我们共同居住的大地真的会恢复自由吗？

当我站在高高的天山采一朵雪莲花时
我哀悼西方天空坠落的星辰
一个心事重重的并不快乐的女人坐在葡萄长廊
同时我也看见西方的大地和天际充满悲哀
在这寂静的夜晚，我可以听到你的声音
看见你的灵魂在大地上呈现灯下黑的阴影
来吧，总统先生，为了大地的欢快，为了甜蜜的果实
我的国家和人民仍然会唱起同一首歌
热情地欢迎你并为你张灯结彩举行国宴
将一切的欢乐献给祖先的大地
然后我们站在东方向西方眺望，相互交流
击掌拍打出合作的美好的睿智的心灵
先生，我们的灵魂是否像百灵鸟儿一样歌唱
你知道的这个世界上有成千上万双眼睛在盯着我们
有数亿万计的民众在向我们呼唤

虽然我们都不是上帝，我以为
只要我们携手前进，世界或许会得到拯救
你知道这是一项尚未开始、尚待完成的工作

我的国家保持着她的本色
从新中国诞生，这个多民族的国家
就坚守自己的特色，独立，自主，和平发展
丰富社会，健全法制，向世界打开东方的大门
我的国家的人民艰苦奋斗，勤俭节约
满腔热情投身到光辉的事业中，坚持不懈
从东部，南部，中部，西部，举国一面旗
四十年的改革开放，城市高楼林立，农村气象更新
铁路如织纵横各地，青山绿水，江河滔滔
七十年的光辉历程赢得了世界的瞩目和掌声
一百年的光荣与梦想彻照神州大地
在所有国家和时代中，中国都应该获得崇敬
因为这个国家前所未有地更加友善地为世界
更新开辟了世界性的一带一路——
这样的壮举是世界舞台上势不可挡的新生力量
这个国家的人民以充满活力建树着大地的丰碑

总统先生，我无法一一列举我的国家的壮举
我知道你们并不了解但不等于你们要污名我的国家
世界对我的国家的赞扬和喝彩不是凭空而来
那是因为这个伟大的国家得到了世界的承认
你知道，我的国家看重你，有亲切的关照
我们历史悠久，民族古老，诗人欢迎你来认识
包括我为祖先的大地写下的诗篇
我曾经读过你们的《美国梦》和《草叶集》
如果可能，我也请你读读诗人的诗集
《中国梦》《未央歌集》《大地颂》

来吧，总统先生，从大西洋，太平洋，走过来

看一看一片辽阔的更新更好的东方景象

看一看圣地延安，仔细打量古田里的风光

见识见识未来之城雄安的风姿

带上你的演讲在这片卓越的大地上

在这个古老的多民族的国家，里里外外地打量

我相信，我们会有相同的感情，相同的渴望

相同的仁慈相同的爱和相同的命运

先生，你好，你是一个老人，我当然尊老

我们不会因为你的不知情的一些谴责记恨

我看见你演讲后匆匆的脚步和或有的颤抖

知道你为了你的美帝国的第一而鞠躬尽瘁

同样，你也会在我的国家看到我们的人民和

人民的领袖，你会看到为美好生活的努力

更加诚信，务实在和平中追求美好的中国人民

你会听到亚洲雄风豪迈的更加壮丽的歌

俱往矣，数风流人物，还看今朝

新的时代，现今的时代滚滚向前

我们站在祖先的大地置身于善恶中

至于你的（恼怒、暴躁、激烈的情绪

傲慢与偏见，无端的谴责，或其他）

我以为是毫无意义的无中生有

中华民族从来都爱好和平

对世界而言，中美两国都是伟大的国家

过去伟大，现在伟大，未来也将伟大

有着继往和开来的划时代的意义

为了美好的未来，携起手来

一起打造人类命运共同体

更好，更现实的合作才更符合新的时代

2020.7.29

你必须承担你应尽的义务和责任

你必须承担你应尽的义务和责任
如果你拒绝或是公然地对抗
你脚下的土地或会塌陷不再属于你
你必须将意志驱散在一阵刮过墙头的倦风
刚刚临产过的一只母狗眼睁睁地穿破栅栏
不是因为贪婪而是对同类的垂涎欲滴
随后的一阵雨打湿了你头顶
你后来行走的脚步自由地走在等待你的轨迹
大地在你的身后疾速反转成反抗不成的倒行逆施
你眼里的天空遮挡上云雾般的面纱
随后生长出冲破天幕的邻光
嘶喊的头颅涨满了美国黑人怎样地
被双手捆绑着身躯跪在地上
你很麻木地看着被烧焦了的锅灶
心痛一块被烈火焚烧成硫黄的钢铁
有毒的液体，让你的牙齿上下相磕
自由慈善的红太阳照着你走过的大地
你仍然需要点燃爱的火焰赞美着
穿过病毒蔓延的地区喝下一种消化不良的药物
你只能走在百般宠爱你的发着绿光的地球
但你不能在大地上用脚步丈量影子拉长的阴影
也不能用嘴喊出落满尘埃的沉默
如果地球反转，善良会向邪恶反转吗？

可以告诉我吗？如果所有的人都这么问
是不是所有的人都可以站在自己的立场上
从不同的方向、不同的角度坚守自己的立场
用长时间说一些不伦不类、不痛不痒的话语

就像我一样答非所问，而世界只是想知道：
请你按既定的套路，回答："是"或"不是"

现在月亮穿破了所有的云层
漫无目标地承载着人们的相思和愿景
而一袭的风又把天空上的月亮打扮成了新娘
为她穿上了风做成的衣裳——梦的衣裳
你听见有人说她瞌睡了，她请求入睡
然后悄然躺在咯咯作响的床榻上
在月光下做起她的美梦，沉溺于自己的梦里
而我对于任何一种死亡都一无所知
我看见她不敢打开灯的房间有狂欢的幽灵
我看见她赤裸着坐在羔羊的宝座上变成了狼
好吧，就让月光穿过闪着你光荣的梦想吧！

我的确上不了网，有人笑我落伍了，我 out 了
也许我是在寂静的天山之巅待得太久了
有人问我识不识字，会不会说话
也许他和他们永远都不会读懂一个光头诗人的
《中国梦》《未央歌集》《大地颂》
或以为我心智不全，还是个生瓜蛋子
我的心智早已滞留在了寂静的天山
我只是把冰雪当作吸吮的奶水
撑着了的我的身体日益膨胀
所有的词语在携带一切病毒的唾液里飞溅
我也许还知道，所有的渴望并不一定得到宽容
或者，我眩晕的脑壳上的脑门子正被邪恶撞击
或者，是我自己把变得光秃秃的头脑
徒劳无望地撞在了病毒魔鬼的爪子上
以血祭献给打着寒战的上帝，献给我们的太阳
把爱得太深的痛苦交付给我们所爱的大地
暗自塑造更加伟大的精神，唤起自由的雄心
在伟大的言辞中摆脱困扰继续坚定信念

那是我们自己的雄心勃勃的伟大事业
你知道，怡然微笑的人才是有信仰的人
由衷地拥有着一颗心的人才相信善良的永恒

2020.7.30

我活在这块大地上

我活在这块大地上，只能在这块大地上
你说，如果我离开，或失去的话
你告诉我，是不是我对大地构成背叛
你知道，我不可能有别的另类的任何选择
我为大地写着颂歌的诗，辛勤地耕耘着一片
说实话，我已经筋疲力尽了
但是我放不下，尽管也没人要我必须这么做
生活就是这个样子，何需度日如年，又过年数月
是的，我不必这么失望、沮丧，既然我选择了诗歌
他们读不读、看不看并不重要，庄稼还是要种的
我知道，你的意思是在说：有那个意思就足够了
当大地被划分成版图，形成更多的辖区、行政区
以及管着大大小小的社区，有他们已经足够
因为你必须相信并且按他们说的去做
实际上我们什么事儿都干不了
当集体的力量被瓦解，个体即刻消亡
对于一个远行的人而言，如同一粒沙粒
没有人会知道他的去处，不知道他的落点
如果我们不再热爱大地，便无处藏身。

2020.8.1

咸话淡话都是用来搪塞某些事物

咸话淡话都是用来搪塞某些事物
说得太多或太少甚至是缄默都无济于事
因为这是我们的权利
但是没有人会保证这种权利的有效性
你用语言不能描述的东西
需要用文字来表述，通过传真的形式输送到
近在咫尺远在天边的协调机制上
一切都处于传输的状态
我们不能相见，不能沟通，我们还要等待多久
充满希望和坚持的等待还能坚持多久
以这种方法存在的形式是我们
独特典型的特色
如果这是不二的选择，水也会死于寸步难行的沙漠
很多的时候，通常都会以问题的严重，势态的恶化
把本质上不必要的东西置放在首要
看上去很多时候我们并不知道孰重孰轻
大家都很徒劳，都能看明白什么是咄咄怪事
纯属逼良为娼，与傲慢相互呼应
为此，我继续保持缄默，避免盲目冲动
的确，不必三番五次地折腾，还是顺其自然吧
我们现在坐在相互亲近或疏远的这里，那里
沮丧地理解这件或是那件事情
有些话用语言无法表达
你看看坐在大门口的那个女孩在太阳下美化自己
用精神的呼吸冲击阳光下的尘埃和病毒
所以我能安静地坐在涂满鲜血的灵魂里
无论是因为厌恶还是顿生的怜爱困苦
我都保持着平静

否则我会像死于病毒一样死于爱的困苦
像酒鬼一样畅饮一声叹息。

2020.8.2

又一天的开始

又一天的开始，虚无的影子在晃动
一切半明半暗，不确切，不可企及
所有确切的都来自一本脸书。社交帝国的阴暗
阳光下的 TikTok 和 Facebook 的焦点
正在烤煳自证清白，存在的潮汐的气息
开始了大洋彼岸被清理被封杀的字音节的开始
正午正在消耗夜晚腻味了的自己
而夜晚的上半部是一片汪洋大海，下半部是一片沙漠
星辰纷纷坠落，一片片抖音将虚幻与现实隔开
三片飘过的云彩滞留在垂柳大笑着斗起地主
被太阳晒干的墨汁碎成颤抖的语音
坚硬地砸在随意升腾的欲望
最后的乳汁在硕大的无度的沙漠
沿着古代唐朝僧人的步履与诗人李白和
活在富士山下的喜多郎制作一粒糖丸
我属于我所热爱的大地，耕耘泥土
书写一片天空，一片牧场，一片庄稼地
我哀叹垂柳浓荫下的倾诉衷肠
公正公平而怀有一颗心底的大地

乏味的正午，世界的噪音喧哗更乏味
七月八月的太阳正在融化天山之巅的白雪
乌鸦们躲过了刮过天空的死神之风
躲在某个角落里数着脊背上稀疏的羽毛

205

麻雀们叽叽喳喳讨论着制定数字游戏的方法
十只大大小小的狗对痛苦和梦施予麻醉和欲望
哪些在向前走，哪些在往后退
而我只能活在一个超越了我所不能及的世界里
时间正在腐烂着我怀有的灵魂
在这个倍受恩惠的时刻忘却这就是生活
我会感到厌倦，厌倦这种类似生活的生活
从清晨正午傍晚黑夜和清晨正午傍晚和黑夜
观看二十四小时的新闻，了解世界的一张张牌局
操着与自己毫无关系的生与死
告诉我，我是否就是那个游手好闲而不务正业的人
是否是放不下辛勤耕耘倾听一粒种子声音的人
而不应该坐在这里偷听颤抖的风吹来花里胡哨的音讯而又充耳不闻的那
　　个人

宇宙给予了我这么多的思维方式
却无法阻止病毒魔鬼的侵扰
一个自喻为与大地融为一体的诗人
莫非失算于可疑的一次圣洁的迷惑
可是大地在复苏，消失的事物在重现，生命在死亡
世界依旧熙熙攘攘吵吵闹闹讨论着反复无常的事
一种是我们知道但永远无法明白的
一种是我们不知道真相却心知肚明的
另一种是我知道，但很多人不知道的
比如一只海龟涨满风帆的一次航行
卷着一些不为人所知的风浪带上些咸味
嘟囔着用鼻子哼出屁虫在东南西南沿海呼啸
在司空见惯的狂风中手忙脚乱地窜至东海
甚至踉踉跄跄地登上南沙西沙群岛
寻找曾经遗留在那里的骨骸
那里不是他们这些人的岛屿，不是他们的土地
虽然一个中国诗人的献词他们可能不读不看
但诗人的诗词一定闪烁着中华大地的神圣光华

诗人将永恒地守望永生不忘的这块大地。

石头刻制的时间，如坚硬的稀粥
我眨巴着眼，从天空走过大地
拍几张大地的照片，许多只鸟儿飞过森林
长腿蚊虫谵妄无法逾越的天山，一片白雪
一块被天狗咬过的月亮伴我
走过我走过的花园和葡萄长廊
许许多多的尘埃会落在不易被觉察的绿意上
我看见的生与死于你而言并不真实
你挺着大地的乳房在眩晕的天平上称量
天山山脉的骨头和雪花，冰清玉洁
那是人类的一矿恒水之源
很多的时候我与水不存在争论
就像佛陀坐在石头上念叨着呓语
照抄了我放弃的一句流言蜚语
同逆反的一滴浪花与石头搏斗
诗人奉献上诗歌的血液，从荒芜到良田
古老的泥土，古老的味道
诗人相信，只要辛勤耕作春夏秋冬
四种不同的季节轮转，色彩非凡
生与死，天与地，一个悬着一个沉着
一个女人点燃蚊香后在夜色里悸动
就像是碰到了充满渴望的太阳
在呢喃的时刻与阳光融为一体
像大地一样孕育万物的生命

2020.8.3

在这块土地上种个地

在这块土地上种个地，很辛苦
这块土地上生长个庄稼，辛苦经营
大地上的价值正被长着长臂的机器收割着
没有人知道金银是高尚者和卑劣者的交易
我只能在我诗歌的田园上获得丰收
为此我将对大地赐予的清福表示感谢
因为一个诗人的无足轻重
无论时局发生了什么变化，与江湖无关
有些事是发生在庙堂上的与世俗摈绝
一些人的意志代表着世界人民的声音
对人民给予了他们的全部的爱
以一种绝对的仁慈，仁爱精神
向世界发出穷困将不复存在
愿天下的民众有工作，有力量
而又有寄希望的耐心
要相信，不久，全人类的美好日子将从现在开始
大家相处得久了，家事，国事，天下事皆能语破惊石
顺手牵羊地钻进我们耕种的田地
用谆谆教诲诱导，花言巧语暗藏凶险
付出昂贵的代价，如果不怕承受
不凭什么，我们流着自己的汗水和血水
忘恩负义不是我们的品德，更不是血吸虫或是
别的什么。凭什么？不凭什么？又凭什么？
我以为我们可以自卫以病毒虫害的惊扰掠夺
因为我们除了热爱大地更热爱着我们的国家
但绝不是又疯又瞎更看不清什么是国家之耻。

2020.8.4

突然狂野的风，携着烈烈的雨丝

突然狂野的风，携着烈烈的雨丝
把这夏日的愁闷疏散去
隐藏在背后的枯枝败叶纷纷被清空
这狂风骤雨犹如魔法驱走魔鬼
赶走这突如其来的不带色彩的病毒
洗涤那些染上了病毒的心肺
让这雷电火神和暴风骤雨到来
落在我所热爱的大地上
为今夜沉睡的大地吹响铜号
就让广场上的旗帜撒野地飘扬
飘过大地和山河，再次以鲜血保护善良的人民

突然狂野的大风，刮走低沉的霾，云雨飞坠
席卷浮尘残叶和暗藏在土壤里的垃圾岁月
大地会显现出更加艳丽的新气象
这狂野的东风席卷啊！中国需要你的奔放豪情
今夜，我饱含着热泪，忽见自己的幸福泪水
像是有一种崇高的超越正在融合新的思想
穿过日夜纠缠的大洋的风暴
我知道，我所热爱的这块土地眼里的绿色
任凭东南西北的凄厉的刺耳的风刮过
哪怕飞沙走石遭受再大的毁蚀，哪怕是一颗陨石
　　　　　　　　落下。
我们所有的人都知道，中国——在这里，终将在这里
永恒的大地和永远的信仰深沉而安宁
我无法在大地上歌唱梦中的天堂或地狱
但我可以驱除病毒带来的死神
如果我是你这狂风里的一粒沙粒

如果我能将病毒魔鬼掩埋在塔克拉玛干沙漠
如果我能将你携着的雨化作锋利的刀刃
如果我能借着宙宇的力量呼你唤你
我便在天山之巅做出最伟大的预言
风华正茂的华夏肌肤已相融血脉已相通
直到你醒来无拘无束地欢欣歌唱
直到天山的冰雪洗洁一片片的沙漠成为涌泉。

2020.8.5

如果这个时刻一定要来临

如果这个时刻一定要来临，即使你们带着粪叉
我也会转动这个称之为大地的地球仪
无论公转还是自转，我们都明白：
你中有我，我中有你，我们从未想过画地为牢
如果你们诅咒地球，企图毁坏它
数亿年后直到你们和我们化为新一代恐龙
如果半球或是全球你们都觉得不够
当然你们可以像自由女神一样有天空一样的胸怀
问题是天空里有自由自在和谐飞行的群鸟
我不希望看见你们的国家与我所热爱的国家敌对
你们大可不必煽风点火，吹毛求疵
请你们仔细地明白地想想
我们真正的敌人。那蕴藏在人类命运中的命运
只有它才是永恒的，不朽的
我们现在隔岸相望，相互亲近或疏远
站在另外地方的人们都应在此列
一个中国诗人站在天山之巅以诚实和正义的精神
预言：
愿我们没有相互指责，愤怒，在这广袤的天空

在这蓝色的海洋、绿色的大地上
在平静的感情中找到彼此并愿彼此理解关切
世界会因此向我们的存在致以赞美和敬意
普照世界的光明会使世界和解，如人之初
愿我们用同样宽大的胸怀分享崇高的和平
让那些令人费解的词汇在开始就结束
让那些忽明忽暗交织不明的锯齿燃烧
让白热化的政治演讲封上诅咒的封条
让冷战的炮火成为冻裂伤口处的铠甲
……

我请求你们，从灵魂深处呼唤你们
你们所有的良苦用心，国家使命，人民的感情
并不是绝大多数所向往的那种自由和美好
因为我并不知道未来世界是否存在甜美的回忆
今夜的星辰在孤寂中落入失魂的心灵
世界的脸面大过天穹
我所知道的世界只是一种感觉：孤独。

2020.8.6

人类的星球啊，自然而然吧！

人类的星球啊，自然而然吧！
不是每一种生命都有生命的特征
请我们与大地喜结良缘吧！
争艳斗芳。驰骋在江湖上就别说庙堂上的话
与灵魂狂妄地微笑
神圣的天山生长着，无所畏惧寒天冻地
仪态万千的雪莲花早已冰清玉洁
如果你看见，就看见你眼睛里的泪在我的眼眶
我的胸怀里的大地的花朵儿拥在了我的心里

过去，这种诗歌艺术，是永恒的
今天当我们破坏了所有的原则
他们说需要体验
我对此深表遗憾
当然他们会给出一千万个理由
我会告诉他们，我和他不一样是因为我是诗人。
世界人民都说：爱可以造物，唯独一种情况不可
可是我们知道一只猫，一条蛇，一只狗或任何动物
看上去这些畜牲并不知道那是用来干啥的
在我看来多少或者毫无用处
或许那些畜牲的目光要比我们看得遥远得多

历史上有很多笑话，我想，让我们听听
但是，2020年庚子夏至后立秋，阵风，阵雨
                              走啦。
亲爱的人啊，人，我一个人走过大地，乡野狂风时
我对你讲过昨夜的一个梦
我不知道为何我们相依为命却又在天涯
你知道，我热爱着你和你们的大地胜过爱我
我看着你的眼里的你是我含满的泪水
我突然觉得，你看着我，其实你并不快乐
因为昨夜无眠，你显得无精打采
看上去很像分娩后挂在嘴角的一点甜蜜
我本来可以说一说新疆，乌鲁木齐，夜晚来临了
你走了，在黑夜来临时
我知道你正在挂念着满天星光下的童话
你却不知，那是一种比遥远还要更甚的遥远
时光正在老去，石化的烟囱呼啸着你鼻子上的哭泣
看上去你很像水做的
因为你已离开了那块遥远而又辛酸的大地
但是，你却从未放弃。
当你不在的时候，我在写诗
五十五岁的风景看上去挺美

此外，还剩下尊享的哲学和数学
人啊人，我们每天做的事
或挣钱，或开心，或者什么都不为
如果手里有一把扫帚
我想你一定待在某一处的老房子里
将一幢老屋一分为二，上边住着乌鸦
　　　　　　　　下面住着麻雀

　　　　　　　　　　　　　　　　2020.8.9

像石榴一样开放……

新疆时间里的乌鲁木齐瓜果飘香
一切因她而自由的都会在辽阔的新疆开放
病毒充其量只是边缘上的一小虫
对新疆不会产生多大的影响
习惯了慢生活的新疆人不会叽里呱啦
如果一定要跟病毒斗争
请相信只要有一颗支配自己的心
就不会有病毒小虫细菌存活
面对乌鲁木齐的市民和高耸云天的天山
坚强的防御和协同作战
相信我们说的一句话："新疆是个好地方"

当立秋的风吹过乌鲁木齐草原
你当然能够看得见无忧无虑的牧童在
我们新疆辽阔的大地，奔涌的河流
美丽的草原天山升明月的月光下牧羊
因为我们知道一切照旧，从草原回到家里
把一天的疲惫和辛苦扛在肩上走向明天
你已经看见，一览无余地看清

乌鲁木齐一切很好，一切都自然而然
我们会继续保持奔放和热情
一如既往

今夜我为你讲述博格达白雪公主的童话
一个人站在云端的天山，让我爱你——
我们会看到石榴花绽放的乌鲁木齐美丽的草原
我们活在这么美好的地方该为这个地方付出
所以，请相信我们所以爱着是因为
如此如此地爱着是因为如此深深地爱着……

今夜，放下一切，让我们像鸟儿一样衔接亲吻
乌鲁木齐34℃的高温将黑夜的小虫驱散
千万不要以为封锁的大地不会生长开放的石榴
永远的乌鲁木齐，永远的草原，永恒的爱
给予了我们坚强的意志和斗争精神
新疆大地上的两千三百万人口
世居的多个民族耕耘着辽阔的疆地
月光下天山上的雪线告诉我们
不是所有的冬天都会雪花飘飘
我们祈祷，天山的明月，信仰的光芒
我们相信，所有的人都可以看到天山升明月
因为新疆就是一块好地方
我们可以邀你一起来看日月同辉

今夜，我以为我们彼此都像我们自己
正如我们涌泉相报。
我想告诉世界：乌鲁木齐——
美丽的草原聚集了我们在一起
现在，从前，将来，我们永远聚在一起
再多的苦难我们新疆人从未有过背叛和逃离
现在我想对乌鲁木齐全部的市民说：
我们不着急，不急于出门

我们心心相印应循序渐进

再等一等，等等再去散散步，如果大街上你我相遇

石榴花正开放在我们热爱的这个好地方

让我们一起为了爱，用爱将病毒消灭

让我们一起去看红山灿烂依旧光芒的乌鲁木齐

当我们走出家门，走进小区，进入社区的时候

千万个笑脸，千万声笑语，千万的自豪

我们彼此给了一个微笑，一个吻

这会让我们更加相信我们生活的地方

充满快活、欢乐和美好

这里的一切都闪烁着爱的光芒和丰富的色彩

我们因此就能看清祖国更加美好的明天

祖国啊，请听，新疆大地上的各民族的前额向着太阳

高声吟诵胜利的誓言，也将葡萄美酒献给

美丽的新疆。我们在祖国母亲的翅翼下

在永恒和谐的光明的这块福地上

为祖国载歌载舞，让石榴因甜蜜而忘情

我们，无所畏惧，我们前进，前进，向前进……

卓越的，肥沃的，博大的美丽新疆啊

诗人辛铭向你致敬！

因为诗人的诗歌，充满了赞美之声的诗歌

也无法表达乌鲁木齐的精神

这是诗人永远都无法改变的炽爱

我看见了，看见了美丽草原上的骑士们

光荣的胜利者，精神抖擞的乌鲁木齐人民

我愿为你装满芳香，载满鲜花——

直到永远，我们都不会忘却天山明月

高贵的石榴啊！因为你给了我们生命的凝聚力

乌鲁木齐人！巍峨的天山，昆仑山脉护佑着你

天山明月，昆仑雪，东方的太阳，润圆洁白通红

一切的光将美丽的草原照亮！

乌鲁木齐，美丽的草原

沐浴着红太阳光芒照耀的乌鲁木齐

我们因此而好好工作，好好学习，好好地……

我们当然像是七月八月的麦穗金黄着

我们当然更像是十月的石榴花开放着

这里的生活不是无边无际咸涩的盐碱地

这里是各民族相互理解相互倾听的地方

唱歌吧，新疆，跳舞吧，新疆

跳吧，唱吧，用我们的心灵和神圣的爱

我相信，当许多的人看到便可看见

草原上充满活力的乌鲁木齐

结实、坚定的新疆人啊，从一代，二代，三代……

我们热爱着，坚守着，屹立在祖国的西北边疆

因为这是我们伟大的祖国给予新疆人的力量

我们因此像石榴花那样开放。

多姿多彩的民族啊，能歌善舞的新疆人啊！

我们是在戈壁、沙漠上开垦良田的新疆人

我们是来自五湖四海皆兄弟皆姐妹的新疆人

我们的祖先以先知先觉立下了不朽的功勋

这里是华夏民族的丰饶大地，是不可或缺的国土

这里更是世界的一带一路上的新疆

这里也是诗人的大地，是诗歌的田园

这里的畜牧业农业工业手工业及各行业繁荣昌盛

这里有长发飞舞的女神，有田园牧歌

这里有活跃在昆仑之巅的天籁之音

这里有坎儿井的欢畅和葡萄沟的甜蜜

这里有金色的阿勒泰斑斓的五彩湾

有木垒的杏花村和村庄里的刘亮程

这里有蓝色的赛里木湖，有蜿蜒起伏的银色山脉

这里有额尔齐斯河的红色金色的飘带

这里有昆仑雪水浇灌后的羊脂玉

这里有伊犁河王冠上的琼浆玉液
这里是你可以遇见你自己的地方

今夜，诗人以诗歌的名义，以爱的名义
将爱献给你——美丽的乌鲁木齐
献给富有辉煌的光芒万丈的大地
今夜，诗人用夜光杯，为你斟满美酒
今夜，我给你许个梦，也是诗人的梦
愿你永远安然无恙，永远美好，充满阳光
今夜，我衷心地爱着你——乌鲁木齐
今夜，我诚挚地向你问候——乌鲁木齐
今夜诗人将与你分享阳光，共担风雨
因为我们有众志成城的意志
因为这里有我们千万的家园，千万来自
祖国四面八方的乡亲父老挂念着的人
所以一丁点、一小丛的病毒
企图想要在一丁点的时间里抹杀光芒和智慧
那里便是它们这些魔鬼病毒小虫们的葬身之地

现在，我将毛泽东的《送瘟神》朗读给你听：

绿水青山枉自多，华佗无奈小虫何！
千村薜荔人遗矢，万户萧疏鬼唱歌。
坐地日行八万里，巡天遥看一千河。
牛郎欲问瘟神事，一样悲欢逐逝波。
春风杨柳万千条，六亿神州尽舜尧。
红雨随心翻作浪，青山着意化为桥。
天连五岭银锄落，地动三河铁臂摇。
借问瘟君欲何往，纸船明烛照天烧。

2020.8.10

让石榴花在新疆大地甜润开放

亲爱的读者朋友们，我自天山脚下伴着明月
为你吟诉这首叙事诗
你知道，你来过或是没有来过你都知道
吐鲁番的葡萄，哈密的瓜，阿克苏的苹果，和田的枣，库尔勒的香梨，
　伊犁的河

岁月在我身上结满了水晶珠串般的葡萄
直到一颗一颗在我的血管里酿成美酒
还有那沾满在我身上的灰暗的沙尘
和那些我尚且没有穿越的戈壁绿洲
以及在时光中透明的亘古的城池
我走过的新疆大地，有悲壮，有风雨，有阳光和欢乐
如今，新疆味道正如泥土柴火上瓦罐里的汤
我将用含满欢乐的嘴唇品尝
愿你也能一起来品尝飘过新疆大地的芬芳清香
愿你能踏上我们踏过的新疆大地
愿你能明白我为什么如此为她歌唱

1

羔羊坐在高高的宝座上
圣火会在草原上照亮天空
雄鹰会翱翔在云端的天穹
哈萨克牧民会带着牧羊犬穿梭在四季分明的大地
我在年轻的时候风尘仆仆地来到了新疆
那个时候我并不知道今后会生活在这里
现在我渐渐明白，很多的人并不知道会在哪里生活
从前的路和现在的路线
对每一个人都是一样的路

如果这个被我们称之为轮回的人世可以选择
甚至像鲁迅先生说的走的人多了便成了路
但是，我们其实并不知道，那是怎样的路
也只有我们走过了之后，或者在我们走过也未必知晓
而黄昏的露水落在了眼帘，在我们舌尖上打着哆嗦
回味着不知疲倦的多愁，越过千山万水，现在
我坐在羔羊的宝座上以手足之情张望千万的羔羊
她们的灵魂正踩着月光映照下的昭苏草原
咩咩地念叨着我遗失在草原上的咒语
抖动着我心灵深处七零八落的记忆

2020.8.12

如果，假设

2

如果，假设，如果和假设都没有存在或发生
现在的现实即是曾经的如果和假设
如果1987年没有我的那一次长途跋涉
我一定无法看到乌鲁木齐雨过天晴清晨时的清新
那样蓝的天空会掉落一滴泪落在灼热的心坎上
2路汽车会穿过长江路，西北路，北京路
穿过我未曾见过的天空和透明的大地
直到一颗又一颗、一串串地吃下无核白葡萄
我的嘴平生第一次品尝到了葡萄的滋味
冰清玉洁的甜蜜的一颗颗葡萄的芳香和沁心
纯洁的一尘不染的天空消除了河西走廊一路的炙热
乌鲁木齐的天，乌鲁木齐的地
乌鲁木齐的天地进入我的身体
我现在知道，懂得自己的身体已经融入了这块天地
从相隔千里到近在咫尺和一切天空，一切大地

一起成为身体和生命中的乌鲁木齐
我将日日夜夜依偎在她的胸怀倾听她的灵魂
我将带着博格达雪峰的童话，葡萄沟的火焰和
坎儿井的甘甜走过辽阔的新疆大地
像额尔齐斯河那样亲吻已融入血液的土地和生命
如果 2020 庚子年我将诗语掷向可恶的小虫病毒
我将拧断它的腿脚，让新疆大地无处生长毒苗
让新疆精神的光芒再次洒向沉默的人群，成为快乐！

2020.8.14

我曾经梦想过的生活

3
我曾经梦想过的生活就是现在的这个样子
这里的大地很古老，生活很古老
这里的大地和生活永远充满着
无穷无尽的生机与渴望
这里留下来的岁月，遭受过的苦难，由于大地的辽阔
歌舞之神、善良之神会将所有一缕缕忧伤
苦涩的胆汁、辛酸的苦辣酿成甜蜜
与新疆人为伍，沐浴着美丽新疆的阳光和空气
所有的人都将敞开胸怀接受血与泪的洗礼
让内心的忧伤在辽阔的草原随波逐浪
与大地，与河流，与山川，与荒漠和绿洲与
所有的新疆人缔结金子般高尚的兄弟姐妹之情
并在这辽阔的疆域开放出甜润的石榴之谊
请相信，当你听见神奇美妙的旋律
你的呼吸就变得热情奔放
就能遇见你久违了的，踏破铁鞋无觅处的
篝火般跳跃的阑珊里你的情怀和活蹦的灵魂

就能张开你的双臂拥抱你纯洁的心灵
就能昂首阔步实现你梦幻中美好的生活
闻到金黄的沙粒水晶的葡萄醍醐灌顶的气味
就能目睹戈壁变绿洲、沙漠变沧田的神圣力量
就能读到河流浇灌大地哺育的
头戴桂冠的抒情诗人辛铭的火一样燃烧
石榴花一样开放的言辞诗赋

2020.8.15

今夜，人们都走了

4

今夜，人们都走了，剩下的是我自己
我在孤独中思虑病毒谁能识破
告诉我，是谁拨弄了看不见的病毒的琴弦
谁？是谁？是谁欺骗了我们，吞噬了我们的心灵
难道他们不知道看不见天际的水患洪灾在发生吗？
看不见无以回报的太阳正在失去光泽
大地啊！大地，值得颂歌的人类大地
我们不会被乱弹的琴弦再次忽悠
我飞上天山之巅，在狂风暴雨雷电的长空
听见风中的大地，雨中的天空
升起披着霓裳彩云的滚滚浪涛

我在今夜挪开双手，引吭高歌
这块美丽大地的人民以矫健刚强的力量
把所有的情感和爱献给各民族珍爱的大地
诗人在今夜爱的不是一个人
因为我们从来都是一家人，一家亲的亲人

2020.8.16

今夜，我奋力携上了飞翔的翅膀

5

今夜，我奋力携上了飞翔的翅膀

让我飞过上帝和大自然衔接的地方

我要将新疆的天、新疆的地全部铺天又盖地

举着迎风飘扬的旗帜从东方到西方拥抱未来

走过过去，走过现在，走过未来，走向自由

祖国啊！亲爱的祖国，你是母亲，更像父亲

我祈愿你早日复兴，用思想的力量，用雷霆的威力

用不爱红装爱武装的雄赳赳气昂昂

让人类幸福的气味永恒地留在美好的人间

祖国啊！母亲，你是至高无上的不朽的史诗

我期待你是心灵和灵魂的统治者

让那些进入文明时代自称自由仁爱的骗子去死吧

我们新疆人已把心灵的灵魂交给了可爱的祖国

我们和我们的祖国一起将小虫病毒和洪涝灾害

以及各色的妖，各类的鬼，和偶尔出现的蟑螂

　　　　　彻底消灭在它们喜欢的地狱

我们将把坚定的意志崇高的品德炼成钢铁

把我的眼泪化作指向敌人的炮弹

如美帝国继续那么傲慢，不断升级挑衅的花样

请相信，他们所有的一切努力将功亏一篑

快滚，滚开，滚开去，去见他的鬼吧！

6

现在，我很平静，很优雅地

看着乌鲁木齐头屯河区三坪农场

那是一片生长着葡萄和蟠桃的土地

它的旁边是一片空地——三海瓜园

222

或是一块被废弃了的停车场

我看见三海瓜园铺满了石块，土地已死去

你会看见一座工厂，看见三千万只羔羊

她们在欢乐的草原上翩翩起舞

因为草原是她们的家，是她们的生命

现在，我为你祈祷，为了新疆的人民

我需要从掌心里描绘一带一路上的色彩

去探索世界，探索大地，探索子宫，探索坟墓

探索药物，探索羔羊的胃，贡献上健康的身心

现在，已是八月，或是七月，庚子年的一天又一夜

新疆最好的季节不会因为庚子年的七月凋亡

新疆是永恒地闪耀在大地上的一颗明珠

将在无风的冰雪中，在淋漓尽致的开怀里

热烈地欢迎一切人民的到访

2020.8.17

如果你不记得来时的路

7

如果你不记得来时的路也没有选择的路

你可能不知道你来自何方且又不知道为何而来

你若是乘着月光而来你会看到怒放的花儿

倘若你是顶着太阳而来你会看见开放的石榴花

如果新疆大地的时间和空间与你想象的相差无几

那么就请你生活在这里就像我们一样活在这里

一个人离家出走并非他自己的愿望

他自己背井离乡，他的妻子和他的儿女和

他的父母正在看着他们的儿孙在一起行走
如说他们走去了哪里，哪里都不是他们的土地
但是他们为新时代铺出了一条伟大的道路
为他们的祖国，大地，天空，做出了应有的贡献
这首诗是诗人的汗水、泪水、血水铸就的
这首诗是公开的一次与隐私合二为一的呼吸
如果我们是在同一条路上回家的人
是否曾经我们是同道的陌路人
我实际并不知道我们是否一起走过
因为一阵风云飘过后，雨滴就打湿了回响的足音
我只能说，我们曾经走过那里，匆匆忙忙走来走去
而我们所有的欲望已经变得干巴乏力
如果你不记得来时的路也没有选择的路
只是走在一条别无选择的并不知道的路上
走向你所不知道的什么地方

8

我就是这样走的，就像梦游一样
只是一味地走，不假思索地走，走呀走
走在新疆大地上已经有三十年了，仍然没有走完
更多的时候，我总是独自伫立在某一处的黄昏
头脑发涨地张望着曾经过路的北庭宫殿
我知道，那将是永远也不会到达的看不到的地方
但它的确是存在的并不是荒无人烟的土地
而是辉煌的是多个民族聚集的欧亚大陆的桥头堡
车师古道的遗址在伟大的丝绸之路的那个时代
仍然留下了源于此地的国际贸易的痕迹
密密的胡杨林里倒伏的芨芨草和干枯的芦苇
密密的凄厉和孤独的魔鬼城
一座城池，一座宫殿沉默在我将要走过的地方

2020.8.20

我走过那些高大的影子完美的光华

9

我走过那些高大的影子完美的光华
跨过闪烁着荣耀的神祇之门
敬畏残垣沉默的箴言
庙堂的祭坛上尘埃和灰烬并无只言片语的声音
我相信昔日的生命不会重返喧嚣的世界
所有往日的欢聚更不会有再次相逢
那些用誓言做担保的契约打着迟钝的寒战
我所渴望已久的久别重逢的热烈拥抱
已是满天星斗下忧伤而又粲然
闪耀在天山之巅的雪莲花
试问谁曾是这巍巍宫殿的真主，谁的王座
谁的神谕，是谁斟满了琼浆玉液？
谁为这块大地灌满了普遍的幸福泉水
又是谁为万众分享了财富分担了风雨
是谁在万众的心田播下了诗歌的种子取悦大地
又是谁在实实在在地敬重头戴桂冠的诗人
为什么那些坚固而又华丽的宫殿见不得阳光
为什么神圣的庙堂上的神灵也会保持沉默
为什么青山绿水的大地莺歌燕舞的天空如此寂寥
我不知道那么多孤独而又坚强的心如此期待着什么
我不知道一个网络化和数字化的时代诗人是什么
我也不知道在我走过各族人民建设的美好新疆大地
为人类熟知的葡萄和石榴的节日之冠的盛况安在
为什么歌舞的大地理所当然地弥漫着悲哀
被凝滞的目光和被禁锢的灵魂
何时能露出微笑遇见冰消雪化之光
如果，我愿成为太阳之子，大地之子

我愿侍奉，服务新疆大地，让石榴花开放得更加甜润
让新疆变得更加美好，让诗人永远为她颂歌

10

感谢啊！感谢这片大地闪耀的光华
给予的纯净的智慧的爱，因为即使诗人
满腹经纶也生怕挖掘不出她所蕴藏的灵魂
因为如此朴实，善良，高尚，豁达，虽然艰辛
心灵依然亲切纯洁，在新疆比比皆是
深邃的智慧让人释怀的仁爱和淙淙的泉水
这片土地从容养育着世代居住在这里的子孙
大地啊，受你宠爱的诗人颂歌对你无比的谢意

11

我走过颂歌的大地，到处都是河流
浇灌我的心田，种植和收获这儿的人和事
那一年的记忆像忘却的旌旗，像破壳的雏鸡
陶子窗前的核桃树下曾经的那个少年不再风华正茂
没有爱就不会有太多的记忆，或者如果有
一定是火车穿过河西走廊的汽笛声和母亲的哭号
曾经和现在的葬礼都是十分遥远的一个消息
剩下来的记忆已在河谷群山中化作了雨水
所有的记忆赤裸着被泡进了雨水变成雨，流走
流向我所不知道的地方将怎样继续走完所有的路程
父亲铺设的铁路上是我乘坐的火车，漫长而又孤独
现在又添了沉重的梦，失眠的记忆死缠着
曾经的现在回忆的过去
无所不能的灵魂的声音在我的房间里为所欲为
像是躲在某一片黑暗里无声的一只蚊子不让我安眠
我的内心里充满了正在孤寂中行走的喘气声
七月、八月时间里的果实，紫色，黑色
暗红色的葡萄和赤红的石榴
禁锢的腿脚正在巨大的寂静中踩碎膨胀的眼球

现在，我依然就坐在一个又一个的白天和夜晚
如同佛陀就坐在河流枯竭的彼岸
我想让一粒粒石榴一粒一粒交织出鲜红的诗篇
诗的韵律、音节在我的血液里哗变背叛

闰年闰月，闰夏闰秋
无声，无息，从厌倦到疲惫
然后是一个男人和一个女人的尖叫
这二人在公众微信群里分裂着肉体和灵魂
另一个男人穿着黑色的 T 恤衫坐在房间里自称是囚徒
现在的时间都是加了封条的一扇扇门
都是生锈的厨具或是儿童遗弃的玩具娃娃
都是被上帝雕塑的没有内脏的模型
另一个穿着防护服戴着面罩的女人
正坐在工厂的大门口
分享着我们的自由和我们的太阳把时间变空
现在，我走近大门口的那块石头，吞入腹中
诗人必须找到出口，出路，那即是石榴的甜润
我们眼睛看见的是它的透明的欲望
如同我们看见自己的欲望

12

三坪农场一带的沙坪路上堆上了水泥栋
隔离带以外的蟠桃园和葡萄园在沉睡
蟠桃已经萎缩，葡萄正是成熟的季节
在阴影与空间，风中的松林沉静得像是岩石
"纸船明烛照天烧。"
现在已是子夜的某一个时辰，我坐在灯下
黑色的夜如同一块坚硬的礁石
我所能看见的是红色灯笼闪烁不定
因为在这样的夜里，我会胡思乱想
意识形态里混杂着一些狭隘的情绪
你知道，我对所有的一切有着怀疑

你要相信，我一定是有世界胸怀的
我心底温柔，有寒意，有孤独的翅膀
秋天来了。我们应该收起雨伞准备拥抱冬天
眼看着又一个重阳落在了风吹草动的牛羊身上
我的心头瞬间就落满了一层层的霜雪

13
诗人只是顺水行舟而非劈波斩浪
诗人只是甲板上的一沫浪花
出入风暴的是奔向天涯海角的船只
船长们沉醉在惊涛骇浪的汹涌波涛里
怀着无以言表的喜悦遨游深蓝的欲望
直抒着搏击震响的快感汲取香艳
诗人已是一个秃头而又颓废的病人
可怜的诗人，为什么头顶的桂冠那么冰冷
莫非你的肠胃里有呼啸的北风和纷飞的冰雪
你在古老的丝绸之路上在敦煌的洞窟里
修行只是为了把自己化成墙壁上的美景
诗人啊，诗人，而今你的田地已被风沙淹埋
你含在口中的乳房正在下垂干瘪
你依恋的大地的辛酸并不比大海少多少

2020.8.22

今夜，一切都在过去，包括欲望

14
今夜，一切都在过去，包括欲望
一切都处于停滞，或是你看到的一盆泡沫
我窗前的绚丽的黄昏，天空和夜晚突然陷塌
你看见的是无声的泡沫和你兴致勃勃的声音

你我在一起的样子越来越像是心照不宣的迎合
没有彼此的关切，只是躲在各自的黑暗里
没有或者正在丧失，我们未必能坚持到天明
即使近在咫尺
显得遥远得连我们自己都看不见边界
时间越来越紧迫，也越来越模糊得像是长满了青苔
真诚也一样，所有的真诚都显现出重重顾虑
你言不由衷出于你多余的并不健全更不完整的设计
生活所迫的本质实际是生活严重地欺骗了你
你相信并依靠着这种感觉坦言生活就是这个样子
不得不冷静下来以客观、现实、辩证展示态度
每一个人的身体上都黏着那么多的隐藏的不同群体
或糊涂，或清醒，或沾沾自喜地观看手机的短信微信
每一个眼神都流露出不可告人的原形
活在这世界我们既彼此相依也彼此背叛
你我都知道，当善良来临时邪恶早已等候
我想对你说：当黄昏最后的一抹阳光彻底消失
请你相信，千万不要因此而黯然伤神
太阳照样升起，你我都要做到让一缕阳光一直照亮

15

今夜，我继续坐在黑暗里，回味血色的黄昏
将用整个的黑暗来填充地球，光的到来
阳光下的新疆，金秋的瓜果与密闭的夜晚
同样是一次艰辛而又苦难的漫长的旅行
我们在那里燃烧，在那里期待
在我们的居所里燃烧肉体燃烧灵魂和血液
继续受难着咽喉里卡上的一根鱼刺
我们在这里抵御病毒的侵袭
用我们的眼睛思念这世界我们最爱的人
尽管贴了封条的夜晚封得住寂寞与孤独
但它无法封堵住我们相思相念的心
让心灵起飞，闭上眼睛，带着渴望和愿望

放松下来，慢慢地呼吸温暖的淡淡的忧虑

想象变换的红灯，绿灯，允许通行或禁止通行

一切就会像是时光里款款流淌的水

在那里，聆听永远流逝的岁月无人之境的秘语

我们匆忙地又不时地加快了脚步

给内心服下一颗定神丸，回到信仰的大地

继续我们充满对美好生活渴望地活着

活在我们热爱的大地上

16

世界更像冻僵的太阳

并不是我们看见的陨石

可能是穿过我们身体的一头雾水

也可能是一滴不忍心掉下来的眼泪

你说着你说的话，就如同剥离一层又一层的洋葱

你说话其实也是一次小心翼翼的修行

言不由衷，以健忘为水，以记忆为食

将水和面发酵的面团放入烘炉内

相信自然而然地会有花式的面包和点心

如果你愿意，可以加上一些自制的蜂蜜。

我是金黄的麦穗，你是乳白的酵母

如果你现在对我说不，这个日子就不存在

因为从正午开始到午夜我们都在消耗着自己

你卧着的地方早已是一片汪洋大海

而你的身体已被抽干已如今夜的一片沙漠

你只是不情愿，但又很无奈地说着真实的谎言

　　　又在真实的生活中过着谎言的生活

因为你仍然相信破碎的镜子只是另一种合聚

如同你在今夜发出的狂乱的呓语

于你而言，既相同又雷同的玻璃并不是镜子

2020.8.26

今夜像另一个今夜是一样的夜色

17

今夜，像另一个今夜是一样的夜色
我并没有看见你所说的镜子如何破镜重圆
在挤满了黑暗的地方你正在辨认昨夜的光
是否在梦中与你所渴望的幽灵有过私通
是否是赤裸着将自己的欲望送给了一只天狗
而年岁的增长正将你的气力如烟花散尽
或灿烂，或坠落，或是你眼睛周围的黑眼袋
抑或是被风蚀后的犹如海绵的躯体
现在，你在梦中坠落，被卷入遗弃的风尘
如果你变成了一粒沙尘
我会看见那金色高原上你正在走过
走过与你相遇的大地，与你相遇的天空
与你相遇的云朵，与你相遇的太阳
相遇与你相遇的一切，你相遇了什么？

你不要说话，你需聆听　　　当我还是个孩子时
你需要听见　　　　　　　　我躺在母亲的怀里
你需要听见飞扬的沙尘的声音　只有母亲在说话
你需要知道什么是泡沫　　　　乳汁烘焙了蛋糕
你没必要哭，也不要哭　　　　把爱献给爱的母亲
你是大地，你是母亲　　　　　在彼此的孤独中
如果某人，为你献上眼神　　　夏天结束
你无须躲避，你。　　　　　　将月亮割成两半
是你给了我耐心，给了我智慧
　　给了我辽阔的大地　　　　是我们自己
为了收入和支出，你精打细算
你用你的妩媚把我融化　　　　我们相亲相爱

我所以感到：肝，肺，胃，肠，心，正在疼。

今夜，我用灵魂与你说话
让我用肢体的语言让我们死在大地上
因为我热爱你们。
我只是一个孤独地拥有自我灵魂的人
我在龙城为你写下我的诗篇
不朽的诗篇。
今夜，我会用心灵默读心神相通的相思
这是大地的诗歌
这是山川、大海、高山的诗歌
今夜，太平盛世，今夜情人有眼泪
你记住了往事，你也忘记了未来
亲啊，亲啊！亲爱的你，生生不息
因为那是永恒的古老的冲动的融合
今夜，是情人的幻觉
幻象无穷无尽，用骇人听闻的幻象
天空和大地的幻象，那才是你的自己
大地养育了你我，大地也付出了昂贵的代价
如果可以：请让我回到飞翔的天空，而自由。

今夜我把我留在人间
向太阳，空气，水
人间给了我无数的眼
给了大地母亲
给了阳光，给了月光
因此，我把心献给你
如果你看见了我
就相互看吧！
我相信这个世界的爱
比世界上的恨好得多
所以，只是爱才维系了我们的关系
这个世界上的所有生命

永垂不朽!

我听见了风声，听见了彼岸的浪涛
你是谁的浪涛，谁的海洋
无论是谁的大地，谁的海洋
当你我头枕大地，躺在浪里
请你用你的理解，慢慢地理解我，然后读诗
然后，朝着东方的大地
你会看见东方和谐的风。

你要好好地走，带着辛铭的诗和你的远方
你可否认可我痴醉时为大地写的诗篇
今夜谁是我的大地上的那个热爱大地
　　　　的情人。

2020.8.27

2020 年庚子年

2020 年庚子年，在恍惚中，在灿烂中，在一片现实中
在一片魔幻中，在世界的大变局中
时间在庚子年在动荡和弥漫寒冽的风雪中飘摇。

这一年，大地在风声中
　　　　诗人看见了菩提树下的一颗清泪和
　　　　留在大地上的斑斑血迹!

这一年，我们在汇聚成众志成城的意志中
　　　　与巨大的灾难并肩前行
　　　　我们在不确定的世界格局中
　　　　聆听吹响在人间大地的"风声"

233

在迷惘与惊恐中卷入狂飙的长风

这一年的凛冽　┐
这一年的汹涌　├─这一年的网红
这一年的雪崩　│
这一年的暑酷　┘

狂野的浩劫雕琢了我们脆弱的心灵

这一年，世界把我们变傻

这一年，一个叫作"新冠"的病毒名词让我们
　　　　从未知走向无知走进新知世界
　　　　我们在世界的喧哗和骚动中步履艰难地
　　　　走向了我们更加期待的 2021……

这一年，悲伤的江河封存了当被铭记的一次
　　　　以泪水和汗水汇集的悲鸣与呜咽
　　　　从一座城到一个国
　　　　从寒冬腊月流过了二十四个节气

这一年是新中国成立以来祖国大地上
　　　　作为人类历史上最大的一次隔离
　　　　刻骨铭心的事件

这一年，中国迅速控制住了疫情

这一年，中国战胜了洪涝灾害

这一年，在全球经济被重创甚于世界大战，中国
　　　　再次成为世界经济复苏的引擎

这一年，中国摆脱了贫困实现了庄严承诺

这一年，中国站在两个一百年的交汇点上
　　　　从脱贫攻坚走向乡村振兴的宏图大业

这一年，中美关系空前承压

这一年，中国与东盟签署了 RCEP

这一年，中国如期完成了中欧投资协定谈判

这一年，中国让世界感知了熠熠生辉的人类命运
　　　　就像寒夜里的火炬，海啸时的灯塔

这一年，美国在疫情和大选的绞杀中撕心裂肺

这一年，英国在疫情和脱欧的双重折磨中

这一年，法国在疫情和恐袭的焦虑中

这一年，伊朗将军遭"地狱火"导弹的定点斩杀

这一年，南高加索上空的无人机摧毁了亚美尼亚坦克

……

这一年的世界、国家、人类在科技主宰的时代

   在理性与非理性的逻辑内

   人与人，国与国的命运如此地生死相连……

这一年，中国高举着人类命运共同体的火把

   在病毒肆虐全球的至暗时刻

   正在与人类分享。

这一年东方的太阳瞬间照亮了世界

这一年中国老人钟南山在高铁的列车上

这一年中国天河机场起降着人民空军的飞机

这一年中国的大年三十人民含泪又含笑

这一年中国的樱花盛开在喜马拉雅山顶

这一年中国人民为世界人民献上了灿烂的笑脸

这一年大地上的天灾人祸耗尽与劫持依旧动人

这一年大地把那般动人那般鲜红留在人间

这一年世界人民在大团结的万岁声中

将人类命运推上时代共同命运的舞台

这一年自由、民主在世界的边界上引发地球的争议

这一年的中国大地，山舞银蛇，看万山红遍

这一年的世界，薪火相传正在经历着基因突变

这一年整个世界暗潮涌动，混沌初开，拨云见日

这一年的人类在滚滚红尘中绕着地球与大地同在

这一年世界在阵痛中苏醒，传承仁义、厚德、大爱

这一年终将湮灭在历史的长河中，彼岸与此岸

这一年人类在天籁之音中迎来了新年的钟声

这一年的北京，一诺千金

   愿与世界人民步入更美好的春天

这一年一个诗人辛铭写完了《大地颂》

这一年新疆天山南北的羔羊们穿过了河西走廊

驻足在八步沙林场六老汉的绿洲
为林场的职工和当地的农民送上了
治疗消化不良逆转萎缩、伴肠化的羔羊胃
这一年，天山羔羊们继续前行
跨过了六盘的山，渡过了黄河的河，长江的江
在炎黄子孙们的大地上献上了羔羊们的
咩咩声和沉默中的爱心

这一年的大地告诉我们，没有不养育人类的土地
这一年的大海告诉我们，没有哪一滴水不是浪花
这一年的大山告诉我们，没有哪一棵青松会枯死
这一年的冰雪告诉我们，没有哪一朵雪花不飞舞
这一年，人类世界在执子之手的时刻
　　　见证了中国与世界的命运休戚与共

还有什么比大地向你透露秘密更令你心花怒放

还有什么比大地向你透露秘密
更令你心花怒放
我看见的一棵树生长出翅膀
飞向太空，飞向亿兆的光，然后
我在大地的果盘上点燃爆竹
雪白雪白的米粒怒放成朵朵鲜花
我在桑树下织金色的丝绸
深奥的大地把丝线雕镂成金书
我充满惊奇地打开去年的今天和梦想
我看见浦江两岸街灯闪烁东方的明珠
汉口的大街小巷红艳艳若中国樱花
魔鬼般的病毒身藏将要融化的冰雪
摇头晃脑地凸凹在破碎的神殿
春风将把它碎尸万段，把它剁成碎片，烈火炙烤

葬于正向西无限伸展着的莽莽大地

你看见我织的丝绸已是金色的翅膀
你看，我的光头上金光灿烂
我在天上飞来飞去，飞过黎明前的大地
你看，我所到之处，山河锦绣
    大地安然无恙，鲜花盛开
大地上的人们吃着美味的食物
任性地撒着娇，为了玩好，乐好
谁能不说大地上有甜蜜的生活，有天堂的幸福

我曾到访过梦想中许多的大地
不知疲倦地奔波四面，闯荡八方
欲念像鲜花般绽放
你看见镀金裹银的大地披着绿油油的衣衫
灿烂的光芒合奏凯旋的乐曲
大地和我们一起战栗，一起交融
我们一起怀抱着大地的狂想
在仁爱善良的思想光芒中寻找灵魂的粒种
希望那是永生不朽的光荣之种
如同你看见的布满天空的繁星——一颗赤子
我但愿你能懂得大地的智慧
就像大地懂得从宙宇那里传来的雷鸣
我愿与你在大地上度过春节的夜晚
在大地上同洒热泪
我不明白，为什么我们总是含着泪水？
你知道，它将永远留在我的眼里，铭记在我的心上——

2021.2.12

一名医生

一名参加过战"疫"的医生："我亲眼看见"

而我只是在他的讲述中看到了"我们所有的人"

我看到了所有的人都穿着厚厚的防护服

火神山医院里挤满了男女幼老

我看到了"我们所有的人"都是冲锋的战士

有的"我们"把头发剃光，是一群的 80 后、90 后

我看不见"我们所有人的脸"，我看见

"我们所有人"的闪烁着微笑的目光

我注视着这些"我们"的眼神和动作

当一个濒临死亡的生命向"我们"投来同样的目光

当"我们"在重症监护室抱头痛哭的时候

我仿佛听见告诉人们的："我们有一颗坚强的心"

"我们众志成城""我们经受得住一切"

我听见"我们"大声疾呼：中国加油，武汉加油，

我用目光注视着密集的人群和军队

所有的"我们"的脚步一致向前，所有的"我们"在未知的命运中分担
   国民的忧患

……

一个诗人算得上什么？一个诗人！

一个诗人的诗歌的灵魂有谁能够看透？

如果被热搜，是诗人的幸运还是实在不幸？

诗歌的语言从心灵迸发，死在自己的声音里

让诗人一个人孤零零地留在自己的那里

一群另类的人在高谈阔论灵魂，群星的姿态。

诗歌的语言吞噬了灵魂颤抖在抖音上

难道悬空的诗会从抖音上发出大地的声音

如同血液离开奔涌的血脉

有谁会为失血者把脉得知脉象血色

尽管我也是一个诗人，但我蔑视你们

尽管你们并不赞美我颂扬的诗歌

尽管诗歌的桂冠扣在了你们的头上

你们相互夸奖，你们相互吹捧，但我蔑视你们。

因为我早已生长出了呼吸的翅膀，现在

我奋力展开我的飞翔的翅膀

履行一个诗人在新时代的使命，讴歌新时代的伟大

书写万世流传的伟大诗歌，永恒的诗歌

诗人啊！在这块大地上，还有什么时代比这个时代更加崇高？

这个时代配得上它所合奏出的一篇篇乐章

因为那是亿万的声音，亿万的旋律

是亿万人在银河系，在太阳下，在大自然里

共同谱写的谐音同律的壮美诗篇

是清丽的山，悠扬的河，如锦绣般光华灿烂

2021.2.13

用眼睛看，用耳朵听，大地在我的胸中

我用心灵感受些许存在的玻璃般的琴键

或有的狂风怒号，雷鸣电闪，冰霜雪雨

我珍爱大地的一切

我们都是大地之子，幸福地领受着慈爱

虽然我在展开我的翅膀在飞翔

但我身体上驮满了大地五光十色的果实

那些胜利的硕果带着泥土的芬芳滋养我的心田

当七星拱月在银河闪烁光华彩羽

当大地又一次继续千万次的春潮

那万物当又在不朽的太阳下秀满大地

我当然知道，我的爱便在自己祖国的土地上盛开

当然是和整个民族一同盛开

我祝民族复兴，国家昌盛，人民幸福

希望我的祖国受到全世界的瞩目和赞美

同样希望，我的祖国将东方的光辉传送到

至暗时刻、哀声遍野的西方世界

愿气象万千的世界向往美好，获得幸福

但愿诗人们能用它谱写诗歌

用健康的身体，新鲜的血液，生动的语言

把祖国化为新时代的史诗

让幸福之歌更长久地响彻大地

虽然，我蔑视你们，诗人！

我蔑视你躯壳里僵死的灵魂，肮脏的信仰

尽情享乐的自由和受苦的心灵

尽管我蔑视你，诗人！

但我仍然愿意向你敞开我怀有大地的心灵

像亲人一样接受你的苦难

因为我能将你的心与亿万人民的心相连

如果爱在你的世界里不是欲念不是淫乱

就请你把诗歌和远方带给人们

将一切的病毒化为灰烬

我期待，但愿你懂得百花齐放的真谛

以大地的名义。

祝福我吧！请你，你要挺身而出站起来

你要守护依然还幼小的生根发芽的炽燃的苗

枝繁叶茂飞过红色的大地

在这些熙熙攘攘的日子里，无数次分娩

成为诗人的宿命，无尽地歌唱

温情地感受到无穷的幸运，铺满鲜花的路径

如同曾经的空中花园，如今

大地更加富有，为曾经的哀怨而歌

你看见的那条道路，从未来通向着的道路

你是知情者，在我们共同的心脏里

为我们昨天的依然感动的亲密

那颗古老的初心，我们每个人勇敢的心

当一腔热血地征服了穷困贫苦，我们欢呼

在迎风招展的旗帜下拍打痛楚，风干

泪水、汗水，和来自父辈们我们自己的血

万物赢得了呼吸的大地、阳光和水分

你知道，那些珍贵的泪继续贮藏的爱

你知道，爱在未来的日子里会一一馈赠

诗和远方都会在，与你相遇的时候全在心中

在那里，悠扬的琴声会伴奏高歌合唱

庄严的大地上会响彻浑厚的圣诗

但愿你依旧坐在昭苏宁静的空中草原

天空会出现一道道汲取雨露的彩虹

但愿你穿上霓虹的羽衣，在诗人的预言里

天空将一片一片的花雨一滴一滴地飘落

或者飘落下一片一片像羊毛一样的雪花

诗人向你讲述苏武牧羊的故事

让云雀停住翱翔和鸣叫谛听诗人的颂歌

让大地的居所斑斓多彩，啜饮芬芳

如今的我们不必遮遮掩掩

让爱灌满在这辽阔的大地上，应有的初心

如今亦满怀激情，而且这颗初心

在我们日益强壮的身体里，在我们的精神里

从新时代迸发而出，以更大、更甜、更成熟的初心

迈进充实的荣耀的伟大时代——

当土地正在被荒芜

当土地正在被荒芜迁移变得更加自如

我们是谁？

墓地的主人死守永世

在浅浅的河道上鬼魂浪迹天涯

倒春寒的一粒雪花落进死者睁开的双眼

在无人问津的村落一缕缕青烟弥散在黑夜

淤青一样的夜呼唤着万物的颜色

纸火没有了光芒

唯一的过去掩埋在了落了又落的尘埃粒子底下

毒蚀的土地喘着气呼吸改善的空气

而厨房灶台上的食物令我们窘迫

打着条形码的原产地遥远而又模糊

我们处理垃圾的时间大于我们进食的时间

既不知道谷物果蔬来路也不知去向

当我们逃离蛊惑我们的土地

谁也不曾丈量土地与我们的距离

栅栏的影子消隐于我们落雪时的梦境

打开用真空包装包裹的隔夜的食物

用迷蒙的双眼再次眺望温暖的粮仓

在离开土地的天空打着哈欠，打着瞌睡

谷场成了空壳

食物成了真空

长着翅膀飞过山峦，江河落在没有星辰的窗台上

如果我们把思念抽成真空，打成包裹

被快手拿走，被饿了么运走，被顺丰置入抖音

土地变成了空地，鬼村或是偏僻

从芦草泥巴的房屋到新盖的楼房

从木柴炭火到发着蓝光的新火焰

我们世代居住，生死可期的只是一片纸上的箴言

驴蹄子、马蹄子、羊蹄子、猪蹄子

牛蹄子踩过我们的感官

如果思念仅仅是停留在我们的舌尖上

我们会不会因此而感到羞愧

如果我们不需要为一次凝望而内疚

当所有的时间都瘫痪到落雪以后
我们沾了泥巴的脚是否还捎带着泥土的快乐

一年又一年，新的一年
我们心里想的念的露在了东方的曙光中
我仍在这里或是在那里我们在哪里
我们思念的人和我们怀揣着的孝与敬
在我们的梦中开始了新的距离，我们穿越。

2021.2.14

清晨，我坐东面西，香山

清晨，我坐东面西，香山
映入我眼帘的金色的光
让我离开书桌拉开窗帘我在眺望
我正在为大地奋笔疾书的大地颂歌
我沉醉在春风的清晨
并从我的心中掏出光芒万丈的一轮太阳
昨日是人世间的情人节
我应当为大地献上玫瑰芬芳的诗歌
两手托着下巴凝望聆听喜鹊的鸣叫
怀想风风火火潇潇洒洒的心怀
我在伫立的窗前看见祖国历尽的困苦
　　　　　看见人民悲喜的时光
　　　　　看见顿失滔滔的江河
　　　　　看见姹紫嫣红的山川
　　　　　看见风情万种的大地
我听见：古老大地吹响在新时代洪亮的号角！
　　　　吹散诗人遮掩在淤青夜色里连连不断的咳嗽
　　　　融去挂在门脸上的冰凌

243

在永恒的大地上盛开不朽的花朵
我祈愿：新时代的风向浩漫辽远，恢宏远大
　　　　用青山绿水金丝银线和光华耀眼的一带一路
　　　　向蓝色的大海喷出更加耀眼的光芒

我深情地讴歌我的国土
独自坐在黄土高坡聆听穿过云层的信天游
振奋人心的旋律进驻我的心田
充实着我激昂的诗歌
一路走过荒芜的土地振兴的美丽乡村
走过车水马龙、高楼林立、人声鼎沸的喧嚣
在这块我所热爱的土地上用我的血汗翻耕
用生锈的铁犁为板结的大地剥去粗糙咸涩的皮
问心无愧地说："我热爱我深深爱着的可爱的大地。"
不分昼夜地把自己的血汗挥洒
托起下巴在沉思中畅饮自己的鲜血
恬不知耻地向世人炫耀自己的诗歌
凭借大地血脉的盛宴，永远汲之不尽的甘泉
哦，我爱你，大地，我在欢欣，欢畅彻夜啼鸣
直到东方大亮，看见太阳普照万物万象的人间大地

清晨，春风送来庄严嘹亮的国歌
那一轮红日用思想之光温暖大地
听，亲爱的，春天正缓步走来——
来，亲爱的，让我们奔向太阳的大地！

2021.2.15

谁会在子夜里背着一筐子风

大地啊，谁会在子夜里背着一筐子风

是我，独自一个人决绝地走向你。我欲。

我愿。凄惶的夜不必惊扰。我本无意。

对沉睡的大地，喂养我灵魂的泥土

我走向你，我来找你，是为了什么？为了

你在我心中复苏，还是我在你那里，为了

我的倾诉，还是我来聆听你的言语

在你的沉默中，我所担忧、我所悲伤、我所欢乐

的时光洒落在你盛满风的躯体上

你能听见石头撞碰的咔嚓声

我知道，被风摧残，被风蚀，致命的战栗

你的肉体在苦难中分娩慷慨的春天

大地啊，我在倾听，那一粒风中的麦子

在风中的沙尘里含着笑容

带着沉默的爱和无依无靠的血

穿过狭窄的河西走廊，穿过苍茫的沙漠

穿过天山，穿过辽阔的草原

我仍然活在你的身体里

一颗深埋在你身体里的种子

你看见麦穗正在金黄，我在你的身体里说话

直到所有路过的人听见，闻到麦子的香味

大地啊，我把你的愿望告诉了他们

恳请他们在迁徙的时候不要忘记带上你

不要像我这样在风尘中任性地飘来飘去

谁都不知道我在远方和诗的日日夜夜

大地啊，请你告诉他们，你是温暖的

是梦想的沃土。但不是在梦中与你相见

也不像我，在雪花飘落的大地上写下大地的赞美诗

告诉人们的脚应该踩踏在这片坚实的土地上

而不是在没有月光的夜晚相思冻僵在唇齿间的土地

大地啊，你知道的，我是一个异域的人

一个怀揣着故乡夜夜不能承受自己身体的人

我在遥远的他乡用局外人的目光眺望

躺在肥沃土地上的我。我在金黄的麦田里走动

穿过金丝线编织的鞋子

2021.2.16

多年之后，我，重回大地

多年之后，我，重回大地
在我穿过河西走廊，在沙砾，在灰尘，在影子和
　　　谎言的声音里
我竖起了耳朵，在我耳之后，
但是我能看得见空气，闻得见花开
一千万的杏树在天空中成熟
而我在果园里却看不见一颗熟透了的落果
直到杏子在太阳下将它的皮肤晒干
我知道，我得用嘴唇含着杏子的气息
我因此知道，我是带着杏花一起上路的
爱着祖国，爱着大地的
懂得大地语言的那个人
相信大地，相信沙砾，相信灰尘，相信影子
我信自己。

春天终于在风声中挟着雪雨抽打着大地
在老树枝遮住的月亮的照耀下
落在了最后的大地上
抱抱我吧。抱抱我
笑着抱着大笑的我，像老朋友，老情人
一起穿过青山绿水的大地走着回家

当苏武的牧场失去了记忆
我们一起在草原的露珠里苏醒，在清晨
当晨雾包围我们的时辰来临

相信，我们用古老的钱币洞穿一个世界
既然我们对此一无所知
因为我们无所不知

我听到了三千万只羔羊的蹄子声
羔羊们踩着碎了的石子，踩着蜷曲的褐色的绿叶
碰着脚丫子的是早早就落下的核桃
我会在蟋蟀的声响中看见穿着白纱，穿着红鞋
　　　　戴着口罩的女人在黑夜里绕过我
将我深深地埋在了大地和寂静之间
我听见她说：待在古老的大地上，别乱跑……

2021.2.18

多年以前我沿着你走过的山道

多年以前我沿着你走过的山道
斜坡处转过一道道的坎又一道道的弯
一簇簇的新绿，一条条清澈的小溪
哗啦啦的流水冲击岩石回声阵阵
回彻在夏末秋初的山谷
温暖的太阳照耀着小溪旁静悄悄的磨坊石
金黄的稻谷闪烁着光滑的光
我拥有的土地在我心怀里发出叮咚的响声
显露出当春乃发生的样子彰显土地的样子
万物都在这里，或慷慨，或充盈
我想要踩住横贯而过的春风
或者，我更加期待渴望它进入我的骨骼
以便同行而不是遗落在某一个不同的维度
我想要采风江岸的渔火
想要与头顶凤冠的妇女攀谈

想听可可托海的情歌

想把新气象里的美丽乡村收进眼里

想要铭记天山雪莲花，冰雪世界里怎样怒放

想要拜谒坐在宝座上圣洁的羔羊，在我心中

我想要在万物的万种风情里竭力归随着

用一切的奔放托起大地的春风

你当然，也许你还不知道，或者春风也告诉了你

有二十四个村庄，村庄里的人对那些背井离乡的人

讲同一个你的故事，讲共同富裕，奔向小康

讲乡村振兴与乡村的美丽，和一片土地的感情

对过去和未来世世代代，辛苦和安逸

你当然，也许你一直都在看着我，或者你已经看到

春风在大地上的书写在清晨的露珠里

我继续行走在词语的大地上解读昆虫的语言

大地的脉络，水和树木的血脉

我听见疾驰而去的列车的啼鸣在森林里回荡

我不得不说远山的土地在远山上已被遗弃

你当然，也许你已经看到了落满银光的远山的土地

我当然，我和从前一样停住脚步，张望。

目光当然会穿过被银光染过的土地

我仍然张望，相信生动的光会穿透篱笆

相信留下的或是离开的都会在光的闪烁里沉入睡梦

迁徙的回潮席卷曾经在此地又返回此地的我们

赶脚的人唱着他自己的土地，过街走巷

我当然知道我会如此和倾听，我知道我会听见

我看见一条蛇卧在光里望见我

2021.2.23

我看见大地的春风

我看见大地的春风

悄悄地掠过了湿润的草地

我看见天空的翅翼

静静地呼吸了深远的天地

让所有的欢笑留在人间

将人间所有的哀愁洒向我的心田

而后，将你的忧郁，你的青春

留在大地的泥土里生长出金色的阳光

我看见了今夜的大地

我看见了昨夜的伫立

我看见我在今夜与我自己讲话

我在我诗歌的旷野上呼喊

我想看见美好的生活，美丽的人生

我独自在梦中胡言乱语

我只是想回到自由纯洁的天上

我看见了天上飘落下的花语

我在大地上尊享了无助的色彩

我常常怀念天上的人间

我听见了过错后倾圮下的泪声

我怀念泥土里我自己的翅翼

我在我热爱的祖国大地上

像一粒种子那样

享受着大地的温暖和欢乐

我在大地上用脚步丈量天高地厚

哦，这灿烂而辉煌的大地

我只是你怀里的种子

我愿意在你的怀里被你呵护

在你的呵护下茁壮成长

在欢乐，在忧伤，在骄傲和沮丧中

为你而歌

因为我已深深地埋在了土壤中

为了大地的一切

为了风霜雪雨，为了斗争，为了创造金色

为了我们新时代的伟大光环

我愿意也只是祖国大地的儿子

为了大地的五彩缤纷，为了七色阳光

我愿意在大地上成为你的鲜花

把大地上的鲜花献给渴望爱的人们

我在祖国的大地上，又一个五年计划

勾画出了人民的美好生活和人民的幸福

中国人民定会在 2021 年"牛"转乾坤

让大地上的一切人民一起欢歌笑语

一起唱出新时代的新的乐曲

让世界变成新气象的新的天地。

2021.4.1

当爱降临在大地和我们自身

当爱降临在大地和我们自身的时候

那么就让我们聆听吧！

如果声音属于风

如果爱的天使在风中倾听

有谁会像我一样坚定屹立在这强劲的风中

又有谁能倾听我虚弱的身体内部的怒吼

千里万里的雪飘落进火热的触角

消融被寒冷塞住的肠胃

谁会在听过后在沉默当中迎候姗姗而至的爱

谁会闻到我胸脯上的青草的气息。

当爱降临在大地和我们自身的时候
大地便是天女的一张床
我因此为她铺好被褥
以便温暖零下一千度的熔炼
因为我不忍心，在你姹紫嫣红时让我想起
你死亡时的优美
而我，我的胸口憋闷窒息，我想穿透我的胸膛
如同大地所包含的一切就此炫耀大地的荣光
就此生长，生生不息。

今日，2021 年（辛丑年）清明时节
我要在共和国的这片大地上把我的话说出来
为那些在这片大地上的革命者说出他们的心声
我要为共和国的大地授上永不褪色的红旗
　　为新时代最根本的初心建树永恒的信仰

当爱降临在大地和我们自身的时候
那么就让我们的身体紧贴在大地上
贴着大地，贴着爱，会睡得很香
我要在伟大的中国梦里
把祖国对人民的爱和人民对国家的忠诚
传遍人类的大地。
你瞧瞧，你瞧吧！瞧见
行走在春天里采撷到的男人对女人，女人对男人的爱
儿女对父母的孝道，父母对儿女的挚爱
以及城市对乡村
大地对大地，国家对国家，人民对人民的
千丝万缕的命运一定拥有共同的幸福。

当爱降临在大地和我们自身的时候
我相信你是从历史中走来的

你是从梦想和理想的信仰中走出来的
你是以你对大地的挚爱和坚贞而来的
你是以脚踏大地从胜利走向胜利的
因此，你走进了繁花似锦的中华大地
　你将看到青山，绿水
　　看见水乳交融的红色的爱
因此从一开始你就把鲜红的心献给了祖国大地
　　　你相信早已播下的种子迟早都会开放

当爱降临在大地和我们自身的时候
我相信那是我们头顶上的太阳赐予我们的
你知道，万物生长靠太阳
　　那天上的一朵朵云彩里的积雨
是大地上鲜红鲜红的蓝莹莹的血管
我知道，这是你身上点点滴滴的血，红色的血滴
　　你用英雄的鲜血将大地染红
　　　染红了中华民族一页页的丰功
也染红了诗人鲜红的诗语

当爱降临在大地和我们自身的时候
我相信你一定看见了祖国人民昂首阔步
喜气洋洋地走进了新时代
走进了两个一百年的盛大庆典
此时此刻，我细读革命英雄们的伟铭
我听见了，也看见了，你们对祖国的忠诚与爱
你们热恋这块大地，我也恋着
我相信，你也相信
我们深知爱降临的时刻便是爱的回报
让我们牢牢地抓住这永恒的爱吧！
用我们的身体与大地相爱
分享降临在大地和我们自身的爱

2021.4.4

来吧，来吧

来吧，来吧，当爱降临大地和我们自身时
我们就是太阳底下大地上的最伟大的民族
我们在人间的大地上创造出人人神往的大地
　　　以大地为母
　　　以母亲为爱
我们要将爱进行到底

直到你们，或他们，或是我们自己
　　　听见爱的歌声

来吧，来吧，当爱降临——
我们也许不懂得大地的忧伤和欢乐
但是，我们得把我们的爱献给听懂话的人们
请相信，相信，爱远胜过一场诉讼。

来吧，来吧，让我们乘风破浪
用爱光华大地的风采
用爱渴望充满爱的目光看见大地的风姿
来吧，来吧，没有什么比大地更加永恒
来吧，来吧，我们走进新时代的新农村
那气象万千的深厚的大地
注定是丰收的大地
呵，啊，哦，大地啊大地！
颂歌你，赞美你，是因为我从来都是
　　　　　　你的组成部分。

我怎能不把生命呈献给你哩！

当春花浪漫，春色满园

当夜晚的星辰坠落在大地上

我知道，爱已如期降临在了人间

你瞧瞧，你看看，古老的中华大地，古老的农庄，古老的栅栏

你应该能看见一幢幢高大的楼房

像海市蜃楼般地竖立在了这块大地上

大地上开满了美丽的花朵儿

你应该能听见一只躲在树丛里的鸟儿

　　　的歌唱

歌声传遍大地，传向四面八方

　　　传进了这块大地上的英雄的墓中

你当然也看得清楚无数的人民群众

　　　用坚强高亢庄严的声音

穿过黑夜唱着一首革命的进行曲？

当最后的启明星迎来旭日

我愿意和你一起留在人间，活在大地，死在大地

　　　让我们永远记住大地的芳香，记住你，记着我。

我看见人类大地上横尸遍野

　　　看见惨惨的白骨

　　　　　看见残肢断腿

　　　　　　　看见人类在大地上的灵柩

我眼睁睁地看着死亡沉睡在了大地上

我一边走，一边看，一边听

我在我所在的大地上学习关于死亡的知识

我在学习中为死亡而唱赞歌

来吧，来吧，大地会慰藉一切的死亡

为所有死亡的忧伤和欢乐

来吧，来吧，强大的人类

为释放全人类的使命，当然中华的儿女们

应为了新时代的世界更加美好担当领行人

从东方向世界发出庄严的宣告

一切民族都是人类大地上盛开的鲜花

都有权利成为美丽的自己

2021.4.6

稻花飘，稻谷香，稻浪滚滚
——致"杂交水稻之父"袁隆平

稻花飘，稻谷香，稻浪滚滚
便会看见你带着小提琴
随时准备为大地而歌
随时准备为大地献身

当你披戴着稻花飞行
当你以稻谷的芳香播撒笑声
当滚滚稻浪振动大地的脉搏
便会看见你穿着梦的衣衫
长得像是高粱样的稻穗更像是
大地给胜利者的一串长长的勋章
共和国的阳光，水和泥土，那里闪烁着金色的光芒
你的乡亲父老们捧着晶莹剔透的大米
叩谢跪拜高贵的大地
那湿润晶莹的米粒铭刻着大地的象征
便是你写在大地上最精美的言语

投入辽阔、广袤的大地
永无休止的真知向着绿色、金色挺进
在广袤的大地，将稻花的芳香洒向大地
你便从大地母亲那里收集宛似生命的珍珠
世界便在你的头顶洒满新的露珠
向人类讲述大地的黎明
讲述这杂交水稻的故事

在稻谷中一次次地亲吻无穷的胚胎
以细小的萌芽诉说金色的喜悦，当秋收
颗颗脱离谷壳的米粒宛如一颗颗珍珠
便是水稻田里，水中的透明的祖国
庄严的作物，生长在红色的大地
一次又一次，再一次变成种子

从前，黑夜繁衍黑夜，那是鳄鱼的黑夜
我们在痛苦的饥饿中，在苦难中，为生活奔波
把泪水当作种子埋入泥土
稻田泥土、血迹、骸骨，是我们的另一种死亡
我们跪着抬着头颅在世界上跋涉
亲吻落雪的大地，苦涩的泥土
带着血泪沉默在母亲的怀里

从湘江水田走向大地尽头被海浪拍击的沙滩
天涯海角的浪花里，新婚的作物，稻穗如浪
满面春风地茁壮生长在祖国大地上
庄严的作物，庄严的历史
传唱、传颂给了所有渴望消除饥饿与贫困的国度

和梦一起爬过田埂，蹚过泥水
穿过闪电和风雨，新的气象和稻田泥土
因一粒种子，华夏大地赐予了我们米粮满仓
一粒种子的梦在梦和现实的大地上开花结穗
梦中田里的水稻长得像高粱一样高
　　稻穗长得像扫帚一样长
　　　　颗粒长得像花生一样大

梦中的水稻漂洋过海，闪烁着金光
携带着庄严华夏大地的气息
将杂交水稻的花蕊、作物的呼吸
传递给世界，人类的世界，将

种子的分量、种子的语言、种子的品格呈献
无论是印度、孟加拉、印度尼西亚、越南
菲律宾、巴西、美国、马达加斯加……
还是任何的国家，地区，这世界需要这粒种子

整个大地上的人类，男女老少都会热爱这粒种子
朴素的幸福的生活就是等米下锅
那么，就请为天下苍生、天下粮田祈祷吧！
因为我们都需要这颗神奇的、高贵的种子
是中国的这颗慷慨而高尚的种子
为人类大地穿上憧憬吃上力量
为人类的命运捧出并献上清香的珍珠
每一颗都充满爱和光芒
照亮着大地，也照亮了世界的心灵

丰润卓越的华夏肥沃土地上的种子
博大的情怀，博爱的精神，光辉的心灵
以燃烧的精神，火的语种
古老的大地就会是青山的绿水的
和田野里的风中彻响的麦穗和稻谷的响声
新时代光荣与梦想的伟大曙光
会在数以亿万计的嘴唇舌尖上
问候来自东方的这粒灿烂的光芒万丈的种子

这便是我们神圣的激情
和人类命运融合在一起的红色光芒

让我们去掌握杂交水稻的种植秘诀
让我们去用知识、汗水、灵感、机遇
在人类的绿色大地、红色的春天里
用飘舞的潮润的稻花粉抓挠大地
直至盐碱变良田，沧海变桑田

便是这粒种子散发着清香的
最为崇高的容颜的雕像，依然伫立

便可禾下乘凉
便可亲吻雨滴中潮润清香的米粒
在无尽的时光中延续比时光更多的珍珠穗子
让我们在雕像那里，瞻望
稻花飘，稻谷香，稻浪滚滚的大地

大地在开花，大地在微笑
稻谷在成熟，大地已经足够成熟
便是你走进你的稻田大地的时刻
深深地进入到里面，啜饮你的繁茂
太阳也已为你降下了牛黄狗宝般的温度
你便不再矍矍而视每一个日光时刻
从盛夏到秋收，便是收获的盛礼
便为你展开艳色珍味，诗情画意的呼吸
足以销铄你的灵魂，飘风戏月
被大地奉为"天工开物"的经典
大地的腹心便是您的腹心
每一粒种子的播撒都胜似信仰的诞辰
便可告知世界微细如米的"神农天工"
昭示且验证一粒种子：灵与肉的秘密
直到众口将你赞美至稻花那般芳香
直到每一粒稻米聚合成圆的微笑和敬仰
便是超过另一个静止中的星座——袁隆平。

钟声呜咽，穿过万众同心的胸怀
从城市到城市，农村到农村
　　连成一片，响成一片，传遍大地
这是祖国的也是世界的心声
这声音蕴含着古老大地的颂歌
由先辈们早已播下的耕织的信仰的种子

里面有我们饥荒的苦难，有幸福的时光
　　有我们美好的向往，复兴的梦想
愿这颗信仰的种子向阳而生
将丰富多彩的生命、人类的命运结为一体
相互融合出光辉灿烂的新时代

今天大地的脉搏跳动在雨中
今天的大地像隧道那样接受光明
大地的希望仍寄托在信仰的种子上
让我们记住我们现在的生活
带着沉默的爱和火种的信念
为坚实的大地献上一支朴实的歌
便可收获千秋万代……

我们的新时代，东方的大地

我们歌唱我们的新时代，在东方大地
为祖国和祖国人民而歌
为初心不忘，为弘扬不朽的精神
为一百年来航向不变劈波斩浪驶向
蔚蓝大海的红船
为航行的舵手和水手而歌
我写下的颂歌是赞美的诗篇

我歌唱我们的新时代，在东方大地
为新时代的缤纷气象和实体
为日新月异，变化万千的新世界
为已驶入大海斩浪破冰的巨轮
为斗转星移苍穹下的大地
我全部的心灵已融入了新时代的精神
在大地万物润声汇入新时代的今朝

我为大地而歌，颂扬饱满浑圆的大地

让我们一起在这块神圣的土地上

迈开我们坚定的步伐走进我们的新时代

以火热的激情，胸怀信心、信仰、信念

与我们的新时代为伍

向我们祖国的大地和在大地上谱写英雄业绩

的每一个人致以我们的满怀敬意

愿我们的人民更加紧密地团结

树建我们真实永恒的信仰

建设我们的社会主义现代化国家

我歌唱

只为了中国大地播撒伟大信仰种子的

只为了人民谋幸福的信仰伟大的党

相信我们都会怀着一颗遏制不住的爱心

大声地说出我们心中的爱

啊，亲爱的读者朋友，让我们携手前进

为我们荣光的新时代、新格局、新理念

行动起来，新生的力量，做出新的更大的贡献

取得我们更大的胜利！

我热爱伟大的共产党，你是

我的国家——新中国的缔造者

你的旗帜是你的意志和你的标志

是你坚强的意志，坚定的信念

　　必胜的信心和崇高的信仰

你是我们已知的最先进的代表

你是我们心中永恒的红太阳

你升腾的，所蕴含的汇聚着伟大的精神

你传承着最为庄严的宣誓

你的红色折射出你勇敢的心，你的忠诚

你的光辉早已洒满了大地

给予了人民所向往追求的一切，你的光明

我，一个诗人，对你忠诚，在你的光辉里
为了你，为了中国，写下我的诗篇
看那星星之火，可以燎原的全部炽热
　　　早已温情了凄寒的大地
　　　早已照亮了寒暗的世界
　　伟大的事业光荣的梦想锻炼成无畏的心
　　　初心的火炬点起了大地真知的明灯
看那万山红遍后青山绿水的大地上
闪耀着创造无数丰功伟业，美好和欢乐的生命之光
身上流淌着奔流不息的同样鲜红的血液
滋养着一颗永远充满着激情，更加美好的心

我，一个诗人，问我自己的眼睛，看到了什么
　　　问我自己的心收获了怎样的热切期望
　　　问我的灵魂跳跃着何等的火苗
　　　问我自己是否是爱的水乳交融，是大地之子
　　　问我：将在诗篇里怎样颂歌你，颂歌大地

我，一个诗人，缄默的嘴唇唱响山河，嘹亮大地
　　　我，一个诗人，我在红色的气息里
　　在峰顶鲜红色的荣耀
　　在生涯惊厥的黄金里
　　在你期许的红旗漫卷、风云万变的苍穹下

我，一个诗人，慷慨献出丰富的诗语
　　　用词句给出的同样鲜红的血
　　在大地的嘹亮的呼声中
　　在风和风扬起的风中的沙尘里
　　在清澈之水鲜亮绿叶镶金镀银的大地上
谦卑地献上诗人的唇
　　　向你和你的人民致敬
　　为了你抚慰的大地和大地上的微笑

为了一切不朽，你将得以更加长久
我，一个诗人，我不会停止歌唱
　　用一颗太阳照亮的红心谱写
　　万紫千红青山绿水的大地和丰功伟业

亲爱的读者啊，我向你们致敬
　　　　用尽诗人的每一句颂扬
愿你能从诗人的诗田收获一切的美酒佳肴
　　　　金银珠宝，甘松油脂
愿你接受诗人的颂歌，沁入心肺，成为快乐！

亲爱的读者啊，诗人举高虔诚的双臂
　　　　向着光芒四射的太阳
孩子般陶醉于阳光的爱抚
　　　　诗人引吭高歌

苦难的历程是漫长的一次旅行
将我们汇聚，将我们引向一个人人向往的国度
将我们的心灵点亮，充满信念和力量
苦难的历程是一把锋利的刀剑
割破我们的身体开辟一条血路
用鲜红的血液洗净一切的污秽
苦难的历程是初心使命
哪怕海枯石烂都不能把它侵蚀
因为初心的使命有它的圣洁和力量的源泉

亲爱的读者啊，诗人向着
高山、峡谷、河流、雨林、草原、大海
　　　　诗人向着
群星闪耀的天空，灵魂飞扬
欣然翱翔，奔向亮丽宁静的光辉
愿你在生命之苦难历程，命运之途
遇见新时代灿烂的光辉

领悟光辉思想的深邃

融入幽远深邃的青山绿水中

振奋、激昂，以熟识的目光将他注视

就此穿越，犹如回声遥相呼应

用全部的爱回忆那些苦难的岁月

把由衷的敬爱之意献给祖国和人民

      献给纯洁的初心

       神圣的使命

把初心的歌唱响，唱给芬芳的大地

让天上的风，海里的浪

     纷至沓来，汹涌澎湃

亲爱的读者啊，新时代的号角

的确是为我们这个时代，为自己的尊严吹响

   是薪火相传，世代相传

直达永恒彼岸的呼唤！

诗人愿你的胸中或有的哀怨，脚下或有的苦难

   生命历程中或有的种种烦闷和忧伤

都能在这个时代化为百花的芳香与

大地万物浑然一体抒怀吐露，吸吮滋养

诗人愿你的热血沸腾奔涌

   愿你初心的思想永驻你的心间

让我们用心灵的最强音传颂不朽的初心

我亲爱的读者啊，我心中的爱

爱在我诗歌的田园

无论是怎样的严寒暑酷，风雨冰雪

是否有遮风挡雨，雪中送炭的温暖

诗人在大地上播下的种子

已在他的一颗纯朴的心底花繁枝满

数不胜数的芳香在孤独与寂寞中吐艳

昆仑的日出给它披上万道霞光

沧海的日出给它挂上万道霞光

诗人陶醉在蓝天碧海霞光金色中

体验着从大地上获得的幸福安康，丰收喜悦

继续辛劳在一往情深的大地

怀着振兴的炯炯神情走过

草更青，树更绿，水更蓝，石头也开花的大地

读者啊，我亲爱的读者

诗人愿你能与他心领神会

在彼此依恋的大地上感悟

大地内心的深度，内在的丰盈

新时代的光辉思想昭示着无限光明的前程

充满活力与生机的繁荣时代

我亲爱的读者啊，我眼里的爱

出自你圣洁的眼里

涌向我的诗句来自你热情洋溢的胸怀

当我合起双眼，便能听见你的歌声

       感到你的光彩

       闻到你的芳香

诗魂——便以应有的风姿荡漾在记忆的峰巅

诗魂——便以应有的目光注视航行在波涛中的红船

诗魂——便以应有的灵魂拥抱欢腾的荣光

诗魂——便以应有的爱意将朝思暮想栽种进绿洲

诗魂——便以应有的激情冲进你的心扉

诗魂——便以应有的火焰在你的胸中炙热燃烧

哦，亲爱的读者，我爱你！

但愿我的诗歌像一只船驶向遥远的未来

献给你的这些诗篇

将在你的脑海里掀起中国梦的波澜

用我们的奋斗骄傲地把新时代颂扬

从我们的心房里升出一轮红太阳

用新时代的思想之光温暖人间照亮世界

2021.5.1

向往的美好大地

昨天，我们坐着高铁看祖国锦绣山河
今天，我们沿着高速公路浏览姹紫嫣红
　　　万古长青的伟大的中华民族
　　　正在太阳底下创造神圣的人人平等的
向往的美好大地
将爱铺满大地与大地交织出幸福的花果

我们在五月的节日里，盛装旅行
放缓脚步，在成熟的夏日的风里
携着我们千万的如愿以偿
优雅地走在太阳的大地，感到色彩和芳香
爱飘向四面八方，点点滴滴解放自己
痛痛快快说出你心中的话
让一切在这个昂首阔步喜气洋洋的节日迸发快乐
让我们挺直腰板、自由、神气地走自己的路
亲近大地，亲近我们亲近的兄弟姐妹和爱人
让我们与人为善，在行动中升华

江山如此多娇
南方、北方、东部、西部，气象万千
公路网、高铁网、互联网、电网，环环相扣相连
每一个链环都联系回应着全国人民
每一个人都和所有的人分享着山河壮美的大地
都在祖国的怀抱里扩张心灵的自由
红了什么，绿了什么，肥了又瘦了什么

长江在歌咏什么，黄河在颂歌什么
遗址显露了什么，故园吐露了什么
　　　　宇宙星辰闪烁着什么……
大地上的足迹传递了多少劳动者的汗水
大地的星火燎原了多少……

一切的一切，大地上的一切
我们用身体、大脑劳动，用钢铁般的意志奋斗
追求热爱我们的社会主义事业
贴近生活，贴近大地，追求幸福
前途光明，但我们仍然道路曲折
我们的周围还有虚空的妄想者或
西方的胁迫者以及"恶之花"的闹剧
铁锤、镰刀、五星红旗、锻炼的那颗初心
　　　　为了我们的中国梦
让我们一起来追寻吧！
在高高飘扬的红色旗帜下，点亮火炬
在新时代思想的火花中燃烧
继续我们的劳动，创造我们的光荣
　　　　使我们的大地变得更加丰收
　　　　使我们的祖国变得更加伟大
　　　　　人民更加幸福
　　　　与世界共同享有光明的希望的美好的自由

我们在祖国大地上早已感受到星火之花
这颗星火的培养是中华民族的血脉
　　　是那些永垂不朽的民族英雄
这颗星火，以中华民族汇聚的强大力量熊熊燃烧
　　　燃尽了罩在中华大地的黑暗
这颗星火，结束了危险的、屈辱的、被压迫的时代
这颗星火，唤醒了中华民族自强不息勇往直前的精神
这颗星火，在中华大地用一个共同的信仰播撒火种
这颗星火，引导我们从黑暗走向黎明，沿着

　　站起来、富起来、强起来的道路继续前进
这颗星火，犹如泉源透露着初始的足音
这颗星火，折射着鲜活的光芒，形成火红的景象
这颗星火，将我们的忠诚循照
这颗星火，如一道彩虹贯地经天
这颗星火，将是我们心中永生不息的心灵之火
这颗星火，已如那颗初心坚定地给出了心的使命

就在 20210505 的此时此刻
诗人以虔诚的信仰相信
亿万的人都在祖国的四面八方川流不息
欢歌、跳舞、美味佳肴、爬山、涉水、购物、娱乐
唱着一首新时代的欢乐之歌
走进玉米和稻谷的黑土地
走进小麦和土豆的黄土地
走进黑木耳和小黄花的土地
走进花生和地瓜的土地
走进樱桃和葡萄的土地
走进无花果和甘蔗林的土地
走进大豆和棉花的土地
走进大山深处、沙漠暖地的土地
走进辽阔草原牛羊成群大河奔流的土地
走进水果满园、鲜花盛开蜜蜂飞舞的土地
走进幅员辽阔油气矿脉如同黄金的土地
走进用斧头锄刀开垦的土地
走进新气象的青山绿水的大地

此时此刻，诗人为劳动的人民而歌
　　向大地的劳动者致敬
为英雄的大地，为英雄的人民，为永恒的灵魂
为新时代崭新的风气和大好的时光
为永远飘扬在大地上的红色旗帜

为继往和开来的新时代

2021.5.5

2021 年，我看见红色的旗帜在高高飘扬

2021 年，我看见红色的旗帜在高高飘扬
　　我听见中国大地上万千的颂歌
是工人的歌，是农民的歌，是一支山歌
　　　唱给一百年的歌
诗人知道，我们只唱属于我们自己的歌
　　　然后，我们用自己的耳朵悦耳聆听
未来的新时代，未来的大地，未来的歌颂
　　　更加美好的幸福生活

诗人登高望远，望长城内外
　　　　阳光灿烂，空气清新
　　　　　　大地美不胜收
诗人懂得大地的雄心壮志
　　　诗人早已在大地的呼吸中汲取了她的气息
　　　我在大地上日日夜夜的脉动中
沉睡在永不沉没的坚实的大地上
　　　嘴巴里含着金色的麦穗和清晨醒来的糟糠
　　　　　只是为了泪水中的喜悦
我便愿意在大地的心潮里将自己灌醉
　　　然后去相信上下五千年的东方大地
　　　　一直在太阳的照耀下
　　　　　诗人向太阳致敬！

诗人，是一个青春的少年
　　　让我们起立

以青春的方式，一起走进崭新时代的世界
　　　上下五千年，上下五千年
　　　　还有上上下下无数个五千年
大地便是过去的也是现在的更是未来的包容者
　　　你让我们从容地攀登高峰

　　现在，诗人将自己的灵魂立在大地上
　　　安放在鲜红饱满的青春里
诗人相信相亲相爱的人一定会在那里等着你。

2021.5.18

来吧，我以青春，以进步和自由

来吧，我以青春，以进步和自由
小心翼翼地热爱
看吧，我以青春，以无边无际的心海
将青春献给一艘驶向海洋的船
以青春的献礼向高高飘扬的五星红旗
　　　奉献上我的青春。
　　为已经来临的新时代写下预言的诗歌
　　　　我因此为你而自豪和对你的爱！

你的青春，经历了漫长的时间
　　迷途、教训、经验、挫折
一切的青春都在心花怒放的岁月中成长
　　向着信念、信仰，向着伟大的胜利

从哪里来？为什么来？
去到哪里？为什么去？

269

当天安门广场上落下昨夜的雨滴

黎明的色彩便映红了我们为之服务的大地

为此，诗人举起诗歌的火炬

像是玫瑰，像是大丽花，像是牡丹

像是怒放在大地上的耀眼的青春

我们照样地将你火样的青春传承下去

      让青春永驻，让青春艳丽

青春在进步，青春无止境

      诗人歌唱青春，为新时代的青春

        为与你结伴而行

以永不气馁，为一片飘落的秋叶

        为一粒飘落的雪花

        为一切的春天，为青春的你

当伟大的中国共产党践行了她的诺言

当十四亿卓越的中国人民

感受到了美好生活

诗人已知我们所热爱的大地，我们的土壤

早已生长出了红色旗帜所播下的种子

      已经存在于这块大地

      已经存在于年年的四季

      已经存在于青春的年华

      已经存在于旺盛的力量

      已经存在于壮丽的前景

      已经是人类大地不可或缺的落地生根的种子

青春啊！让诗人的诗歌散发青春的气息

      啊，不朽的青春

请让诗人沉浸在青春的记忆中

让诗人永远颂扬青春的丰碑

让青春的你永远青春

哦，五星红旗下的青春，庄严地宣誓

红星照耀下的中国诗人

为人类大地书写青春的诗篇。

此时此刻，诗人以虔诚的信仰
　　　　　献出诗歌
将诗人的心献给你的爱
　　　　　献给大地。

2021.5.4

答

谢

　　过去若干年我为新时代歌唱，写下了《一个人与一个民族的梦》《新时代之歌》《历史的天空将呈现繁花似锦》，这些诗歌已在《人民日报》《中国作家》发表，在已经出版的《中国梦》《未央歌集》里如愿以偿了。现在即将出版的《大地颂》也已在《中国作家》发表。对诗人而言他无比喜悦，集于肉体和灵魂。大地之光所照亮的新世界光明正大赢得了繁花，诗人把当今的新时代当作巨大的蓝色海潮冲刷自己，以无与伦比的爱的力量投身新时代，心甘情愿地沉湎在祖国亲切的召唤里。现在新作《大地颂》得以出版，这个时刻是重要的，这是中国共产党建党的第一个百年。作为诗人的献礼和发自内心的庆祝。同样地，诗人怀着美好的信念，感谢恰逢其时发表出版《大地颂》的《中国作家》和作家出版社，特别感谢王山先生、程绍武先生的见识和果断，也特别感谢本书的策划编辑省登宇先生，由于他非常细致、专业的工作，这部作品得以面世。

2021 年 6 月 15 日于北京

图书在版编目（CIP）数据

大地颂 / 辛铭著 .—北京：作家出版社，2021.7
ISBN 978-7-5212-1476-5

Ⅰ.①大…　Ⅱ.①辛…　Ⅲ.①诗集－中国－当代 Ⅳ.① I227

中国版本图书馆 CIP 数据核字（2021）第 126597 号

大地颂

作　　者：辛　铭
策　　划：王　山
责任编辑：省登宇　周李立
装帧设计：琥珀视觉
出版发行：作家出版社有限公司
社　　址：北京农展馆南里 10 号　　　邮　　编：100125
电话传真：86-10-65067186（发行中心及邮购部）
　　　　　86-10-65004079（总编室）
E-mail:zuojia @ zuojia.net.cn
http://www.zuojiachubanshe.com
印　　刷：北京盛通印刷股份有限公司
成品尺寸：165×260
字　　数：290 千
印　　张：18
版　　次：2021 年 7 月第 1 版
印　　次：2021 年 7 月第 1 次印刷
ISBN 978-7-5212-1476-5
定　　价：100.00 元（精）

ISBN 978-7-5212-1476-5